外国文学名著丛书

〔日〕岛崎藤村/著

破　戒

陈德文/译

"外国文学名著丛书"编委会

人民文学出版社

島崎藤村
破戒
根據日本新潮社一九七八年版翻譯

图书在版编目(CIP)数据

破戒/(日)岛崎藤村著;陈德文译.—北京:人民文学出版社,2022
(2023.3重印)
(外国文学名著丛书)
ISBN 978-7-02-016947-4

Ⅰ.①破… Ⅱ.①岛…②陈… Ⅲ.①长篇小说—日本—现代 Ⅳ.①I313.45

中国版本图书馆 CIP 数据核字(2021)第 241428 号

责任编辑	陈　旻
装帧设计	刘　静
责任印制	王重艺

出版发行　人民文学出版社
社　　址　北京市朝内大街 166 号
邮政编码　100705

印　　刷　河北新华第一印刷有限责任公司
经　　销　全国新华书店等

字　　数　199 千字
开　　本　850 毫米×1168 毫米　1/32
印　　张　9.875　插页 3
印　　数　4001—7000
版　　次　2008 年 4 月北京第 1 版
印　　次　2023 年 3 月第 2 次印刷

书　　号　978-7-02-016947-4
定　　价　69.00 元

如有印装质量问题,请与本社图书销售中心调换。电话:010-65233595

島崎藤村

出版说明

人民文学出版社自一九五一年成立起，就承担起向中国读者介绍优秀外国文学作品的重任。一九五八年，中宣部指示中国科学院文学研究所筹组编委会，组织朱光潜、冯至、戈宝权、叶水夫等三十余位外国文学权威专家，编选三套丛书——"马克思主义文艺理论丛书""外国古典文艺理论丛书""外国古典文学名著丛书"。

人民文学出版社与中国科学院文学研究所，根据"一流的原著、一流的译本、一流的译者"的原则进行翻译和出版工作。一九六四年，中国社会科学院外国文学研究所成立，是中国外国文学的最高研究机构。一九七八年，"外国古典文学名著丛书"更名为"外国文学名著丛书"，至二〇〇〇年完成。这是新中国第一套系统介绍外国文学作品的大型丛书，是外国文学名著翻译的奠基性工程，其作品之多、质量之精、跨度之大，至今仍是中国外国文学出版史上之最，体现了中国外国文学研究界、翻译界和出版界的最高水平。

历经半个多世纪，"外国文学名著丛书"在中国读者中依然以系统性、权威性与普及性著称，但由于时代久远，许多图书在市场上已难见踪影，甚至成为收藏对象，稀缺品种更是一书难求。在中国读者阅读力持续增强的二十一世纪，在世界文明交流互鉴空前频繁的新时代，为满足人民日益增长的美好生活的需要，人民文学出版社决定再度与中国社会科学院外国文学研究所合作，以"网罗经典，格高意远，本色传承"为出发点，优中选优，推陈出新，出版新版"外国文学名著丛书"。

值此新版"外国文学名著丛书"面世之际，人民文学出版社与中国社会科学院外国文学研究所谨向为本丛书做出卓越贡献的翻译家们和热爱外国文学名著的广大读者致以崇高敬意！

"外国文学名著丛书"编委会
二〇一九年三月

编委会名单

(以姓氏笔画为序)

1958—1966

卞之琳	戈宝权	叶水夫	包文棣	冯 至	田德望
朱光潜	孙家晋	孙绳武	陈占元	杨季康	杨周翰
杨宪益	李健吾	罗大冈	金克木	郑效洵	季羡林
闻家驷	钱学熙	钱锺书	楼适夷	蒯斯曛	蔡 仪

1978—2001

卞之琳	巴 金	戈宝权	叶水夫	包文棣	卢永福
冯 至	田德望	叶麟鎏	朱光潜	朱 虹	孙家晋
孙绳武	陈占元	张 羽	陈冰夷	杨季康	杨周翰
杨宪益	李健吾	陈 燊	罗大冈	金克木	郑效洵
季羡林	姚 见	骆兆添	闻家驷	赵家璧	秦顺新
钱锺书	绿 原	蒋 路	董衡巽	楼适夷	蒯斯曛
蔡 仪					

2019—

王焕生	刘文飞	任吉生	刘 建	许金龙	李永平
陈众议	肖丽媛	吴岳添	陆建德	赵白生	高 兴
秦顺新	聂震宁	臧永清			

译 本 序

本书作者岛崎藤村(1872—1943),原名岛崎春树,出生于长野县西筑摩郡(后改为木曾郡,今属岐阜县中津川市)山口村马笼。这里是南信州一个贫瘠的山乡,藤村晚年在长篇小说《黎明前》,曾对故乡的地理环境作过如下的描写:

木曾路全都在山里,有的地方是峭拔凌厉的悬崖;有的地方是紧临数丈深渊的木曾川岸;有的地方又是山路萦回的峡谷隘口。一条道路贯穿着这片幽深的森林地带。

从东部边境的樱泽,到西部边境的十曲山口,木曾十一座驿站沿着这条公路的两边绵延八十八公里,分布在这条长长的溪谷之间。

岛崎家族是历代的"庄屋"(一村之长),又兼做"本阵"(诸侯赴江户朝见将军时途中停宿的驿站)和"问屋"(批发商)。藤村的父亲正树是本族的第十七代"当主"(首领),国学家平田笃胤的忠实信徒,在当地有着绝对的权力和威望。

藤村在家乡从小受过严格的封建式的家庭教育,十岁时随长兄步行到东京求学,十九岁从明治学院毕业后,度过一段恋爱和漂泊的生活。一八九三年,同诗人北村透谷等共同发起创立青年文学社团——"文学界",写作浪漫主义诗歌,出版诗集《嫩菜集》,成为日本现代诗歌运动的奠基者。

一八九九年,二十七岁的岛崎藤村,应恩师木村熊二之邀,到信州高原古城小诸出任小诸义塾的国语和英文教员,一直到一九〇六年为止。藤村在小诸生活的七年间,是由诗歌转向散文和小说创作的时代,也是从浪漫主义走向现实主义的重要时期。他在这里完成了散文随笔集《千曲川风情》(一译《千曲川素描》)的写作,更重要的是创作在日本现代文学史上具有划时代意义的长篇小说《破戒》。

《破戒》描写了信州饭山小学校的部落民出身的青年教师濑川丑松,遵从父亲的遗言,决心终生隐瞒自己真实的出身而不暴露,由此产生了一系列矛盾和苦闷,陷入不能自拔的悲剧之中。这种悲剧产生的根源,当然是来自日本社会中残存的野蛮的身份制度和人们旧的传统道德习惯。日本在明治维新以后开始走向近代资本主义发展的道路,日俄战争的胜利大大促进了社会经济的迅速发展,使得近代国家初具规模。然而由于社会改革的不彻底,封建主义残余势力依然十分顽固,社会经济的繁荣和文化的发达,实际上是建立在国民大众尤其是农民的贫困和落后之上的。维新时代虽然从法律上废除了不平等制度和非人的差别待遇,然而,部落民群众遭受贱视的历史并没有结束,相反,他们的社会地位却成了一个老大难问题,长期得不到根本的解决。小说中主人公的父亲临终时再三叮嘱儿子要隐瞒自己的身份,就是慑于这种强大的社会压力,为了保全儿子身家性命而立下的戒律。起先,丑松也想遵从父命,为在社会上争得一块立足之地而将真实的出身隐瞒下去。但是,后来他遇到了猪子莲太郎,在这位前辈的著作与行动的感召下,觉悟到"既然同样是人,那就没有光是自己这一族人受鄙视的道理",他决定"破戒",同封建恶习和差别制度进行战斗。

然而,丑松一旦举起反抗的旗帜,立即陷入了所谓"觉醒者的自我苦恼"之中。社会上反动势力的压迫和内心不可克服的矛盾,使他不得不卑屈地作了妥协,跪在自己的学生和同僚面前告白求饶。最后,丑松只得向黑暗势力低头,同自己的恋人告别,到得克萨斯垦荒去了。

明治三十八年(1905)四月,藤村携带着《破戒》的草稿,带领妻儿来到东京,租住于西大久保一座新建的公寓里。此后,不幸接二连三降临到他的头上。为了完成《破戒》的写作,他付出了沉重的代价。到东京后的第一周里,三女缝子病死,翌年四月,次女孝子、六月,长女绿子相继夭亡。这期间,妻子冬子因营养不良患了夜盲症。后来他在短文《萌芽》中沉痛地写道:"我想,我为什么要携家带口从山上搬到这片新开辟的土地上来呢?我深深感到我的努力白费了,感到事业的空虚。我一边眺望一边想:'新芽就要干枯了。'……"

然而,这种悲惨的牺牲却换来了文学事业的成功。明治三十八年(1905)十一月二十八日,长达五百三十五页稿纸的《破戒》完成了。后来,志贺直哉曾对这部小说做过如下的评判:

> 现在看来,二十多年前,岛崎藤村写作《破戒》的时候,不管做出多大的牺牲,他都决心完成这项工作。他尽可能节衣缩食,家属为此营养不良,几个女儿也相继死去。我读到这里十分生气。我不想评价《破戒》是否值得他做出这般牺牲。几个女儿为此而死,这可不是一件小事。这不是《破戒》能不能完成的问题。

明治三十九年(1906)三月二十五日,《破戒》作为《绿荫丛书·第一部》在神田街的上田屋发售。此书的出版在文坛内外引起极大反响,初版一千五百部很快售完,接着又增印了一千五百部。与此同时,《早稻田文学》等报纸杂志发表评论文章,伊井蓉峰一座剧团将此小说改编成戏剧,在真砂座剧场上演,由著名导演小山内薰执导。这时,藤村不但确立了自己小说家的地位,而且对日本自然主义文学的形成和发展做出了卓越的贡献。《破戒》这一作品被推崇为日本近代文学史上纪念碑式的杰作。

在日本近现代文学史上,岛崎藤村虽然属于自然主义文学流派的作家,但他基本的创作倾向是现实主义的。他身经明治、大正、昭和三个时期,由早期的浪漫主义诗人,逐渐成长为优秀的批判现实主义小说家,一生留下了数量众多的诗歌、散文、短中长篇小说和童话、杂感等作品,是日本现代作家中最为多产的一位。

岛崎藤村将文学和生活两者完美地结合在一起,运用文学的手法表现了他的人生,倾吐了他的感情。他自始至终置身于生活的洪流里,用笔墨记述了自己的苦乐悲辛,把自己的精神世界毫无遮掩地呈现在世人面前。岛崎藤村对生活,对读者有着十分火热的内心,十分忠诚的灵魂,现实中的一切善恶美丑,在他的笔下一一自然显现出来,没有经过任何的伪装和修饰。从这一点上说,藤村文学是最诚实的文学。这也许就是作家能够在相当长的历史时期内依然享有崇高的声望、拥有众多的读者的根本原因吧。

和岛崎藤村同时代而早于藤村去世的一些作家,如夏目漱石、芥川龙之介等人,也都以各自卓著的文学成就屹立于现代文坛之上,但他们当中没有一个人像藤村那样,将自己的整个生涯全部融入文学活动,紧紧合着时代的步伐,使自己的呼吸时时顺应着历史的脉动,将自己的感情完全投进纷乱的生活,同现实中的人物事件化为一体。尽管他们都是天才的作家,他们的功绩和影响不一定就在藤村之下,有的甚至超过了藤村。

就拿夏目漱石和岛崎藤村相比吧。夏目漱石虽然不是贵族出身,但他从小生活在江户,受到了资产阶级各种思想和习俗的熏染,具有"江户哥儿"的机敏和睿智;而岛崎藤村虽然出身于没落的大家族,但处于自然条件恶劣、民众生活穷困的山间地带,他在清寒贫苦的环境中长大成人,同下层庶民有着密切的联系,具有朴实的山乡平民的性格。夏目漱石比较系统地受过正规的学校教育,东京大学毕业后又留校担任英语和国文教员,其后又当过《朝日新闻》的记者,并留学英国三年,同上流社会的人士接触较多,思想感情有许多共同之处。而岛崎藤村没有受过系统的由小学而中学而大学的学校教育,他从明治学院毕业后即留校教书,后来又辗转到仙台、小诸等地,始终未能跨进大学的门槛。比起名学者名教授的夏目漱石来说,岛崎藤村只能算是一个清贫的书生、漂泊的诗人、满怀忧患的小说家。在文学创作上,夏目漱石始终是一个清醒的旁观者,他以"冷眼向洋看世界"的态度,高踞于现实生活的海岸上,用他睿智的头脑和富有灵气的笔墨,描写社会,指点人生,评判善恶美丑。岛崎藤村却不是这样,他与其说是一个生活的表现者,毋宁说是一个生活的实践者。他首先是一个社会生活的参与者,其次才是一名文学家。他的全部文学活动,都没有把自己同社会生活游离开来,相反,他的诗、小说和散文随笔等无不把自己投入生活的洪流,其中一部分就是他本人生命的记录,精神的写照。在藤村笔下时时晃动着的人物,大都是作家本人、家族成员或者周围的亲戚、朋友、同僚的化身。从这一点上说,岛崎藤村是一个热心的自我表现者,一个痴迷的追求者和探索者。还有,夏目漱石除了从事文学创作之外,他同时又是一位学者和教育家。他学识博洽,社交广泛,培养了众多的后进人才,拥有一批新秀弟子,形成了声名显赫的文学上的"漱石山脉"。而岛崎藤村除了进行文学创作之外,拒绝其他社交活动,也没有致力于培养文学新人,和上层社会保持着距离。他虽然富有聪明睿智的头脑,但他不是文学天才,他的成就和影响来自他对现实生活和文学事业的极端忠诚和热爱,来自始终一贯锲而不舍的意志和力量。

岛崎藤村一生只来过中国一次,他同中国现代作家的交往也只限于和周作人、钱稻孙、徐耀辰等少数人的一两次会面(参见周作人《岛崎藤村先生》一文)。在他的著述中,除了鲁迅之外,未见提及过其他任何现代中国作家。

藤村一九三六年底到翌年初,在赴阿根廷的布宜诺斯艾利斯举行的世界笔会大会回国途中,经过上海,曾在北四川路的内山书店小坐,对不久前新逝的鲁迅先生寄寓了深切的缅怀之情,他在《鲁迅的话》一文中写道:

  寂寞的人,鲁迅。我在上海一家常为鲁迅寄寓的 U 书店的一隅,坐在他生前经常坐着的旧藤椅上,以消歇旅途的疲劳。……到达上海最使我感兴趣的就是倾听这位中国的老朋友U君讲述鲁迅的故事。据说鲁迅晚年经常到这家书店来。我甚至感觉出了他的体温依然存留在这把古老的藤椅上。

一九五四年和一九五八年,人民文学出版社首先出版了由其翻译的《破戒》,这似乎是国内最早的中文译本。一九五五年,平明出版社和上海文艺出版社分别出版了平白和白云的译本。

一九七八年,人民文学出版社约我和柯毅文重译《破戒》,我们商定分工合作,我译第一章到第十章,并担任《序言》的写作;柯译第十一章到二十三章。一九八二年,小说出版时,决定仍然使用刘振瀛先生为原译本所作的《序言》,这就是社会上通行的所谓"网格本"。一九九七年,人民文学出版社将《破戒》和原来江苏人民出版社出版的《家》两书合成一本,作为世界文学名著文库再版,改由文洁若先生作序。二〇〇七年,人民文学出版社决定再次出版《破戒》,鉴于原译作存在一些讹误和缺憾,这次再版是修正错误、弥补不足的好机会。但是,柯毅文先生已辞世多年,他原来担当的后半部分译作,已无法进行审订。经协商,我除了将自己原来译的前十章加以修订之外,再将第十一章至第二十三章重新译出。这样做,一方面既订正了原版译文中的错讹和不足,又使全书译文的语言文字风格更加趋于一致。

当然,这不等于说目前这个译本已经臻于完美,它或许还存在这样那样的不如意之处,这些只能有待读者朋友的批评指正了。

最后,我要感谢日本长野县小诸市原市长盐川忠巳先生和小诸市教育长小山纪夫先生对新译版《破戒》的关怀和协力。感谢原小诸高原美术馆馆长、画家田牛良则先生为本书制作了精美插图。感谢人民文学出版社各位编者为本书的筹划、编排、出版付出的辛勤劳动。

陈　德　文
二〇〇七年八月初秋记于
日本爱知县春日井寓所

第 一 章

一

莲华寺也可供外人寄宿。濑川丑松忽然决定搬迁到这里来,他定租的房间在二楼与厢房相连的拐角处。这寺院是信州①下水内郡饭山镇二十多个寺院中的一座,属于真宗教派的古刹。站在楼上凭窗远眺,隔着高大的老银杏树,能望见饭山镇的一部分。这个小镇保持着古老的风貌,不愧为信州首屈一指的佛教圣地。房屋是奇特的北方式样,从木板房顶到冬季防雪用的别致的庇檐,以至随处可见的高大寺院和树梢,这一切古色古香的市镇景象,尽在香烟萦绕之中。透过窗户朝前望去,最显眼的要算丑松现在供职的那所小学的白色建筑物了。

丑松想起要搬家,是因为他现在住的地方发生了一起令人极不愉快的事情。本来,要不是伙食便宜,像这样的房间是不会有人乐意住的。墙上糊满了纸,颜色已经被煤烟熏黄了;简陋的壁龛里挂着裱糊的立轴。此外只有一个破旧的火盆,

① 信州,日本古代信浓国的别名,即今长野县。

简直是一间与世隔绝的寂静的僧房。这个地方同目前担任小学教员的丑松的处境相对照，不禁使他感到无限凄凉。

在他现在寄宿的旅馆里，曾经发生过这样一件事。约摸半个月以前，有个姓大日向的阔佬，为了到饭山医院住院治病，带着随从由下高井地方来到此地，临时寄宿在这家旅馆，不久就住进了医院。不消说，他手里有的是钱，住着头等病房，常常攀着女护士的肩膀在长廊里走来走去。那种奢华的派头自然引起人们的注目。有些人出于嫉妒，居然风言风语地说："他是秽多①。"这事很快在许多病房里传播开了，所有的病号一齐骚动起来。人们卷起袖子强迫院长："立即赶他出去，快快！否则我们全体出院！"尽管有钱，也拗不过这人种的偏见。一天傍晚，在暮色苍茫中，大日向被迫钻进了轿子，给抬出了医院，就那样又回到了旅馆，院长每天来这里出诊。可是旅馆里的人又不答应了。丑松结束了一天的工作，拖着疲倦的身子回到旅馆里，大家正齐声喊叫："把老板娘叫出来！"房客们肆无忌惮地破口骂道："真龌龊！真龌龊！""什么龌龊！"丑松心里异常气愤，他暗自同情那位大日向的不幸，慨叹这种蛮不讲理的非人待遇，哀怜秽多种族的悲惨命运。原来，丑松自己也是一个秽多。

看样子，丑松是一个地地道道的北信州人。无论是谁，都会认定他是佐久、小县一带山区长大的青年。二十二岁那年春天，他以优异的成绩毕业于长野师范学校，取得正教员②的

---

① 秽多，日本江户时代，有一部分被称作"秽多"的人，在社会上格外受歧视，他们自成部落，又称"部落民"。明治初期（1871），政府曾宣布废除身份制度，改称"新平民"。但这部分人并未获得真正平等的待遇。

② 正教员，日本中小学教师由政府延聘，有正教员和见习教员之别。

资格。丑松一踏上社会,首先就来到了饭山,迄今整整三年了。饭山镇的人只知道他是一位热情的年轻教师,却没有一个人知道他原来是个秽多,一个新平民。

"那么,您打算什么时候搬过来呢?"

莲华寺住持的老婆走过来跟他打招呼。她年纪在五十岁上下,穿着茶色的碎花外褂,清瘦而白皙的手里捻着佛珠,站在丑松面前。

按照当地习惯,人们都尊称这位留头发的尼姑为"师母"。她虽说上了年纪,却多少受过些教育,口齿也还伶俐,似乎对城市生活并非一无所知。她脸上露出关心人的样子,习惯地低声念着佛,等待对方的答话。

这时丑松也在盘算。他真想对她说明天或者今晚就搬过来,无奈手头连搬家费都没有。他只有四毛钱,四毛钱当然办不了什么事。眼下还要付旅馆的房钱。月薪要等后天才能领,不管愿意不愿意,也只得等下去。

"这样吧,后天下午搬过来吧。"

"后天?"师母疑惑地瞧着对方的脸。

"说后天搬有什么奇怪的呢?"丑松的眼睛里忽地一亮。

"啊!后天不是二十八吗?倒没有什么奇怪的,我原想您也许要到下个月才搬过来呢。"

"嗯,真说对啦。其实,我也是临时想起要搬的啊。"丑松若无其事地改口说了一句,故意把话题岔开。旅馆里发生的事情使他心绪紊乱。每逢人家问到或谈论这件事,他总有些惶恐不安。他本来就有个毛病,大凡牵涉到秽多之类的事,从来都是避而不谈的。

"南无阿弥陀佛!"

师母嘴里念着佛,就不再往下细问了。

二

离开莲华寺的时候是五点钟。学校的功课一结束,丑松就直接到这里来了,所以身上仍穿着上课的服装。旧西服上沾满了粉笔灰和尘土,腋下夹着小包袱,里面包的是书籍和笔记簿,而且脚上还穿着木屐,随身带着饭盒。他怀着屈辱的心情返回鹰匠街的旅馆,这种心情是许多劳动者在人群面前常常感觉得到的。在秋雨初晴的夕阳下,街上的房屋闪闪发光。湿漉漉的道路挤满了人。有的站在那儿望着丑松走过去;有的窃窃私语谈论着什么;有的脸上带着极其轻蔑的神色,仿佛在说:"那儿走着的是什么人呀?嗯,是教员吧?"当丑松想到这些人就是自己教的那些学生的父兄时,立即感到厌恶和气愤,心里很不自在,低着头只顾朝前走。

本街的那家书店是最近才开张的。店门口贴着新书广告,是用毛笔写的大字,很惹人注目。这是《忏悔录》的广告,上角写着猪子莲太郎先生著,还注明了定价。他早在报纸上见过这本书的广告,一直盼望快些出书。丑松停住脚步,他只要一想起这位作者的名字,心里就激动得怦怦直跳。他看到两三个青年站在店前,似乎在选购新到的杂志。丑松将手伸进褪了色的裤子口袋,暗暗摸弄着里面的银币,在书店前来回转悠了好几趟。只要花四毛钱,那书就能到手。然而,眼下要是买了书,明天一天就身无分文了。何况还得准备搬家。他被这些想法缠住了,走不多远又折回来。他蓦地钻进门帘,抄起书一看,原来是一本用粗糙的进口纸印刷的书,还带着淡淡

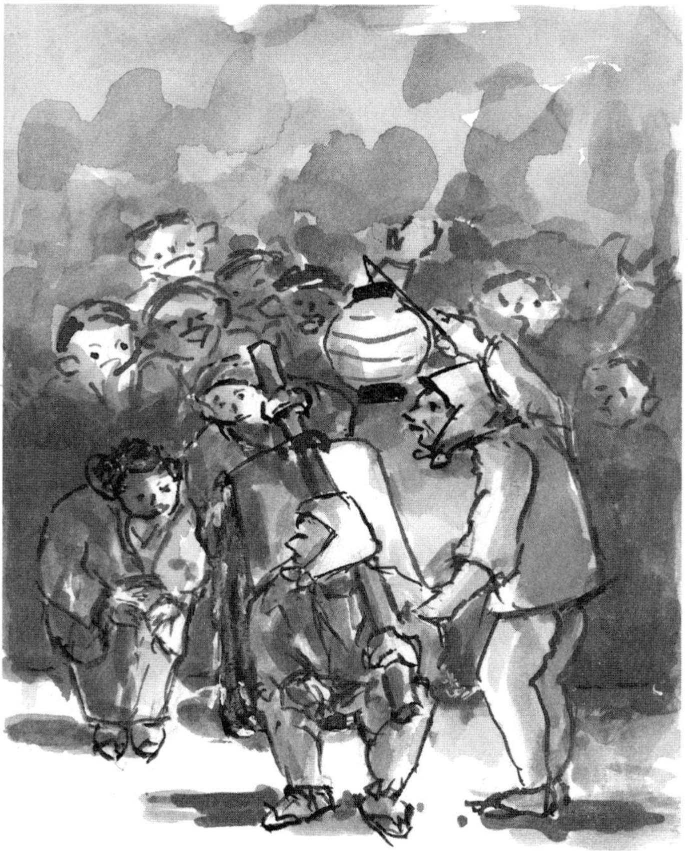

的油墨气味,黄色封面上印着"忏悔录"三个字。为了使贫苦的读者也能得到它,特意采取了朴素的装帧,这就足以说明这本书的性质了。啊,今天有多少青年,正贪婪地用功读书,追求知识啊。丑松生活在这样的时代,又正值这样的年华,他怎能不去读书,不去求知呢?知识就是食粮,他终于拿出四毛钱,买下了这本渴望已久的书。虽然是仅有的一点钱,但精神上的满足不是别的东西可以顶替的。

丑松抱着《忏悔录》。书是买下了,心里反而感到沮丧。他返回旅馆时,半路上碰到了学校的同事,一个叫土屋银之助的,原是在师范学校读书时的同窗好友;另一个还很年轻,最近刚被聘为见习教员。从那慢腾腾地走路的样子,可以知道他们是在散步。

"濑川兄,为什么回来这么晚呀?"银之助挥着手杖走过来。

正直而重友情的银之助一下子就注意到了丑松的表情:深沉而清澈的眼睛已经失去了先前那种快活的神色,目光带有一种难以形容的苦楚。

"哦!他身体一定不舒服。"银之助心里这么想。丑松告诉他,自己去找住所去了。

"找住所?你这人可真爱折腾啊,你不是才搬过家吗?"

银之助毫无顾忌地问道,随后发出会心的笑声。这时他看到丑松拿着一本书,就把手杖往胳肢窝里一夹,"给我看看!"说着就伸出了右手。

"是这个吗?"丑松微笑着把书递过去。

"哦,是《忏悔录》吗?"那位见习教员也靠在银之助的身旁看着。

"你总是爱读猪子先生的作品。"银之助望着黄色的封皮,略略翻看了一下,"对了,报纸上登过广告的,就是这本书吗?是这样朴素的书吗?你呀,已经不光爱读他的书,而且成了他的信徒啦,哈哈哈哈。你谈话时,经常提起猪子先生,现在又要听到你的高论啰。"

"别瞎说!"丑松笑着把书接过来。

暮霭低垂,远近的人家早已灯火闪闪了。丑松说完了后天要搬到莲华寺,就和朋友们分手了。他走了一程,回过头来,只见银之助仍伫立在路旁,正目送着他呢。又走出六七十步,再一回头,朋友仿佛依然站在那里。晚炊的烟雾弥漫在市镇的上空,他看到朋友那模糊的身影仍然呆立在暮霭中。

三

走近鹰匠街旅馆附近,钟声在夜空里回荡起来,各个寺院的夜课又要开始了。刚来到旅馆前面,忽然听到走在旁边的保镖的脚步声。灯光照在昏暗的路上,一乘轿子出现了。啊,想必是那个阔佬要溜走了吧。丑松带着怜悯的心情,一声不响地站在那里望着眼前的一切,慢慢就认出了阔佬的随从。他们虽然同住在一个旅馆里,丑松从未见过大日向的面,只见这个随从时常拎着药罐子出出进进。这个彪形大汉将衣襟掖在腰里,护卫着主人,指挥着轿夫,显得那样殷勤。看来此人在秽多中又是属于下等人,可是他做梦也没有想到站在那儿的丑松和他是同一出身。他畏怯地向丑松点了点头,就从近旁穿了过去。老板娘站在门口说了声"祝您愉快"。丑松望过去,旅馆里乱作一团,人们慷慨激昂,毫无顾忌地在大声叫骂。

"谢谢您啦,请多保重!"

老板娘又跑到轿子跟前说。轿子里的人一声未响。丑松木然站立着,眼看着那人被抬走了。

"活该!"

旅馆里传出了人们最后的欢呼声。

丑松面色略显苍白,他钻到旅馆的廊檐下时,人们还群集在长廊里,全都是控制不住感情的样子:有的耸着肩膀气呼呼地走动;有的跺得地板咯咯作响;还有些好起哄的人在院子里撒起盐来①。老板娘取出打火石,说是清净之火,随即咔嚓咔嚓地敲起来,跟在里头凑热闹。

哀怜,恐怖,千思万绪在丑松的心里剧烈翻腾。他想到那个阔佬的命运:被人赶出医院,接着又赶出旅馆,受尽了残酷的虐待和凌辱,最后又偷偷地被抬走。眼下那轿中人一定在悲惨的血泪中哽咽!那个大日向的命运最终就是每一个秽多的命运。想到这里,他觉得这事和自己并非莫不相干。从长野师范学校时代起,到饭山镇来供职这一段时期内,他一直满不在乎,觉得自己的心绪和平常人一样,在生活中并未感到什么危险和恐怖。到这时,他想起了父亲。父亲而今是一个牧人,在乌帽子山下放牛,过着隐士般的寂寞生活。丑松想起了那个西乃入牧场,想起了牧场上那间牧人小屋。

"爸爸,爸爸!"

他一面呼唤,一面在自己房间里踱来踱去,猛然间想起了父亲说过的话。

---

① 撒盐有去邪除秽之意。

当丑松初离双亲膝下的时候,父亲对这个独生儿子的前途十分关切,给他讲述了很多故事。就在那个时候,连本族老祖宗的事情也都讲给他听了。如同居住在东海道①沿岸的许多秽多种族一样,他们这一族和朝鲜人、中国人、俄罗斯人,以及从不知名的海岛上漂流、归化过来的异邦人的后裔不同,他们的血统来源于古代武士中的败逃者,虽然贫困,但都不是被罪恶玷污的家族。父亲还特别嘱咐他说:秽多子孙的处世秘诀就是隐瞒出身,这是生存的惟一希望,惟一办法。父亲告诫他:"不管碰到什么事,不管遇见什么人,千万不可吐露真情。要知道,一旦因愤怒或悲哀而忘记了这条戒规,那就会立刻被社会抛弃。"

他一生的秘诀说来就是这么简单。"隐瞒!"——这两个字概括了戒规的一切。然而,那时的丑松只是全神贯注地听着,心想:"老爷子说些什么呀?"听过也就算了。他只想着求学的快乐,从家里飞奔出去。在那充满幻想的欢乐年代,往往忘记了父亲的戒语。丑松从一个少年一下子长成了大人,猛然醒悟到自己的身世,就像是从一片欢腾的邻人家里回到了索然无味的自己家里一样。事到如今,他也觉得只好隐瞒下去了。

四

丑松仰卧在铺席上,一动不动地思索了一阵子,不一会儿,也就睡着了。忽然,他又醒来,环顾室内,原来没有点着的

---

① 东海道,日本中部沿太平洋一带地区的泛称。

油灯,已发出了寂静的亮光,晚饭也在屋子里摆好了,自己身上却依然穿着西服。丑松估量着已经睡了一个多钟头。窗外秋雨潇潇。他坐起来,一面瞧着那本刚买来的书的黄色封面,一面把饭盘拉到身边吃着。一打开饭匣的盖子,闻到萝卜叶煮饭的臭味①,丑松就感叹不已。他草草吃完了饭,把饭匣扔在一边,就摊开了那本《忏悔录》,点燃吸剩的香烟头。

据说,这本书的作者猪子莲太郎的思想,反映着当今下层社会"新的痛苦"。但说法也有不同,也有那种令人讨厌的家伙,说再也没有像他这样自吹自擂的人了。诚然,作者莲太郎的文笔确实有点神经质,而且这个人一离开了自己的事就没有什么话题了。但是,只要一读他的著作,不论是谁都会感到他的文章具有这样的特色:思想明快,观察精细,充满了引人入胜的魅力。莲太郎研究了贫民、工人和新平民的生活状况,不仅孜孜不倦地努力发掘奔流在社会底层的泉水,而且把它推荐到读者面前,从各方面加以论述;对于读者也许难以理解的问题,他将不惜反复说明。反正不把读者说服,他是不肯罢休的。这就是他的笔法。莲太郎不是从哲学或经济方面去分析问题,而是把基础放在心理研究上面。他的文章在思想表达上十分显豁,宛如凌厉的山岩,具有撼动人心的力量。

然而丑松之所以爱读莲太郎的作品,不仅是这些理由。猪子莲太郎是一位新思想家,同时又是一位战士,他出身于秽多阶层这件事实使丑松深受感动。说起来,丑松是暗地里把他作为自己的老前辈来敬仰的。正是由于受到这位前辈的感

---

① 萝卜、牛蒡、青菜、豆腐、鲍鱼片、卤鱼干等各种材料混合大米焖成的带有臭味(闻起来臭吃起来香)的饭菜。

化,他才强烈地意识到,既然同样是人,那就没有光是自己这一族人受鄙视的道理。正因为如此,凡是莲太郎的著作,他定要买来阅读。杂志上一出现莲太郎的名字,他总要看上一遍。丑松越读越觉得被这位前辈拉住了手,把他带进了一个新的世界。作为一个秽多的悲怯者,他已经在不知不觉中把头抬起来了。

这次出版的新著作,劈头第一句话就是"我是一个秽多"。书中极其生动地描绘了本族人的愚昧和衰败;叙述了许多正直的男女只是因为秽多出身而被社会抛弃的情景。这本书的字里行间充满了一个热心男子的呜咽之声。它是作者本人的一部苦闷的历史,有对往昔悲欢离合的回忆,有因追求精神自由未能如愿而产生的悲叹,有对不合理的社会的怨愤和疑惧,也有走上曙光在望的新生活的欢快之情。

新的生活,这是莲太郎从身份差别的苦痛中开创的新路。他本是信州高远人,出生于一个老秽多的宗族家族。这件事还是在他来到长野师范学校担任心理学讲师的时候——那时丑松尚未入学——从两三个打南信州来的学生的嘴里泄露出来的。讲师中竟然有贱民的子弟。这消息在全校传开了,大家都因惊讶和怀疑而十分不安。有的人根据莲太郎的为人,有的人根据他的容貌,还有人根据他的学识,认为他不可能是秽多出身,一口咬定那是谣言。一部分教师出于嫉妒,喊着"驱逐,驱逐"。啊,假若没有人种的偏见,也就不会有犹太人在基希讷乌①惨遭杀害的事件,西洋人也不会嚷嚷什么"黄

---

① 基希讷乌(或译基什尼奥夫),摩尔达维亚(一九九〇年改称摩尔多瓦)共和国的首都。

祸"了。然而在这个无理者横行霸道、有理者忍气吞声的世界上,有谁肯为秽多的子弟辩护、认为这种驱逐是不当的呢?当莲太郎吐露了自己的身世,向众多的校友告别时,竟没有一个人为这位讲师流下同情的眼泪。莲太郎走出了师范学校的大门,舍弃了"为学问而学问"的道路。

《忏悔录》对当时的情景有着详细的记载。丑松大概因为有切身的感受,有好几次读着读着就读不下去了。他把书合起来,闭上眼睛,心里觉得很难受。人的同情心是很微妙的,有时反而会使你不愿去触及事情的底蕴。莲太郎的著作与其说是让你读来津津有味,不如说是发人深思。丑松终于只好离开书本论述的内容,一边阅读,一边集中思索自己的一生。

丑松之所以能够安安稳稳地生活到今天,主要在于少年时代以来的生活境遇。他本来出生在小诸的向街(秽多街),祖先是散居在北佐久高原的新平民,这些新平民每四十来户组成一族,说来他家还是一族的"头儿"。明治维新以前,他家祖祖辈辈一直做狱卒和巡捕。父亲做过裁判官;作为报酬,官府允许他免交租税,还另外发给一些俸米。正因为他是这样一个男子汉,虽然贫穷和衰落,搬来小县地方居住,当时并没有忘记让八岁的丑松上小学。丑松在根津村小学读书时,跟一般孩子一样,谁也没有把他这个可怜的新学生看成是秽多的儿子。后来,父亲定居在姬子泽的山谷里,叔叔和婶母也一起迁了过去。在这块陌生的地方没有熟人,自己更没有宣扬的必要,因此,少年时代的丑松到后来也就习惯了,以至把早先的事忘掉了。为了接受官费教育而去长野,他只是把它看做祖先的一段往事罢了。

对这段往事的回忆,而今又在丑松心里复苏了。七八岁以前,别的孩子时常作弄他,用石头打他,那种恐怖的情景重新浮现在眼前。朦胧之中,他又想起了住在小诸向街时的情形,想起了迁居前去世的母亲……"我是一个秽多!"——啊,这句话是怎样搅乱了他年轻的心灵啊!丑松读完《忏悔录》,反而感到一种难以忍受的苦痛压在心头。

第 二 章

一

　　每月二十八日是发薪的日子。这一天,学校里的人都显得特别兴奋。下课的大铃铛一响,男女教员连忙收拾好书本教具,纷纷走出各自任课的教室。校园里顿时闹翻了天,一群群淘气的孩子东奔西跑,有的挥舞着饭盒和草鞋,有的挎着帆布书包,还有的背着布包袱,吵吵嚷嚷回家去了。丑松上完高小四年级一个班的课,穿过左右奔跑的学生,急急忙忙向教员室走去。

　　校长待在会客室里。他是随着郡督学的人事更动一起调到饭山来的,比丑松和银之助等人进校晚,但从做教育工作这方面来讲,他两个人又都是校长的晚辈。那天,郡督学同两三个镇议员到学校来视察,校长陪同他们略略看了看各个教室的教学情况。郡督学提请校长注意的几件事是:监督教职员工,整理每天的教案,修理黑板桌椅等教具,给学生讲解流行性沙眼的防治方法等,大都是有关儿童教育方面的方式方法问题。回到会客室,大家随便聊了起来,室内烟雾腾腾,好像刚刚揭锅的蒸笼一般。校工出出进进,看样子是在伺候茶水。

照这位校长的说法,教育就是一种法规,郡督学的命令就是上司的命令。本来,他的主张就是按军队的风纪训练儿童,日常的举动和生活都要根据这个准则。像钟一般准确,这既是他的座右铭,也是对学生的训词,并且用这种精神指导全体教职工。那些不明世故的青年教师口头上常说的话,在他看来不过是无用的人生的装潢罢了。他的这个主张经过贯彻,获得了成功,至少校长本人认为是成功的,他得到了刻有表彰功绩字样的荣誉金牌。

这件终生纪念品正好放在这间会客室的桌子上。人们的视线一齐集中在金光灿烂的奖品上。一个镇议员在评价金子的质量,另一个在估摸金牌的重量和直径,还有的计算它能值多少钱,大家一边在心里估量,一边赞叹不已。十八开金,直径九分,重量十八克,价值约三十日元,这就是人们最后一致的结论。在附带授予的奖状上写着"教育有方""致力于全县教育工作卓有贡献""根据基金法令第八条规定,特授予金牌,以资奖励"等表彰文字。

"这一次的奖励,不光是校长先生的荣誉,也是我信州教育界的荣誉。"白胡子镇议员一本正经地说。戴着金丝眼镜的议员也随声附和:

"因此,同仁们打算相聚一堂,聊备菲酌表示庆贺。怎么样?今晚请屈就三浦酒店。也请郡督学先生务必一道光临。"

"各位的美意,我实在担当不起。"校长离开座位说道,"这次受奖,作为一个教育者,确是无上光荣,我感到无比高兴。然而细想起来,敝人并未做出什么成绩,受此金牌,反而觉得惭愧至极。"

"校长先生如此谦虚,使得奉命前来道贺的我辈实为不安。"右边一个骨瘦如柴的议员搓着手说。

"粗酒淡饭,请不必客气。"白胡子议员也从旁敦请。

校长的眼里闪烁着得意和喜悦的光芒。看样子,他很难抑制住内心的兴奋,时而挺挺胸脯,时而耸耸肩膀,片刻,向郡督学问道:

"怎么样,你今晚方便吗?"

郡督学嘴角浮现着高傲的微笑,说道:

"诸位先生既然如此相邀,不领此盛情反而有失礼仪。"

"说的是,那么回头再去拜望道谢吧。请代向同仁们转达我的问候。"校长恭恭敬敬地说。

不熟悉地方事务的人们,确实不理解校长现在所处的地位。来到地方从事教育工作的人最要紧的不是别的,就是要有校长那种庸俗的处世哲学。如果你老是抱着学生时代各种高尚的理想不放,一味厌弃低级趣味的话,这种地方学校的校长,你就一天也干不下去。有权势的人家有了红白喜事,你得同别人一样去应酬几句。赴宴时要与神主、和尚坐在一起,学会喝几盅本地酒,也能讲几句地道的土话。这时,你自然同学问疏远起来,跟未受过教育的人混得很熟。大凡那些聪明的教育者,总是和镇议员之类的人勾结起来,以期巩固自己的地位。

人们拿起帽子回去了,校长跟在大家屁股后面送行。在大门口分手时,又相互交谈了两句:

"那么,就请郡督学先生一道直接从学校到酒店去吧。"

"实在感谢。"

二

"校工！"

校长的喊声在长廊里回荡。

学生已经回家了。教室的窗户全都关着,操场上也看不到打网球的人了,周围顿时沉静下来。但偶尔还能听到教员室里笑语喧哗,楼上时断时续传来弹奏风琴的凄凉音调。

"来啦,您有什么事?"校工趿拉着拖鞋跑过来。

"麻烦你再到镇公所催一催,领到钱后马上拿回来,大家都急等着啦。"

校长吩咐完毕,打开会客室的门,走了进去。向里一瞧,郡督学独自一人吸着香烟在专心看报呢。校长说了声"对不起",把椅子挪到他身旁坐下。

"你看看今天的《信浓日报》,"郡督学亲密地说,"从你荣获金牌,谈到教育家的楷模,写得多详细呀。表彰的文章全文刊登,连你的履历也发表了。"

"是啊,这次受奖引起很大轰动。"校长喜不自胜,"不论走到哪里,都能很快听到谈论这件事,连素不相识的人知道后也向我祝贺哩。"

"太好啦。"

"说起来,这全靠您的悉心扶助。"

"请不要这么说,"郡督学打断对方的话,"彼此彼此嘛,哈哈哈哈！咱们这伙人中有人得奖总是光荣的事,你高兴的心情我是理解的。"

"胜野君也为我大大高兴哩。"

"你说我的侄儿吗？那当然啦,他也给我写了一封长信。读着信,就仿佛看到了他那高兴的模样。说实在的,他一心向着你呢!"

郡督学提到的他的那个侄子,就是经过鉴定考核及格,新近调到学校来的正教员,名叫胜野文平。校长到校时间不长,他想抬举文平作为自己的亲信。本来,如果论资排辈,丑松居于首位,他在学生中的威望,甚至比校长还高。还有银之助,虽说年轻,但也是师范学校毕业。不管校长怎么偏袒文平,也难以动摇这两个人的地位。这样,文平只好排在第三位了。

"可是相形之下,濑川君却显得非常冷淡。"校长压低声音说。

"濑川君?"郡督学皱起了眉头。

"您听我说,您可能认为,又不是不相干的人得奖,濑川君肯定也会为我高兴的吧。事实完全不是这样。我虽然没有直接听到——当然他也不会当着我的面说——但他确实说过这种话,说一个教育工作者,把得到金牌之类的东西看做如获至宝,那就大错特错了。这不也是一种奖励制度么,濑川君却认为毫无价值。可是,金牌是一种标志,它本身算不了什么,其价值全在表彰的意义上,哈哈哈哈,您说对吗?"

"濑川君为什么会有这种想法呢?"郡督学叹息着说。

"从时代来说,我们这种人也可能落后一步,然而新事物也不一定都好。"校长用嘲讽的口气说,"反正有濑川君和土屋君,我今后的工作就很难开展。办教育没有志同道合的人齐心协力,到头来是搞不好的。要是胜野君能当上首席教员,那我就大大放心啦!"

"你既然是那样的不满意,那就该对此采取什么措施才对呀!"郡督学意味深长地望着对方的脸。

"你说有什么措施?"校长热心地问。

"譬如把他调到别的学校去啦……至于继任者,可以把你中意的人安插进来嘛。"

"问题是濑川君在学生当中很有威信,虽说同样是调动工作,要是不找个什么借口,或者是干得不怎么漂亮的话……"

"说的对,不能叫一个没有过失的人随便滚蛋。哈哈哈哈,可也不能让他知道我们在打他的主意。"郡督学说到这里,换了口气,"不是我自己夸奖我那侄儿,我想对于你肯定会有用处的,比起濑川君来,虽不能说略胜一筹,也可以说不相上下。濑川君究竟有什么高明之处呢?学生为什么对这样的教员推崇备至呢?我实在难以理解。别人认为光荣的事,他却采取冷笑的态度,那么在濑川君这等人看来,什么样的事才是可贵的呢?"

"首先可能会举出像猪子莲太郎那种人的思想吧!"

"哦,就是那个秽多吗?"郡督学板起脸说。

"唉!"校长也深深叹息起来,"一想到猪子这号人写的书在年轻人中间流传开来,我就感到害怕。太不健康了!现在的新出版物把青年都引入了歧途。因此,千奇百怪和放任无羁的人层出不穷。唉,唉!今天青年人的思想,实在叫我们捉摸不透。"

三

突然有人来敲会客室的门,两个人立即闭上了嘴。接着又是一阵敲门声,校长说了声"请进",离开了椅子。郡督学回头望着去开门的校长的身影,心想是谁呢? 莫非是镇议员派人来了。他一看来人的模样,想不到竟是一个教员,跟着出现的是丑松。校长和郡督学不由得面面相觑。

"校长先生,你们正在谈论公事吧?"丑松问。

校长微微一笑:"不,没有什么要紧的事,刚才我们正在谈论你们呢。"

"这位风间先生非要见见郡督学先生不可,有些事要直接请示。"丑松说着,介绍了一道进来的同事。

风间敬之进是被时代淘汰的老迈的小学教员中的一个。论年纪,同丑松、银之助等年轻人比起来,他简直可以做他们的老子。他穿着带有花纹的黑色外褂,里面的衣服较脏,下身穿着小仓织造的粗布裤子,畏畏缩缩来到郡督学面前。一天天走下坡路的人,本来就有些胆怯,看到郡督学显出冷酷的神色,不知怎的,想好的词儿一下子都忘了。

"说找我有事,是什么事呀?"郡督学催问,脸上露出威严的神态。敬之进一直踌躇不定,郡督学终于焦急起来,他一会儿掏出表来看看,一会儿用皮鞋敲得地板咯咯响。

"究竟什么事呀? 你不说,我怎么知道呢?"郡督学不耐烦地站了起来。

敬之进越发吞吞吐吐了:"我有点事想跟您谈谈。"

"嗯。"

屋子里又沉静下来,好大一阵没有一点声响。敬之进耷拉着脑袋,身子有点哆嗦。看到这种情景,丑松不由得哀怜起他来。郡督学早已不耐烦了。

"我现在正忙着呢,有什么话就请快点说吧。"

"风间先生,您不必那样拘束,您不是想谈谈关于退职以后的事情吗?"

丑松再也看不下去了,他说着就转向郡督学:"我代他说吧。像风间先生这样的人,退职以后能不能领到退休金呢?"

"这还用问,"郡督学冷冷地说,"你可以看看小学管理规章嘛!"

"规章是规章,可是……"

"难道能不按规章办事吗?因身体衰老不能胜任工作而退职。我们没有擅自停止人家工作的权利。不过,领退休金只有满十五年工龄的人才行。风间先生只有十四年零六个月。"

"虽说是这样,可他只相差半年,是否可以照顾一下这样一位教育工作者呢。"

"要是这样,那还有个完吗?风间先生张口闭口总是谈什么家庭困难家庭困难的,可谁没有家庭困难呢。就别去想什么退休金啦,还是早些回家,安心养老去吧!"

碰了这么大的钉子,看来已经没有挽回的余地了,丑松用同情的目光凝视着敬之进的半个脸:

"怎么样?风间先生,您自己再求求看。"

"不,听了刚才的话,我也不想再说什么啦,按您说的办吧,我也不去想它啦,算啦!"

这时,校工拎着沉甸甸的包袱,从镇公所回来了。郡督学趁势拿起了帽子,校长把他送了出去。

四

　　男男女女的教员聚集在宽敞的教员办公室里。这天是星期六,对于靠月薪度日的人来说,这一天要比翌日的星期天快活得多。他们中间大多数人由于每天长时间的工作和管理众多的学生,弄得筋疲力尽,对教育事业也不感兴趣了,其中有的并不喜欢儿童。只有那些通过三门考试及格,刚学会抽烟的青年见习教员,想到来日方长,总是一副乐呵呵的样子。而那些已经老朽、胡子拉碴的人,只能谈谈往事,羡慕他人,让人看了觉得怪可怜的。他们中间甚至有人盘算着要把这一月的血汗拿去换酒喝,现在都等得有点急不可耐了。

　　丑松和敬之进正想向教员室走去,在走廊上碰到了校工。

　　"风间先生,刚才小竹馆的掌柜来找您,一直等着呢。"

　　敬之进甚感意外,他苦笑地重复着:

　　"什么?小竹馆的掌柜?"

　　小竹馆是饭山镇边的一家饮食店。这里是供农民喝村酒的地方,也是老迈的敬之进忘掉人生烦恼的世外桃源。这个,丑松老早就知道。从敬之进尴尬的表情上,丑松知道是那家饮食店听说今日发薪,特地赶来向他催讨酒债的。"咄,用得着到学校里来讨债吗。"敬之进自言自语,"好,让他等一等。"他向校工招呼了一声,两个人就急急忙忙向教员室走去。

　　十月下旬的阳光透过玻璃窗照射进来,使得飘着几缕香烟烟雾的屋子显得亮堂堂的。那边广告栏下聚了一堆,这里时间表旁围着一群,大家都口沫四溅,争吵不停。丑松站在门口张望,看见郡督学的侄子胜野文平,背靠着灰色的墙壁,同银之助两个人在并着肩谈话。文平穿着崭新的西装,打着漂亮的领结,一切都显得那样入时,那样灵巧动人。他有着整齐而熨帖的乌亮的头发,面孔显得很年轻。他那敏锐的目光,像是能洞察一切似的不停地忽闪着。银之助留着半寸长的短头发,胖胖的脸孔红通通的,穿戴挺随便,挽着袖口,有说有笑。他们俩的言行比较起来,显得大不相同。那些好奇的女教员的目光都一齐集中在文平身上。

丑松看到文平潇洒的风采,并不使他感到怎么羡慕。他只是担心:那位新来的教员是不是和自己来自同一个地方?从他对小诸的地理十分谙熟这一点加以推测,他很可能在某时某地听到过濑川家乡的故事。世界看来很辽阔,但又很狭小,这真叫人感到可悲。只要有一天什么人提起那个"头儿"如何如何——当然,如今未必有人再提这事,可是万一有这样的事呢?——这个教员肯定不会当耳边风的。丑松疑神疑鬼,心想,还是多加小心为妙。从他不安的眼神里,可以想见他的内心藏着种种忧虑。

过一会儿,校长把从镇公所领来的款子数了一遍,只等着发放了。丑松协助校长把十月份的薪水放在每人的办公桌上。

"土屋兄,送你一份礼物。"银之助面前放着几包五角一封的铜板,另外还有一包银币和钞票。

"哎呀呀,给我这么多铜板呀!"银之助笑着,"这么多我可怎么拿呢?哈哈,对啦,濑川兄,你今天搬得成家吗?"

丑松笑了,没有回答。旁边的文平接着话茬儿问:"往哪里搬呀?"

"濑川兄从今晚上起就要吃素喽!"

"哈哈哈哈!"

丑松一笑置之,他只顾向自己的座位走去。

尽管每月都来上这么一次,但领取薪水时人们的表情总是不同寻常。对于男女教员来说,再没有比亲眼望着自己的劳动所得更感到愉快的了。有的把纸封的银币袋子摇晃得咯咯作响;有的用包袱裹好,沉甸甸地提在手里;还有的女教员用绯红的裙带包起来揉摸着,暗自微笑。校长像有什么事情,突然离开座位站了起来。大家都竖起耳朵听他要说些什么。校长清了清嗓门,用呆板而生硬的语调,宣布了敬之进退职的事。然后他又顺便通知说,打算在十一月三日天长节①庆祝仪式完毕后,为这位劳苦功高的教育工作者开个茶话会。大家一致赞成。敬之进霍然站起来鞠了一躬,随后便无精打采地坐在原来的位子上。

过了一会儿,大家收拾好了,就要回家。男女教员围住敬之进,说了许多安慰的话。没想到,丑松这时已经拎着包袱走了出来。银之助到处寻找这个朋友,从教员办公室到走廊,从走廊到会客室,到校工室,到楼梯口,找来找去,早已不见丑松的影子了。

五

丑松大步流星回到了旅馆。不知怎的,领了薪水以后,他

---

① 天长节,天皇诞生纪念日。

感到浑身都是劲儿。昨天,他没有洗澡,也没有买香烟,只是想着早点搬到莲华寺去,这一天过得十分清苦。本来嘛,口袋里没有一文钱,谁还能乐得起来呢?可现在他已经算清了房钱,一切准备停当,只等车子一到就可以走了。他点着了一支香烟,心里感到说不出的畅快。

他想,这次搬家,尽量不要太惹人注意才好。叫人放心不下的是旅馆那个老板娘,这次突然搬走,她会怎么想呢?如果她联想到自己是因为和那位被驱逐的阔佬之间有什么关系,心情不快才迁走的,那该怎么办?像她那样死心眼的女人要是寻根究底问起搬家的缘由,又该怎样回答呢?本来这次就没有非搬不可的道理,因此心里惴惴不安。要是回答不当,反而会惹出麻烦来。"搬家总有搬家的原因,"可以找到很多理由。他左思右想,心中又疑惑又恐惧。可一想老板娘成天同众多的客人打交道的情景,又觉得不必那样担心。正在盘算之际,预约的车子来了。行李只有书箱、书桌、柳条包,此外还有一个铺盖卷,全部家当只要一辆车子就足够了。丑松提着油灯,在老板娘的送别声里出了门。

他跟在车子后面磨磨蹭蹭走了四五百步光景,回头望望一直住到现在的旅馆,不禁放心地长吐了一口气。路不好,车子走得很慢。丑松默默地走着,回忆起一生的变迁,对自己的命运伤感起来,胸中翻腾起感情的波涛,那滋味说不出是寂寥、悲凉、可笑,还是别的什么。回忆的思绪向他逼来,使他心中充满无限的感慨。时令已接近十一月,景物萧条,秋天潮湿的空气像淡淡的雾霭笼罩着街道。路旁发黄的柳树叶子不住地掉在地上。

路上遇到一群手摇小旗的少年。不知是谁家的孩子,他们学着乐队的样子,大声唱着歌,又敲鼓,又吹笛子,兴高采烈地踏着拍子走过来了。啊,原来是初小的学生。再一看,队伍后面跟着一个显得很兴奋的醉汉,他跟少年们一块起劲地唱着歌,全然不顾行人的目光,向这边走来。从那蹒跚的样子,很快就能知道他是退职的敬之进。

"濑川老弟,请瞧瞧,这就是我的乐队。"敬之进指着孩子们说,嘴里吐出了一股烂柿子的气味,看样子他是在什么地方喝了酒来的。他所指的那群少年哄然大笑起来。他们是在笑话自己的那位可怜的老师。

"预备——"敬之进半开玩笑地用一个指挥者的口气说,"同学们,听我说,今天我还是你们的老师,到了明天我就不再是你们的老师啦,好吧,我就做你们的乐队指挥吧。行吗?明白吗?啊哈哈哈!"他笑声未住,热泪却顺着脸颊直往下流。

天真无邪的乐队齐声欢呼起来,踏着拍子走了过去。敬之进若有所思地呆望着孩子们,好半天,才像醒悟过来一样开始向前走去。

"来,我送你一段路吧。"敬之进颤抖着身子,"濑川老弟,天还没黑,路也看得清楚,你干吗拎着油灯走路呢?"

"你问我吗?"丑松笑了笑,"我现在正搬家呢。"

"啊,搬家?这么说,你要搬到哪儿去?"

"莲华寺。"

敬之进听说莲华寺,突然不言语了。两个人好大一会儿各自想着心思向前走去。

"哎,"敬之进开腔了,"濑川老弟,我实在羡慕你们啊,你说不是吗?你们都还年轻,所谓前途无量指的就是你们,我真希望能再回到跟你们一样的青年时代去！唉，人到了我这种老朽之年，就不中用啦！"

六

车子很慢，丑松和敬之进两个人肩并肩跟在后面边聊边走。到了一条大街的时候，车夫忽然停下来，呼吸清凉的空气，擦掉额头上的汗水。这阵子，灰濛濛的水蒸气笼罩着市镇上空，只有西边的天上远远射下一道金色的光亮。今天仿佛黑的比平日都早，路面霎时昏暗起来，虽然还未到掌灯时分，已经有一户人家点上了灯，门面上"三浦酒店"几个字看得十分清楚。

二楼上腾起一阵阵欢笑声，使得外面的两个人更增添了不快和寂寞。此时人们喝得正痛快，室内灯光辉煌，看来是个歌舞之地。三弦琴合奏着悠扬的乐曲，琴声震动着格子门，听起来很是迷人。时而掺杂着急促的鼓声，时而听到尖叫声夹杂在歌声里，那也许是乐队姑娘的声音，想是应招而来陪席的吧。一个艺妓装束的女子，高高地塞着衣裳的下摆，带着一个跟班，从他俩面前匆匆地走了过去。

客人们的笑声听起来十分真切，其中也有校长和郡督学的声音。人们大吃大喝，似乎忘记了时光的流逝。

"濑川老弟，这儿可真热闹呀。"敬之进低声说，"好大的场面，今晚到底干什么来着？"

"风间先生还不知道吗？"丑松一边侧耳静听，一边说。

"不知道，我什么也不知道呀。"

"您听听，在为校长先生开庆祝会哩。"

"噢——噢——原来如此啊!"

一支歌曲演唱完了,赢来热烈的掌声,仿佛又开始交换酒杯了①。年轻姑娘喊叫着:"姐姐,拿酒杯!"丑松和敬之进再也不愿听下去,就从三浦酒店旁边穿了过去。

车子不知不觉走到了前头。他们渐渐离开了歌舞之地,鼓声也听不见了。敬之进像个绝望的人,他叹息着,沉吟着,时时莫名其妙地放声大笑。"人生如梦……"敬之进自己任意谱上了曲调,低声长吟起来,丑松默默听着,心中不禁泛起了悲伤和痛苦的情绪。

"吟不成调啦!特意喝了点酒也一下子给解了。"

敬之进叹息着,一边走一边野兽般地吼叫。丑松很同情他,过了一会儿问道:

"风间先生,您要到哪儿去?"

"我吗?我送你到莲华寺门口。"

"送到门口?"

"我为何要送你到寺院门口,这你大概不知道吧?我现在也不想向你讲明原因。咱俩虽说很早就相识,可这几天才如此亲近起来,好吧,过些时候我要同你好好叙一叙。"

不一会儿,到了莲华寺的大门口,敬之进突然告辞而去。师母高高兴兴地来到厢房外面迎接。车子早已离去,行李由寺里的用人庄太帮忙搬进了楼上的房间。厨房的烤鱼香味也飘到厢房里来了,院里香烟缭绕,这些都给没有住过寺庙的丑松一种新奇的感觉。一个小和尚向大殿走去,大概是给佛像送供品。楼上的房间和窗户都重新裱糊了一

---

① 交换酒杯,日本风俗,席上互换酒杯饮酒,表示亲热。

遍,比上次来看房时显得舒适多了。一种名叫"药汤",实际是里面放有干萝卜叶子的洗澡水,都已经准备好了。当丑松面对新的饭盘、闻到了香喷喷的黄酱汤味时,他首先感到,在这座寂静的寺院的老墙内,充满了意想不到的家庭般的温暖。

第 三 章

一

　　银之助当然不可能知道丑松的身世。虽说他们俩在长野师范读书的时候,就是情投意合的好朋友。丑松一谈起佐久、小县一带的灰暗景物时,银之助就开始讲他出生的故乡——诹访湖的故事。丑松谈起自己喜欢的历史,银之助就说他对植物采集很感兴趣。他俩在宿舍的窗前相互交谈时,两个人的心已联结在一起了。昔日同窗攻读的情景,如今记忆犹新。银之助每想起丑松就想到过去,大有不忍时光流逝之感。当年在同一个宿舍的食堂里,和自己一起闻着那香喷喷的米麦混合饭时的丑松,同现在的丑松比较起来,完全判若两人了。丑松现在是那样忧郁,只要看看他那眼神和走路的样子,听听他谈话的声音,就足以证明他失去了先前快活的性格。究竟是什么原因使他这般沉闷寡言呢?银之助无从知晓。"想必事出有因吧。"银之助思索着,他打算好好劝解一下这位朋友。

　　丑松迁到莲华寺的第二天,恰巧是星期日。下午,银之助来访,半路上碰见了文平。于是两个人一起沿着长满青苔的石级往上走,走完一段花落未尽、秋草丛生的小径来到了大殿。这里左面是钟楼,右面是厢房,此外还有一座六角形的经堂建筑,拱形的瓦顶,大陆式样的柱子、白墙,这一切看来似乎表明了昔日的壮丽和目前的衰颓。黄澄澄的银杏树下,庙里的用人庄太正猫着腰,聚精会神地打扫落叶。当他一听到"濑川先生在吗?"的问话时,便迎上去恭恭敬敬地施礼,然后扔下笤帚,光着脚往厢房那边找人去了。

突然传来丑松的声音,抬头一看,楼上靠银杏树一边的格子门已经拉开,丑松正伸着脑袋招呼他们上楼。

"喂,请上来吧。"他又叫了一声。

二

银之助和文平两个人,在丑松的带领下登上了黑洞洞的楼梯。秋天的太阳透过银杏树的叶子射进屋里,将褪色的糊墙纸、挂轴和壁龛里的书籍杂志等东西都照得黄灿灿的。清冷的空气从窗户流进来,使得古老的僧舍凉爽宜人。看来,丑松注意到了那本看后反放在桌面上的《忏悔录》,他连忙把书往角上一推,把它藏了起来,再拿出白绒毯来代替坐垫,请客人就座。

"你就爱搬来搬去。"银之助边打量房内的一切,边说,"一旦染上了濑川兄这种爱搬家的毛病,无论搬上多少次都不会嫌麻烦的。依我看,这房子倒不如先前的好。"

"为什么要搬家呢?"文平试问了一声。

"那地方太吵闹了。"丑松装出若无其事的样子。因为不好争辩,脸上现出了为难的神色。

"寺里清静倒是清静。"银之助没有在意,"听说有这么件事,那家旅馆里有个秽多被赶出去了。"

"对对,是有这么回事。"文平帮腔说。

"所以我想,"银之助接着说,"你是不是因为那点小事而对那家旅馆也讨厌起来了呢?"

"为什么?"丑松反问。

"问题就在于你和我不同啊。"银之助笑了,"最近我读到一本杂志,其中谈到一个精神病患者。是这样:有人在他住处旁丢下一只猫,就为了这只猫,他也不和妻子商量一下,当天就突然迁到别处去了。头脑有这种病态的人,看到一只被遗弃的猫就产生搬家的念头,这种事并不鲜见,杂志上不就是这么写的吗?哈哈哈哈!我可不是说濑川兄是精神病患者。不过,看你那副样子,总是身体什么地方不舒服吧。你自己没有觉察吗?因此,我一听说那个秽多被赶跑了,就立即想起了那只猫的故事。我想你是不是为了这件事才搬到这里来的。"

"简直是胡说八道!"丑松仰面大笑起来,虽然在笑,但听起来显得很不自然。

"不,这不是开玩笑。"银之助凝视着丑松的面孔,"你的脸色确实不好,请大夫瞧瞧怎么样?"

"你放心,我不是那种病人。"丑松微笑地回答。

"不过,"银之助认真起来,"很多病人都不承认自己有病。你的身体肯定有问题,就拿你夜里睡不好觉这一点来说,你生理上有了异常。这就是我的看法。"

"是吗?是这样吗?"

"可不是,幻觉,幻觉,精神病患者眼中的那只猫也好,你眼中的那个新平民也好,都会使衰弱的神经产生幻觉。扔掉一只猫算得了什么,微不足道;赶跑一个秒多算得了什么,不是理所当然的吗?"

"土屋兄,真拿你没办法。"丑松打断对方的话,"你总是这样过早地下判断,自己有了成见就再也听不进别人的话啦。"

"是有这么点味道。"文平打着圆场。

"可是,你这次搬家确实是太突然啦。"银之助换了口气,"不过,住在寺院里对学习很有好处。"

"我老早就对寺院生活感兴趣。"丑松说。

这时,女仆袈裟治(北信州有很多女人叫这个名字)拿着水壶走了进来。

三

像信州人那样爱喝茶的也许不会太多。住在寒冷山区的人,生来的嗜好就是爱喝点什么。很多人家一天里要聚在一起痛痛快快地喝上四五次。丑松也毫不例外。他拿出茶具,随便放了些茶叶,沏成浓浓的两杯热茶,送到两位客人面前,自己也将嘴唇贴在茶碗边上,尝着很香的茶叶味。他顿时感到神清气爽,好像苏醒过来一样。过一会儿,丑松放下茶碗,开始谈起他新的寺院生活来:

"听我说,昨天傍晚,我去这座寺院的澡堂洗了洗澡,工作一天累得够呛,洗个澡感到十分舒服。打开明亮的格子门一看,紫菀花开得正旺。当时我想,一边洗澡,一边听蟋蟀鸣叫,确是寺院的特有风味。和先前的旅馆全然不同,我感到就像回到了自己的家里一样。"

"也许是那样吧。因为再没有比住一般旅馆更无聊的了。"银之助重新点上了一支香烟。

"还有,老兄,这地方真是无奇不有。"丑松接着往下说,"首先,老鼠之多,令人吃惊。"

"老鼠?"文平凑过来问。

"昨夜竟然跑到我的枕头旁边来了。这东西不常见,看了怪恶心的。我觉得很奇怪,今早把这事告诉了师母,她回答的可有意思啦,干吗养猫捉老鼠呢,让老鼠活着不更显得慈悲吗?只要给点食,它又不是那么胡闹的小东西。她还说寺院里的老鼠温驯,叫我好好观赏。后来我一注意,果然像她说的,这里的老鼠一点也不怕人,大白天也跑出来嬉戏。哈哈哈哈,寺院里的情景真有点特别啊。"

"这倒挺新奇。"银之助笑了,"这个叫师母的人看来挺古怪吧!"

"不,她倒不怎么怪,就是比普通人多一点宗教习气。可你要是说她有宗教习气,她却说什么俺和住持也是花烛彩舆结的婚。所以她既不像尼姑,也不像梵妻,更不是普通人家的眷属,我是第一次看到这样一个在真宗教派寺院里度日的女人。"

"此外还有些什么人呢?"银之助问道。

"一个小和尚,一个女仆,还有一个打杂工庄太,你们进来时不是看到一个扫院子的人吗?那就是他。可大家都不叫他庄太,都叫他'庄傻子'。听说他干的工作就是每天敲五次钟:拂晓、早上八点、十二点、日暮和夜里十点。"

"还有,那个住持干些什么呢?"银之助又问。

"住持眼下不在家。"

丑松把他的所见所闻掺杂着谈了一遍。最后还提到敬之进的女儿志保姑娘，她已经舍给了莲华寺。

"呃，就是风间先生的女儿吗？"文平一边弹着烟灰，一边说，"前些日子曾经参加过校友会，对啦，就是她吧？"

"对对。"丑松也像想起来了似的说，"我记得她是在我们来到这学校的前一年毕业的。土屋兄，你说对吗？"

"好像是的。"

四

那天是莲华寺已故住持的忌辰，厨房里在忙着做供品。本来每月斋期都照例要念经拜佛的，这一天恰好又逢到他三十三忌辰，所以特意做了栗子饭供在佛前，还招待在这里借宿的客人。寺里年轻和尚的妻子也都跑来帮忙。等一切都准备停当了，师母才把厨房的事务托付给了别人，自己来到丑松的屋子里。在爱闲聊的师母眼里，丑松、银之助和文平就像三个小孩子。她虽说是老一辈的人，但还能理解书生们的谈吐，知道的事情也很多，也常谈起宗教上的事。她给大家讲十二月二十七日忌辰这天的祭祀情形，说每当冬季里的这一天到来时，男女信徒都聚集在佛前，通宵达旦地举行纪念活动，有传法、诵经、朗读传抄文等等内容。到了午夜十二点，男女一同吃夜宵……师母详详细细讲了整个通宵的各种仪式。

"南无阿弥陀佛。"

师母自言自语反复念着。过了一会儿，她又问起敬之进退职的事来。

听师母讲,现在的住持对敬之进尽到的心意可不同一般。住持常常劝他戒酒,他感到很后悔,就立下了戒酒的誓言,可是过不久就又喝起来。他也明明知道越喝越穷,可怎么也改不掉这个老毛病。因此,他感到没脸见人,压根儿不到寺里来了。据说,志保姑娘为了这个不幸的父亲,不知流过多少眼泪!

"是这样吗?他后来真的退休啦?"师母叹息着问。

"怪不得,"丑松回想起来,"昨天我向这儿搬家的时候,风间先生一直跟我到门口。我问他为啥要跟到门口,他说暂时不想说明原因,接着转身就告辞了。看样子是喝醉了。"

"哦,到我们寺院的门口了吗?喝醉酒也没忘记自己的闺女,没法子,这也是父女常情嘛。"师母说罢又深深叹了一口气。

这种闲谈使银之助没能把想说的话全部倒出来。他是特意来找丑松谈心的,要是话没说完就回家去,未免太遗憾了。正巧栗子饭已经做好,说要留他做客,他想夜里再谈也许更好,他心里老在为这位朋友担心呢。

这天的晚饭破例地摆在厢房的客厅里。晚间的功课看来已经结束,小和尚身穿白大褂在应酬。五分粗芯的灯光照着香烟缭绕的夜气,使得天花板很高的大厅,显得别有风趣。老墙上挂着黄色的法衣,想必就是住持穿的吧。屋内奇异的景象引起了三个人的注意。尤其是银之助一个劲儿说笑,他爽朗的笑声传到了厨房里,使师母也不得不走过来听听这些年轻人在聊些什么。最后,连志保姑娘也来了,她依偎在师母旁边倾听。

文平一下子变得快活了。他的性格就是如此,只要有女人在场,他就热心起来。三个人现在来到楼下客厅里说话,跟在楼上时全然不同,他连说话的声调都变了。文平天性讨人喜爱,又有着一双清澈明亮的眼睛,要是他乘兴天南地北地聊起来,确实使人感到他是个怪有意思的人。文平不时入神地看着志保姑娘,志保姑娘时而揉搓着衣襟,时而用手撩起耷拉下来的头发,侧着耳朵听大家说话。

银之助对这些没有介意。过了一会儿,他像想起什么似的盯着志保的脸问:"你是在我们来校之前毕业的吗?"

师母也回头瞧着志保姑娘。

"嗯。"志保回答时面颊上骤然现出了红晕,略带几分羞涩的表情,使她的容颜更增添了少女的风采。

"学校里还有你们毕业时的照片呢。"银之助笑着说,"看上去个个都是干净利索的大姑娘啦。可是我们才来的时候,怎么还有人拖着鼻涕呢。"

欢乐的笑声充满了客厅。志保姑娘的脸蛋更红了。这时候,只有丑松独自一人躺在灯影里,深深地思考着什么。

五

"哎,师母,"银之助说,"濑川兄非常消沉呢。"

"可不是吗。"师母微微歪着头回答。

"大前天,"银之助对丑松说,"就是你到寺里来找房子的那天,我出去散步,正好在街上碰到了你。我看见你心事重重的样子,我一时呆呆地站在那里望着你的背影,心里真有说不出的难受。你拿着一本猪子先生写的《忏悔录》,当时我想,老是读那位先生写的书,可不要搅乱了自己的思想,看那样的书,对你不合适。"

"为什么?"丑松直起身子来。

"可不是吗,如果你过于受到感染就不好啦。"

"受到感染有什么不好呢?"

"受到好的感染当然好,可这是坏的感染,所以不好办。看来,你的性格发生变化就是从读了那位先生的作品开始的。猪子先生是个秽多,他有那种思想是不奇怪的。然而像你这样普通出身的人何必学他呢?何必像他那样极度悲观呢?"

"这么说,对穷人和劳动者一类的人寄予同情也是不可以的喽。"

"不是说不可以,我也认为这种思想很高尚,可是像你这样入了迷就麻烦啦。你为什么光读那样的作品?为什么老是那样消沉?你现在究竟在想些什么呢?"

"我吗?我也没有特别深入考虑什么,我只是在想你所想的事。"

"总会有所考虑吧?"

"什么叫有所考虑?"

"不然,无缘无故的,性格不会改变得这么大。"

"我真的变化大吗?"

"当然变化大喽,跟师范学校时代的丑松完全不同啦,那时你一直是很快活的人,所以我一直在这么想,觉得你不是一个性情忧郁的人,只是想得多了。你为何不往其他方面想想,或是把自己的心胸舒展开来,岂不更好。这些天我很想同你谈谈,要知道我一直为你担心哩。如果身体有什么不舒服,可以及早请医生看,要自己保重自己才行啊。"

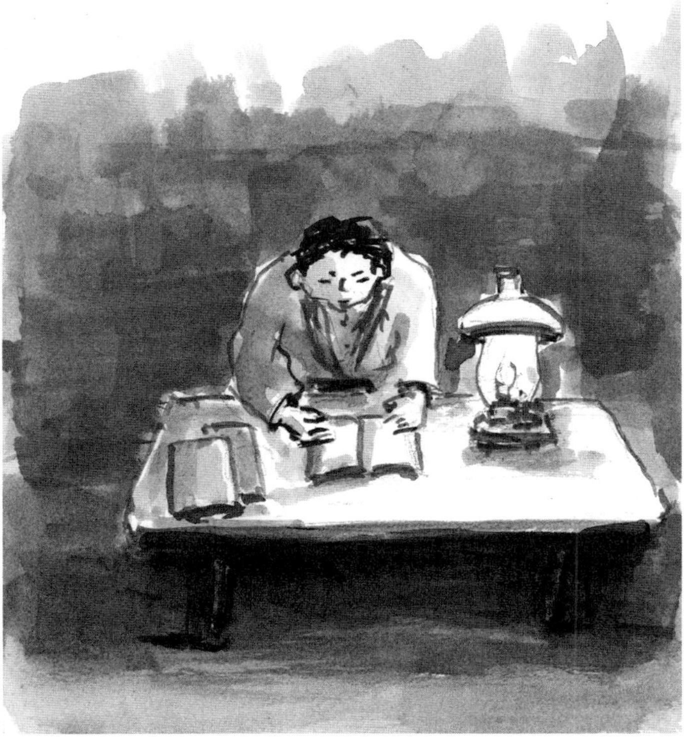

客厅里的人暂时沉默不语了。丑松想起什么似的忽然变成木头人一样愣在那里,过了一阵,才恢复了理智,脸色有些苍白。

"你怎么啦?"银之助惊讶地盯住丑松的面孔,"哈哈哈哈,你怎么这样闷声不响呢?"

"哈哈哈哈……"

丑松用笑声把它掩饰过去。银之助也一同笑起来。师母和志保来回瞧着他们两个人的表情,热心地听他们谈话。

"土屋兄读过《忏悔录》吗?"文平插了进来。

"没有,没读过。"银之助回答。

"那么你读过猪子先生写的哪些书呢?我到现在还没读过一本哩。"

"我读过他写的《劳动》,还有《现代的思潮和下层社会》这两本书,都是濑川兄借给我的。有的地方写得很有意思,文笔深刻有力。"

"那位先生究竟是从哪儿毕业的呢?"

"记得像高等师范。"

"听说有过这样的事,那位先生在长野的时候,乡里人以为在秽多中出了这样的人才很光荣,就邀请他去讲演。他去了,结果旅馆不让他住宿,连个落脚的地方都没有。他因此感到懊丧,就离开了长野。看样子,他辞掉师范学校后,又奋斗了一段时间。真没想到在新平民当中居然有这种奇怪的人物跳出来!"

"我也觉得奇怪。"

"反正出身下贱的人在思想界崭露头角,我实在不明白这个道理。"

"据说那位先生有肺病,也许正因为有病,他才达到了这个思想境界的。"

"哦,他有肺病?"

"大凡病人都很认真,因为面临'死'的威胁!平素就在深入思考。看了那位先生写的东西,总觉得有一股逼人的力量,这正是肺病患者的特征。有不少人是靠生病起家的。"

"哈哈,土屋兄观察问题总是着眼于生理方面。"

"这没有什么可笑,要知道,疾病本身就是一门学问。"

"照么说,不是秒多本人要写那本书,而是疾病促使他写的喽,不是吗?"

"你想,除此之外,还有什么更好的解释呢?一个新平民难道还会具有一种高尚的思想吗?哈哈!"

当银之助和文平你一言我一语交谈的时候,丑松一言不发地对着油灯出神,脸颊上自然流露出来的苦闷的表情,使得他那年轻而英俊的容貌越发显得阴郁了。

茶摆上来了,三个人又谈了些别的。师母讲起了在外地的住持的消息,为客人解闷。小和尚独自倚在隔壁房间的柱子上打瞌睡。从厨房的院子那边远远传来了单调的响声,听起来好像庄傻子在舂米。夜已经深了。

六

朋友们回去以后,丑松在自己的房间里来回踱步,好像抑制不住内心的激动情绪。他回想着这一天发生的事,想到那两个人的谈话以及谈话时脸上的细微表情,不觉浑身战栗起来。他的前辈受到的侮辱,最使他感到悲愤不已。难道说贱民就一文不值吗？一想到那些粗野的言词就感到气恼，在这堵种族偏见的高墙面前，不管多么灼热的眼泪、贴心的话语，还是钢铁般坚强的思想，都变得软弱无力了。有多少善良的新平民，就这样默默无闻地被葬送了。

丑松的心情很不平静，躺在床上也睡不着觉。他睁开眼，把头靠在枕头上，回忆自己一生中的种种往事。老鼠又出来了，在铺席上东跑西蹿，搅得他更不能入眠。他重新点上灯，把芯子拧得很小，只照亮枕头。黑暗的角落里，那小动物像影子一样敏捷地来回奔跑，摆动着长尾巴，进进出出，一点也不怕人。丑松感到又厌恶又好奇，从老墙里传出了吱吱的叫声，更增添了秋夜的寂寥之感。

丑松海阔天空地回想着一切，没有一件事可以使他安下心来。有些事自己觉得很谨慎，但仍然引起了别人的怀疑。他越想越感到还是自己注意不够。那位大日向从鹰匠街的旅馆里被赶走的时候，自己为什么那样不冷静，慌慌张张，非要搬到莲华寺来不可呢？为什么猪子莲太郎的著作一发表，自己就得意洋洋地吹嘘一通呢？为什么要那样为这位前辈辩护，使人觉得自己同他之间好像存在某种关系呢？为什么老爱在旁人面前提起那位前辈的名字呢？为什么不偷偷地去买他的书呢？为什么不想个聪明的办法，一个人躲在房里悄悄地阅读呢？

想到后来脑子实在疲倦了，可还是没有想出个头绪来。

一整夜就是这样躺在床上战栗、苦闷，在黑暗中彷徨。到了第二天，丑松更加处处留意了。过去的事已经无法挽回，从今以后可要当心。莲太郎的姓名、著作以及他的为人，凡是有关这位前辈的事，在别人面前一概不提。

父亲的戒语深深地刻在他的心头。"隐瞒！"——这是生死攸关的大问题。那些佛门子弟身着黑衣而苦守着的许多戒语，同自己的这一条比起来，又算得了什么！他们即使背弃了祖师，也只不过是说他堕落罢了，而背弃父母的秽多之子，那就不是什么堕落，而是败家的逆子了。

父亲再三叮嘱他："决不能泄露！"那么，从此以后，只要是想立身处世的人，谁还愿意特地表白一番呢？

丑松好不容易熬到了二十四岁，说起来，这正是有为的时候。

啊，真想永远好好生活下去。越是抱这种希望，就越感到自己是一个秽多而心神不定。人世的欢乐在丑松的眼里，化作了一幅幅美丽的图画。他想，不论在什么场合，都要严守戒规，决不破戒。

第 四 章

一

城外正是收割的大忙季节。下午,一群群农民走出茅屋到地里去劳动。田里的稻子早已割倒、晒干,有的地方甚至在播种小麦。一年的辛苦到现在才获得报偿。趁着还没下雪,要抓紧时节,千曲川下游的原野里,出现了宛如战场一般的景象。

这天,丑松从学校一回来就立刻离开了莲华寺,他想恢复平素的勇气,而漫无目的地信步走着。他从新街的街边上走过来,经过干枯的桑田,不知不觉到了郊外的一角。他靠在稻草垛阴凉的一边,在霜打枯的草地上伸开双脚,深深地吸了一口野外的空气。这时,他感到像苏醒过来一样畅快。眼前尽是男女农民,这里是父子,那儿是夫妻,浑身沾满了灰黄的尘埃,争先恐后地干活。地里传来了打谷子的棒槌声,与捋稻子的声音和在一起,响成一片,听起来令人振奋。到处都飘起了白色的烟雾。有时成群的麻雀在天空里飞着、欢叫着,不一会儿又忽地飞下来,散落在地面上。

秋天的太阳很毒,给人们带来一种难以形容的辛苦和劳累。男的头上缠着布巾,女的都戴着斗笠。这是少有的干热无风的天气,人人身上都汗流浃背。穿过满地的阳光,丑松眺望着劳动的情景,他忽然发现一个十五六岁的少年从稻草垛旁边走过。看到那太阳晒黑的额头和充满稚气的眼神,他立即认出这是敬之进的儿子。这少年名叫省吾,正好是丑松负责的高小四年级那个班的学生。丑松每当看到这少年的容貌,就不能不想起那位年老的教师来。

"省吾,到哪里去?"他喊道。

"我……"省吾支支吾吾地说,"我母亲在田里。"

"你母亲?"

"呶,就在那里,老师,那就是我的母亲。"

省吾用手指着,脸色有些潮红。对于这位同事的妻子,他以前不是没有听说过,然而他一点都没有想到在面前劳动的这个女人就是她。这妇女穿一件破旧的外褂,系着茶色的腰带,戴着青布护袖,用斗笠遮着太阳,身子一前一后地动着,在使劲地捋稻穗。信州北部的妇女都很要强,干起活来抵得过男人。然而作为教师的妻子,冒着炎热的气候到野外来吃苦,倒是很少见。丑松怜悯地望着她,心想,这也许是家境不好的缘故吧。这时省吾指着那个抡着棒槌打谷子的庄稼汉说,那人名叫音作,过去就常来往,这次是来帮忙的。在省吾的母亲和音作两个人中间,还有一个女人,把簸箕高高地顶在头上,一点一点地簸着谷糠。省吾说那是音作的老婆。那婆娘每簸动一次,稻壳灰就飞扬起来,人们好像被包围在黄色的烟雾里。省吾还指着站在母亲身边的一个小姑娘说,那就是他的异母妹妹阿作。

"你们兄弟姐妹几个?"丑松盯着省吾的脸问。

"七个。"省吾回答。

"这么多,七个!你,你姐姐,正在上初小的阿进,这个小妹妹,还有呢?"

"下面还有一个妹妹和一个弟弟,大哥当兵,死啦。"

"哦,是吗?"

"已经死去的大哥,舍给莲华寺的大姐,还有我,我们三个是另一个母亲生的。"

"那么你和你姐姐的亲生母亲呢?"

"早已不在啦。"

正在他们说话的当儿,忽然听到了继母的喊声,省吾连忙奔了过去。

二

"省吾呀,你究竟要长到多大才肯帮忙呢?"太太的声音听得很清楚。省吾很怕他的继母,惶惶恐恐地站在她的面前。

"想想看,都十五啦!"太太的话里带着怒气。"今天没法子才把音作也请了来,都忙成土人儿啦,你难道没有看见吗。即便是当妈的没跟你说,你也该早早从学校回来帮忙才是。高小四年级了,整天光知道逮蚂蚱,哪见过这样的孩子,真没出息。"

这时太太停下捋稻子的手。音作的老婆也回过头来同情地瞧着省吾的脸。她整了整围裙,掸了掸身上的尘土,待一会儿又擦擦脸上的油汗。席子上的稻谷已经堆成了金黄色的小山。音作把身子靠在槌子的长柄上,尽情地伸展了一下疲乏的腰身,吸了一口浓郁的清新的空气。

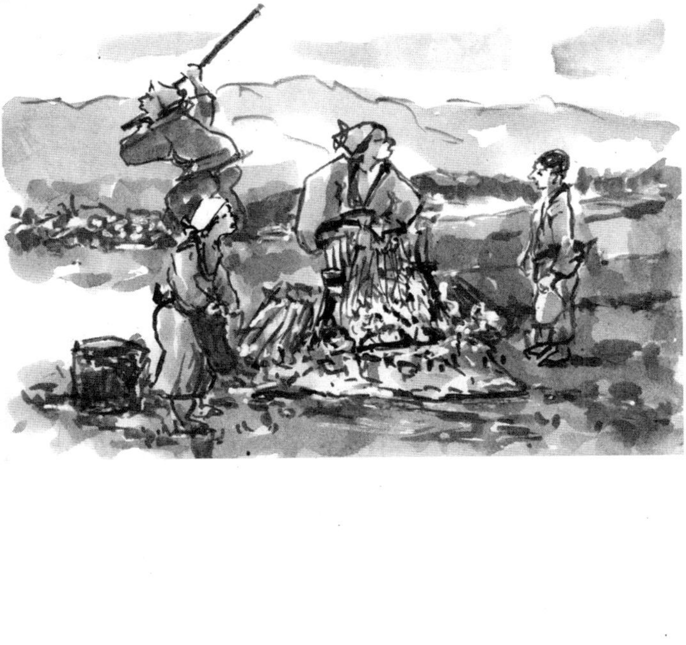

"哎呀,阿作,"太太骂起孩子来,"怎么这样淘气!女孩儿总得像个女孩儿的样子。真是,简直没有一个成器的,虽说是我生的,我也腻味透了。唉,看看阿进吧,比你们两个强多了,他可是帮了不少忙。"

"哼!阿进不也在玩么。"是省吾的声音。

"什么?他在玩?"太太的声音有些发颤,"谁说他在玩?从刚才起就在看娃娃,可不像你那样一点不中用。哼,妈说句什么,你总是要顶嘴。你爹把你给惯坏了,妈的话一句也不听。真是脸皮厚,嘴巴硬。所以我就不喜欢你。我要是让着你点,真不知你会怎样放肆呢。噢,你一定又去莲华寺了,同你姐姐说些什么来着?怪不得搞得这么晚才回来,再背着我去试试,饶不了你!"

"太太,"音作看不下去了,"好啦,今天这一回,看在我的面上,就饶了他吧。喂,省吾,你老这样可不成。你要是再不听妈的话,我可再也不替你说情啦。"

音作的老婆也走到省吾身边,轻轻地拍了拍他的肩膀,悄悄说了些什么。过了一会儿,那婆娘把槌子的长把递到他手里:"好,来帮忙干吧。"说着把他领到了音作那里。"好啦,咱们干起来吧。"音作说罢就同省吾两个抡起木槌开始打谷子,嘴里喊着"嗨唷、嘿唷"的号子。太太和音作的老婆也继续干起活来。

丑松无意之中看到了敬之进的家属,知道那个可怜的少年和志保都不是太太亲生的。为了养活穷苦的丈夫,太太在辛勤地劳动,五个孩子的生活重担和丈夫的不幸遭遇,使得她的心情易怒善感。丑松看到这种情景以后,对敬之进就更加怜悯了。

丑松现在恢复了一点勇气，能够看得明、悟得清了。他眺望着眼前的郊外的景色，胸中泛起了对种种往事的回忆。他想起天真烂漫的少年时代，自己也正是这样随便躺在田边看着收割庄稼的情景。他想起乌帽子山一带山岳的斜坡，想起了连接斜坡的田地和石墙；他还想起了田间小道，那里生长着牵拉着枯叶的白茅、野菊和各种杂草。当秋风掠过原野、掀起金黄色波浪的时候，他便去逮蚂蚱，追田鼠，晚上围在炉边听狐狸、狗獾变人的童话，或者听山里流行的幽灵的传说和无拘无束的民间男女的爱情故事，听完了就纵情大笑。啊，那时还没有尝到作为一个秽多的辛酸呢。那是遥远的过去，那个时代在现在看起来大有隔世之感！丑松又想起在长野师范学校读书时的情景。那时候，他对社会一无所知，自己不怀疑别人，也不被别人怀疑，觉得自己同别人没有什么不同，成天价在一起打闹取笑。他想起了学生宿舍里的愉快生活，想起了管理宿舍的红胡子，想起了食堂里麦饭的香味。他还记得校门口那座小糖果店的女掌柜的模样，因为在抽签游戏中经常轮到自己去那家小店买东西。他想起了晚上就寝的钟声响过，红胡子巡视的脚步声在走廊里逐渐远逝的时候，一时死一般静寂的同学们又都爬起来，在黑洞洞的寝室里沉醉于天南海北的纵谈。最后，他还想起了那时曾经登上往生寺的山头，站在萱草丛生的坟墓旁大声呼喊……一生的变化该有多大啊！追忆过去的欢欣，更增添了今日的哀愁。丑松仰天叹息："唉，唉，我怎么变得这样疑神疑鬼呢？"忽然，天边出乎意料地腾起了一块棉絮状的云彩，丑松一边遥望着那块云彩，一边沉思，不知不觉疲倦起来，靠在稻草垛上睡着了。

三

丑松忽然睁开眼来向四周一看,早已是暮色苍茫了。对面的田间小路上,许多人正忙着回家。一群群粗壮的男女农民打他身旁经过,有的扛着锄头,有的背着盛稻谷的草袋,其中也有怀里抱着婴儿急匆匆赶回家的。秋季里一天紧张的劳动终于结束了。

也有人仍在劳动,敬之进的家属们也在加紧干。音作猫着腰,脚下使着劲,把沉甸甸的草袋往家里背。地里只剩下两个女人和省吾,他们又是筛谷子,又是装草袋。忽然传来了"妈妈,妈妈"的呼叫声。一看,原来是省吾的弟弟背着一个哭得前仰后合的孩子,手里牵着一个妹妹,跑到母亲这边来。"唔,唔,"太太接了过来,把奶头塞进孩子的小嘴里。

"阿进,你知道你爹在干什么吗?"

"我不知道。"

"唉!"太太用汗衫的袖口使劲揩了揩眼眶,"一想起你爹,就再也没心思干活了。"

"妈!看阿作。"阿进指着妹妹喊道。

"哎呀,"太太回过头去,"是谁把口袋打开的?是谁瞒着妈妈把口袋打开的?"

"是阿作在拿东西吃。"这是阿进的声音。

"那丫头实在没办法!"太太怒气冲冲地说,"把那口袋拿过来,快点给我拿过来!"

阿作是个刚满八岁的女孩子,她手里提着麻布口袋,看到妈妈生气的样子,吓得不敢往前来。

"妈妈,也给我吃一点。"阿进和其他一些孩子死缠着要吃,省吾看到了,也趁机往母亲身旁靠过来。

"哎,给我看看!养活你们这帮孩子真叫人泄气。怪不得这阵子那么老实,妈稍微看不到,就学着这么干,不言一声就悄悄拿着吃,这是小偷干的,是贼干的!你爱到哪儿就到哪儿去吧,这么个下贱的东西不是妈养的孩子!"

太太从阿作手里夺过口袋,从里边拿出剩下的烧饼似的冷干粮,分给了三个孩子。

"妈妈,也给我一些。"阿作伸出了小手。

"什么?你呀,你自己吃过啦,还要!"

"妈妈,再给我一些。"省吾央求着,"阿进都吃了两块啦,才给我一块呀。"

"你不是哥哥吗?"

"给阿进那么一大块。"

"你不乐意,拉倒,快还给我!妈给什么从来没有高高兴兴地接过。"

阿进嘴里塞着一块,待一会儿,又拿起另一块烧饼来炫耀一番,喊着:"省吾笨蛋,哟,哟!"省吾又气又恼,猛地跑过去照着弟弟的脑袋就是一拳。弟弟也不示弱,回敬了哥哥一个耳刮子。兄弟俩怒冲冲地什么也不顾了,都耸着肩膀像野兽一样格斗起来。音作的老婆慌忙拉开了他们,兄弟俩同时放声大哭起来。

"弟兄俩怎么打起来了呀。"太太生气了,"你们在旁边大吵大闹,做妈的简直要气疯啦!"

丑松躲在稻草垛的后面看着这番情景。越听下去越觉得这不幸的人家太可怜了。傍晚的钟声突然敲响了。在钟声的提醒下,丑松离开了那里。

莲华寺的钟声在晚秋静穆的天空里回荡,那钟声听起来就像是在慰问农民们一天的劳累,催促他们早点好好休息。留在田野里继续劳作的人们都在加紧赶完手中的活计。这时,浓重的暮霭笼罩着千曲川的对岸,高社山一带的山脉也渐渐隐没在黑暗里了。西边的天空骤然变成了一片橘红色,不一会儿,秋天的落日在田野上现出了回光返照。前方不远的树林和村落,一齐沉浸在苍茫的暮色之中。啊!如果既无烦闷、又无悲伤,能这样观赏田园风光的话,那么,青春时代该是多么快活啊!丑松越是感到心中翻腾着烦恼,外界自然的美就越活生生地浸进了他心灵的深处。南方天空里出现了一颗星星,这颗晶莹美丽的星星,把傍晚的景色映衬得更加庄严、肃穆。丑松一边出神地眺望,一边往前走。他想起了自己的一生。

"然而,这又该怎样呢?"丑松往豆子地中间的小路上走去时,像是自己在鼓励自己,"我也是社会的一员,和别人一样,我也有生存的权利!"

想到这儿,他浑身充满了力量。不一会儿,他往回走时,回头一看,敬之进一家仍然在干着活。透过暮色,他看到两个女人头上戴的布巾显出了灰白的颜色。清冷的空气里传来了木槌的声音。"收集稻草喽"的吆喝声也隐约可闻。站在那儿向这边张望的是省吾吧。天色愈来愈暗,只能看到黑影在移动,人们的面部和身子都无法分辨了。

四

每到黄昏,山里人碰面时总是习惯地道一声"您受累了"。丑松往新街的街边去时,正好碰到回家的农民。他每碰上人就用这话来打招呼。当他走到一家门上写着"便饭""休息"字样的小竹馆店门口时,又道了一声"您受累了",这次不是对别人,而是那个敬之进。

"哦,是濑川老弟吗?"敬之进要强留住丑松,"来得正巧,我早就想找机会同你好好叙一叙呢。不要那么忙着走么,今晚陪陪我好吗?能在这个小店里谈谈心也挺叫人高兴的。我有话很想说给你听呢。"

在敬之进的催促下,丑松同他一起跨进了小竹馆的门槛。这里是白天供客商歇脚、晚上供农民解乏的地方。大火炉里,树枝燃起熊熊的火焰。墙根前排着几个酒瓮,里边似乎满满地装着村酒。眼下正值农忙季节,是没有人长时间坐在这里浅斟细酌的。刚才有一个农民,草鞋也没有脱,捧着大酒杯咕嘟咕嘟往肚里灌。这会儿那农民已经走了,火炉边只剩下他们两个了。

"今晚吃点什么呢?"女掌柜在炉钩上吊起大锅,问道,"有现成的油炸豆腐卷,要不要端上一些来?还有从河里抓的鳅鱼,来一个鳅鱼吧。"

"鳅鱼?"敬之进舐着舌头,"太好啦,要是外加些油炸豆腐卷,那简直美极啦!今晚这种天气,只能吃热的。"

敬之进酒瘾上来了,浑身直打哆嗦。他平素要是不喝酒,那就一点精神也没有,话也少,看上去像个病人。年龄才五十一二岁,论岁数并不算老,头发还是黑黑的。丑松又想起了在稻草垛边听到和看到的敬之进一家的遭遇,心里更加和他亲近起来。柴火烧得很旺,大锅里边的油炸豆腐翻滚着,火炉旁边飘散着一股甜香味儿。女掌柜将油炸豆腐卷盛在小海碗里,酒也装在烫壶里,两个人的饭盘上各放了一把古朴的酒壶。

"濑川老弟,"敬之进自斟自酌起来,"你是什么时候到饭山来的呀?"

"我吗?我来了整整三年啦。"丑松回答道。

"哦,有这么久了吗?我还觉得你才来没有多少时候呢。日子过得真快呀,难怪像我这样的人已经老朽了,你们是不断地进步。我这种人,虽说过去也有过同你们一样的时代,但是在过了今天有明天、过了明天有后天的当中过来的,一晃就说我有五十岁啦。论起我的祖辈来,本是饭山的藩士①。我小时候在侯爷身边奉公,后来又到了大名鼎鼎的江户,直到明治维新时为止。回想起来,世道变得真快呀,变啦,变啦!去看看千曲川河畔的古城址吧。不知道你们看了那个石墙的遗迹有何感想。当我看到石墙上缠绕着莺萝草莓的时候,心里就有说不出来的滋味。到各处一瞧,古城址大都变成了桑田,所有的士族都完全衰落了。那些凑合着勉强活到今天的人,都是到官场上弄个一官半职,再不然就去学校教书混日子。唉,士族是最没有用处的人啦,说起来,我也是其中的一个。哈哈!"

敬之进苦笑着,他拿起酒杯一饮而尽,咂了咂舌头,把空

---

① 藩士是日本古代隶属于诸侯的武士。

酒杯递给丑松说："来,我们换换杯子吧。"

"不,我先给你斟。"丑松拿起酒壶劝道。

"这样可不行,该你喝的你就喝,该我喝的我也喝。嗨,我原以为你和酒无缘呢,没想到你还真能喝,今夜才算是知道你的海量了。"

"哪里,我是最多三杯,多了就不行。"

"反正这一杯你得喝下去,然后我再喝你的。跟你我才说这样的话,我这二十年来,是啊,自从取得小学教员的资格也有十五年了,在此期间,我教的都是老一套。这么说,也许会被你耻笑,但是在课堂上究竟教给学生些什么,自己也稀里糊涂。哈哈,唉,老实说,我认为当教员的时间长了都会有这种体会的。实际上,我并未意识到自己是在搞教育,只是为了挣薪水,才每日穿着长袍大褂去上班。你难道不是这种看法吗?一个所谓初小教员跟一个有文化的体力劳动者又有什么两样呢?整天价在教室里维持秩序,管理众多的孩子,进行长时间的劳动,却拿着极其有限的月薪。我的身体居然能够坚持到今天,连我自己都没有想到。也许在你们看来,我现在退职未免太愚蠢了吧,其实我自己也明白,只要再熬上六个月,就可以领到生活补贴,尽管数目少得可怜。明白是明白,可惜我办不到。从今后要是再叫我出去工作,那就等于叫我死。当然,老婆嘛她也真发愁,说教员不干了怎么活下去,到银行里记个账什么的吧,可是你想想,我们这号人能干得了那种活吗?干了二十年的老行当我都撒手了,谁还肯去干那种不熟悉的事呢?我的全部精力、耐性都消耗净啦。啊,在皮鞭下边活着,干着,直到倒毙,这是老马拉车的下场。我就是这种拉车的老马,哈哈!"

五

一个少年突然闯了进来,打断了他们的谈话,敬之进缄口不语了。女掌柜本来是在水池旁就着油灯洗盆涮碗的,看到了少年便跑过来说:

"哎呀,是省吾啊!"

省吾带着像是有什么急事的神情问:

"我爸爸在这里吗?"

"嗯,在呢。"女掌柜应道。

敬之进皱着眉头,把伫立在灰暗的院子里的省吾领到火炉旁,仔细地瞧了瞧孩子可怜的模样,问:

"怎么啦?有什么事吗?"

"嗯,"省吾吞吞吐吐地说,"妈说,叫您今晚早点回去。"

"哼!是她叫你来的吗?唉,又是这一套。"敬之进自言自语地说。

"那么,爸爸今晚不回去了吗?"省吾怯生生地问道。

"怎么不回去呢,话说完了就回去。去告诉妈,爸爸正和学校的老师说话呢,完了就回家。"说到这里,敬之进压低了声音,"省吾,妈现在干什么?"

"正在收拾谷子。"

"是吗,还在干活儿?那么……这么说……妈妈还和平常那样在发脾气吗?"

省吾没有回答,从那眼神里可以看出,孩子幼小的心灵也在怜悯着父亲。省吾默默地盯着敬之进的脸。

"嗬,你的手好凉啊!"敬之进握着儿子的手,"来,给你钱，去买个柿子什么的吃吧，可不要告诉妈妈和阿进，好啦，快回去吧。就照爸爸刚才嘱咐你的那样说，好不好，明白吗？"

省吾耷拉着脑袋，无精打采地走了。

"好，你听我说，"敬之进又开始追述起自己的往事来，"还记得吗？你向莲华寺搬的时候，我不是送你到寺院门口吗？说实在的，这话我对你才讲啊，是我不讲情义对不起那个寺院，住持在生我的气呢。他说只要我不戒酒，就不同我来往。我也很难为情，结果弄得连到寺里去见见女儿的面都不成啦。你知道吗？舍给寺里的志保，连同省吾，还有已经死去的老大，这三个人都不是我现在这个老婆生的。我的前妻同样是饭山藩士的女儿，是在我们家光景还好的时候嫁过来的，她死的时候家境也还不像现在这样衰落。所以，每当我想起她来，就不能不想起我一生中最幸福的年代。我只要喝上一盅酒，就准会回忆起那个时代的情景。这是我的老毛病。你知道，人一上了岁数，除了回想往事，就再没有什么别的欢乐可言了。唉，我的前妻她倒算是死在好时候啦。人是奇怪的，总觉得年轻时娶的老婆最中意。再说，我的前妻不像现在这个老婆性子这么暴躁，她像旧时代人家的妻子一样体贴丈夫，处处都顺从着我。送到莲华寺去的志保，这孩子很像她的母亲，眼神一点都不差。我只要一看到这姑娘的脸庞，前妻的形象就会立刻浮现在我的眼前。不光是我，别人都这么说。谈起过去的事情来，唉，现在这个老婆就显得太没意思啦。说实话，我真不想把姑娘舍给莲华寺，然而放在家里，对她也没有好处。首先，她待在家里实在太可怜，偏巧，莲华寺也非常想要她，师母又没有孩子。再说，饭山和其他地方不同，这里的寺院很吃香。由于这些关系，我才把志保撒了手。"

丑松越听越发同情起来。可不是吗，敬之进这么一说，使人觉得他虽然和潦倒不堪的人物画一样，但仍然保持着武士般严谨的风度。

"那正好是志保十三岁的时候。"敬之进补充说。

六

"啊，我这一生实在没出息。"敬之进又叹息起来，"濑川老弟，你替我想想，这'没出息'三个字里包含着多少辛酸啊！有人说我是喝酒喝穷的，可我说，正是因为穷才喝酒的。一天不喝，我就受不了。起初，我也是为了忘掉痛苦才喝酒的。现在却不然，反而是为了要感受这种痛苦才喝的。哈哈！说起来你会觉得奇怪，我要是一个晚上闻不到酒味，就会立刻感到寂寞、无聊、浑身打冷战，睡也睡不着，这么一来，整个思想都几乎全处于麻木状态之中。请为我设身处地想想吧，只有当我喝了酒感到痛苦的时候，才是我最感到自己还活着的时候。有许多事说出来你会笑话我，我来饭山学校教书之前，就已经在下高井的乡村里干了好长时间了。这个老婆就是我在下高井时讨的。别的不说了，我这老婆是在乡下土生土长的，论劳动倒也挺泼辣，像冒着风霜割稻子这样的活计，我是干不来的，我要是也像她那么干，马上就会病倒，可她却能耐得住。在忍受穷困的折磨上，现在这个老婆要比我强得多。所以，老弟，她甚至这样对我说：事到如今还顾什么面子和名声，我可是要下田干活喽。说来怪丢人的，一个女人家种起地来啦。原先和我家关系密切的庄稼汉音作两口子，说是为了报答老一代人的恩情，愿意来帮忙。可是我说事情反正不会那么顺利的。任你怎么说，我老婆就是听不进去。因为我原是士族出身，对于一块地有几亩，一囤谷子应交几斗租，一升种子能打多少粮食，一年里要使多少肥，这些一点也不懂。就说眼下吧，我老婆究竟租种几亩地我都不知道。照我老婆的意思，她是想叫孩子习种庄稼，将来做个农民，因此常常同我发生冲突。像这样一个没有知识的女人，怎能教育好孩子呢。的确，我家里只要产生矛盾，肯定是为了孩子的事，因为有了孩子，夫妇就得常常吵嘴；又因为夫妇常吵嘴，孩子也就不断增多。唉，已经够了，要是再添孩子可怎么得了啊。增加一个孩子，就得增加一层贫困，这道理也明白，可孩子照例来，你有什么办法？现在这个老婆生第三个女儿的时候，我说干脆起名叫'阿末'，心想也许这样一来，就会到此为止了吧。谁料到，接着又来了第四个。没法子，这回给起了个名叫'留吉'。唉，你想想，五个孩子在你身边哭闹，怎么受得住啊！受不住又有啥办法呀，苦啊，苦啊，每当我看到孩子多的穷苦人家，就会立即引起我的同情心来。光这五个孩子的吃喝已经很不容易了，要是再添，像我这一家子真不知该怎么办。"

说到这里，敬之进笑了，热泪不知不觉流了下来，浸湿了他那破烂的衣袖。

"我说老弟，这都是些实话。"敬之进的两手顺着额头、两颊和腮帮抚摩了一阵。"怎么样，省吾这孩子蒙你栽培，你看他能成器吗？要能再活泼一些就好了。他有点像个女孩子家，动不动就哭，真不好办。老是受弟弟的欺侮。同是自己的孩子，按理说无所谓喜欢哪个和不喜欢哪个，虽说是这样，可也怪，我总觉得省吾可怜。看到这孩子那柔弱的样子，越发增加了我对他的同情。老婆偏爱弟弟阿进，动不动就嫌省吾碍事,冲着他大骂一阵。这时候我要是插一句嘴,就会招她猜疑,说我光疼爱前妻的孩子,对阿进一点也不关心。因此,我现在什么也不说了,任凭老婆怎么办就怎么办,我只在旁边看着。我想尽量躲她远点,悄悄离开家一个人来这儿喝上几盅,这是我最大的安慰。我偶尔说她几句,她就顶回来,说自己也不是一丝不挂嫁来的,于是我就无话可说了。可不是吗,她的陪嫁衣裳都给我喝了酒啦。哈哈!在你们看来,也许认为像我这样的生活实在太荒唐了吧。"

敬之进说出了心里话之后,浑身觉得轻松起来。那天晚上,他很快就醉了,说话也啰嗦,最后简直是颠三倒四,语无伦次了。

不久,两个人离开了炉旁。钱是丑松付的。他们走出小竹馆的时候约摸是八点钟的光景。夜气裹着黑沉沉的市街,路上的行人也很少。疯疯癫癫、自言自语走着的女人,喝醉酒不知回家的汉子,常常和他俩撞个满怀。敬之进东一脚西一脚,摇摇晃晃,一不小心就会倒在马路上。他醉眼蒙眬,似乎连天上的星星也视而不见。丑松无可奈何地送他回家。一路上,他有时用右腕支撑着敬之进的身子;有时让敬之进挽住自己的肩膀,甚至把他背起来;有时抱着敬之进,两个人保持着平衡,一步一步向前走。

好容易到了敬之进的家门口,这时候,他老婆和音作夫妇还在干活呢。他们冒着夜露,在屋子外面工作着。丑松走近时,太太早已认出他来,立刻开了腔:"哎呀,哎呀,实在难为您啦!"

第 五 章

一

十一月三日这天,下了一场稀有的大霜。这场霜,使人感到山区漫长的冬天逐渐来临了。那天清早,丑松的屋子外面似乎笼罩在白色的烟雾里。他为了参加饭山学校举行的第二十四届天长节的庆祝会,从柳条包里取出大褂穿在身上,又在外面罩了一件去年穿过的外套。

他从黑洞洞的楼梯下来,顺着走廊向北走。灿烂的朝阳照耀着庭院,霜在开始融化,树枝上向阳一面的树叶大都随着霜水脱落下来。其中最经不住霜打的要算银杏,树梢上连一片黄叶都不剩了。这时,志保姑娘正倚在走廊的老墙上,出神地望着霜叶飘舞的情景。丑松想起了敬之进,时刻在怜悯着他潦倒的一生,同时也在关注着志保姑娘。

"志保姑娘!"丑松招呼她,"请你给师母说一声,今晚我值班,请她给我准备一份饭菜,回头我叫学校的校工来取。行吗?"

志保听了这话,离开墙壁走了过来。少女时代总不免有些畏怯心理,看来姑娘对丑松也无端地保持着几分距离。丑松心里思忖着,这姑娘的长相哪点儿像敬之进。他端详了姑娘的脸型,从那乌黑的头发,直到额角,想找出相似之处来。不管怎么说,他总觉得省吾才像父亲,而这位姑娘大概像她死去的母亲吧。"那眼神一点不差",他想起了敬之进说过的话。

"嗯,"志保姑娘红着脸说,"听说前些天的一个晚上,我父亲多亏您照应啦。"

"哪里,我倒是照顾不周啊。"丑松淡然地回答。

"昨天我弟弟来,还提起过这件事呢。"

"唔,是吗?"

"一定叫你为难了吧,我父亲那样子,尽给大家添麻烦。"

志保姑娘幼小的心灵里,无时无刻不在记挂着自己的父亲。她温柔的眸子里含着深深的哀愁,脸蛋儿通红,像哭肿了似的。丑松和她交谈了几句之后,就用外套的领子裹住耳朵,戴上帽子出了莲华寺。

丑松走到一条街的拐弯处,把手伸到外套的口袋里,掏出了一副满是皱褶的旧手套。这是一副翻毛针织手套。他拉平了折痕戴在手上,虽然觉得太瘦小,可到底暖和多了。他将手套举到鼻子跟前,闻到了一股刺鼻的霉味。丑松心里立即记起了过去的天长节。去年,前年,大前年,嗯,那还是对人世尚未产生深刻认识的时代啊,那时候庆祝这样的大节日,只是一个劲儿地陶醉在欢乐愉快的气氛里。手套仍是原来的手套,只不过褪了些颜色。相比之下,人的精神变化有多大啊!谁知道自己的一生将来究竟会变成什么样子呢?来年的天长节,不,来年的事暂不去管它,还是想想明天会怎么样吧。每当这样思索起来,丑松的心境总是时而明净,时而黯淡。

到底是大节日，大街小巷的屋檐下都高悬着国旗，看光景，家家户户都在虔诚地纪念这个节日哩。成群结队的少年高高兴兴地叫嚷着，沿着霜露濡湿的道路往学校跑去。那些正当顽皮年龄的男学生，今天也忽然规矩起来，穿着整齐的裤褂，那副一本正经的样子，真叫人发笑。女学生穿的是时新的绯红色或紫色的裙子。

二

为了庆祝天皇的诞生日，男女学生踏着整齐的步伐，登上楼梯，走进楼上的会场。银之助、文平和丑松三人，分别是高小二年级、高小一年级和高小四年级的班主任，他们各自把本班的学生领了进来。退职的敬之进现在已是来宾身份，他似乎怀着留恋的心情，跟随在他原来那班学生后面，也一齐上了楼。

在这欢乐的节日里，有一件事震动了丑松的心怀，使他突然感到了新的悲痛。那是因为东京一家报纸上刊登了猪子莲太郎病重的消息。庆祝典礼即将开始的时候，丑松看到了这张报纸，当时来不及细读，只好就那样把它揣到怀里带来了。世上有这样一种人，他来到人世间后，在短短的岁月里就送走了漫长的生涯，就像是人生旅途上匆匆的过客一样，莲太郎恐怕也就属于这一类吧。报纸上报道他的病情似乎难以拯救。啊，这位前辈胸中燃烧着的烈火，在焚烧这个世界之前，也许会先把自己的身子毁灭殆尽吧！丑松时刻在惦念着前辈的身体，他真想再反复读一读报纸，然而眼下却不许他这样做。

这天，红十字社的社员也在这里举行庆祝活动。聚集在会场里的人们,胸前佩戴着红色的绶带和灿灿发光的银质纪念章,看上去煞是有趣。东墙边站着二十几个从各个寺院来的住持。今年有个不足之处,莲华寺的住持没有来,这在当地人看来是很少有的。会场中,最惹人注目的是个名叫高柳利三郎的新进政治家,他如今声名显赫,据说今年还要作为议员候选人。银之助、文平以及其他男女教员一起聚集在风琴旁边。

"立正!"

丑松庄重地喊着口令。庆祝典礼开始了。

作为首席教员的丑松,反而比校长更博得男女学生的爱戴。"致最敬礼!"丑松这一声口令,深深震动着孩子们幼小的心胸。在《君之代》的歌声中,校长毕恭毕敬地揭开了天皇的御影,接着朗读敕语。人们高呼"万岁!万岁!"声音像雷鸣一般响彻了会场。这天,校长把"忠孝"作为演讲的题目,他胸前挂着那枚金质奖章,风度潇洒,俨然是一个教育家。《天长节》的歌声一落,高柳作为来宾代表讲话。高柳是惯于此道的,所以他的讲话非常出色。长于雄辩这本来是信州人的特征,在这种场合出席致词,也颇能打动人心。

会场上洋溢着和睦和欢乐的气氛。

散会以后,高小四年级学生轮番拉住丑松问长问短,又蹦又跳。有的拉住他的手,有的在他的袖子底下钻来钻去,打打闹闹。丑松想躲开,可孩子们不放他。有个三年级学生名叫仙太,是新平民出身,这个学生平常总是受人歧视。今天,他也是孤独一个人靠墙站在那里,看着别的孩子快乐地玩耍。可怜的仙太,连天长节这样盛大的节日都不能同别的孩子一起庆祝。丑松暗暗咬着嘴唇,想鼓励他一番:"鼓起勇气,别害怕!"可是正好有别的教师盯着,丑松连忙躲开了孩子们。

今天早晨的一场大霜,使得学校后院树上的叶子几乎脱光了。惟独樱花树仍然保持着秋天的风韵。丑松躲在一棵枝叶茂密的樱树下,从怀里掏出报纸来阅读。微风掠过枝头,发出窃窃私语般的响声,这声音不时打动着丑松的心。报纸上报道了莲太郎的严重病情。记者对莲太郎的思想虽然不完全赞同,但不能不为他那出身新平民而坚持奋斗到底的精神所折服。这篇报道还说,同悼念许多有作为的人逝去一样,听到莲太郎沉吟病榻的消息,不能不感到无限同情。他的著作语言中肯,正是那悲怆的笔调使得他的文章具有迫人的威力。记者还说什么他本人对莲太郎也十分钦慕。

地面上树影摇曳,这景色不时地使丑松感到心惊。秋风送爽,太阳映照着干枯的树枝,经霜的树叶发出耀眼的光亮。这百花凋零的秋天啊,更激起了丑松对老前辈坎坷一生的伤悼之情。

三

送别敬之进的茶话会十一点钟开始。这天早晨,丑松离开莲华寺时,在走廊上遇到了志保姑娘,立刻使他联想到她那不幸的父亲。眼下,当他看到坐在会场正面的敬之进的时候,又想起了那个倚在老墙旁边的女儿。敬之进在讲话中,详细叙述了自己的身世。丑松出于怜悯,低着头仔细地听着,别的人,谁肯听这个老头子唠唠叨叨呢?

茶话会结束之后,文平刚想去打网球,校长就把他叫住。校长打开房门,两个人走了进去,在靠近操场旁的椅子上相向而坐。隔着玻璃,可以清楚地听到球迷银之助等人的叫喊声。

"我说,胜野老弟,别光是对运动着迷啦,咱们说会儿话吧。"校长显得挺亲热,"我问你,今天的讲演,你认为怎么样?"

"校长先生的讲演吗?"文平把球拍横在膝盖上,"嗯,我听了觉得非常有意思。"

"是吗,听起来还有些效果吧?"

"我不是说奉承话,在我听过的讲演中,您算是第一流的。"

"你这么一说我可是经受不起呀。"校长微笑地说,"说实在的,为了准备这篇讲稿,整整花了一个晚上呢。'忠孝'这两个字义的解释,你们听了感觉怎样?我光是为了把这个词解释清楚,就不知道费了多大脑筋,查阅了各种各样的字典,你说容易吗?好在讲完了。"

"该查的东西,免不了是要认真查阅一番的。"

"不过,只有像你这样的人才认真听讲。那些校外的人却冷冷清清,不,实际上他们是没长耳朵。其中有人对高柳的话却佩服之至。把我们的讲话同专耍嘴皮子的人的讲话放在一起来听,那怎么行呢!"

"反正不懂的人还是不懂。"

经文平这么一说,校长愤愤不平的脸色稍微变得和悦了。

好大一会儿,校长似乎有些话要给文平说,一直未能说出,反而扯了这些不相干的事,到这时他才说出了心里话。原来他特意把文平邀到这间屋子里来,是别有用心的,他想同文平合计着如何把丑松从学校排挤出去。

"想跟你说件事,"校长压低了嗓门说,"有了濑川君、土屋君这帮异己分子,学校就没法子统一起来,真不好办。当然,土屋已经决定到农科大学当助教,据说不久就要离校,这个人嘛,可以不去管他。叫人头痛的是濑川君,要是他也走了,你想想,往后这学校不就成了我们的天下了吗?要想办法把濑川君排挤出去,然后肯定要由你顶替他的位置。你的叔叔也同我谈得很多,他也是这个主张,你看有什么好办法呢?"

"这个嘛……"文平不知如何回答是好。

"看看那些学生吧,尽是濑川老师、濑川老师地围着濑川转。学生们对他那样亲近,也许是因为他在向学生们讨好。他讨好学生,其中必有原因,胜野君,你说对吗?"

"您这话我不太明白。"

"那么,老弟,就这么说吧,这可是到此为止的话。我可以肯定濑川君一定有夺取这个学校大权的野心。"

"哈哈,我看不见得有那么严重吧。"文平凝视着校长的面孔笑道。

"不见得?"校长满腹疑虑,"他没有这种想法吗?"

"话是这么说,他们的年龄可是还不到考虑这些事情的时候,濑川君也好,土屋君也好,都还年轻呢。"

听到"都还年轻"这句话,校长叹息起来,院子里打网球的声音,不时从窗口传进来,听来很是热闹。新的一场比赛似乎又开始了,文平不由得又侧起耳朵。校长望了望文平年轻的脸孔,不禁又叹息起来。

"濑川君他们究竟在想些什么呢?"

"您指的是……"文平莫名其妙。

"我是说,近来濑川君非常消沉,他到底在思虑什么呢?

莫非是新时代促使他这般沉思的？真叫我弄不明白！"

"不过，濑川君思考的怕是别的问题，不像是校长刚才所说的那些吧。"

"这么说，我更难以理解了。反正像我这种年龄的人关心的问题同濑川君他们所关心的全然不同。我所感兴趣的，濑川君他们却认为不屑一顾；我认为无聊的，濑川君他们反而觉得很有意思。难道说不能在一起共事是因为时代不同吗？新时代的人们在思想上同我们就是这样不能合拍吗？"

"事虽如此，可我不是这样想。"

"这正是你的可贵之处。我希望你千万别染上那种恶劣的习气。关于你的事，我虽不能给予很大帮助，但也要尽力而为。世界上有些事，总是要互相帮助的，胜野老弟，你说对不对？我们也不是马上要把异己分子怎么着。所以要你好好想想，看有什么好主意。如果听到有关濑川君的什么事，务必告诉我一声。"

四

窗外又响起了网球场上的喧闹声。文平拿着球拍走了出去。校长离开椅子把玻璃窗关上。这时球场上赛得正酣。老成持重的校长，论年纪，虽然还未到筋骨衰颓的时候，却出奇地讨厌游戏。特别是提起青年人所喜爱的网球运动，他总认为这是对东方古老传统的亵渎。因此，当他看到人们热中于游戏时，便现出鄙夷的神色，仿佛在说："干什么呀，像小孩子似的。"

太阳把地面晒得焦干，人们正玩得起劲，不知什么时候，文平也走进球场参加比赛。银之助正和文平那一组对垒,结果这位球迷竟然也遭到了惨败,打了一会儿,就和本组的学生一起放下球拍退了下来。"胜利喽!"对方的欢呼声和鼓掌声响成了一片,听起来外边的气氛十分活跃。两三个女教师也从东边教室的窗口探出头来一齐鼓掌。这时,分成几个小组在场外观看的学生,都争着要上场,其中有一个少年已经把球拍握在手里。别的学生一看,他是新平民出身的仙太,都跑到他跟前,蛮不讲理地硬要把球拍子夺过来。仙太紧紧握着球拍不放,显然,他对这种蛮不讲理的行为很气愤。这还不说,他等了老半天,却没有一个人上场和他结对。"喂!还有谁敢来?"对方在大声挑战。少年们面面相觑,一个个瞅着站在那里显得很尴尬的仙太,幸灾乐祸地冷笑着,谁也不愿意同这个秽多孩子一起打球。

突然间,一个人甩掉外褂,拾起了地上的球拍,他就是丑松。人们看到他这个样子不由得笑了起来,看热闹的女教师们也笑了。校长在窗子里面热心地观战,他偏袒着文平,心里不指望丑松这一组获胜。文平这组正好背着午后的太阳,就场地来说,他们一开始就占了便宜。

"一比零!"

裁判银之助站在球网边喊道。丑松和仙太先输掉了一个球。旁观的学生们嘴边都露出了一丝冷笑,似乎对仙太的失利很感快意。

"二比零!"

银之助高声喊道。丑松他们又失败了。"二比零!"看热闹的学生们起哄一般地应和着。

对手是年轻的见习教员——就是丑松到莲华寺找房子那

天回来的路上碰到的那个人,他和文平两个人配合得当,对丑松来说是不可轻视的劲敌,而自己一方的仙太,看起来平时太缺乏锻炼了。

"三比零!"

听到这一声喊,丑松真有些发急。这是种族对种族的比赛,说什么也不能输掉,丑松这种心理似乎在这场球赛中也流露出来了。"不能输,不能输!"他一直鼓励着技术较差的仙太。轮到丑松发球了,为了发好这最后一个球,丑松站到场外线的一角,文平拉着架势,瞪着眼睛等候着,仿佛在说:"好,你来吧!"丑松冲他发出一球,稍稍触到了网上。银之助喊声"触网"。丑松第二次发球,这回用力过猛,球出界。"啊,界外!"眼下的丑松真是满腔愤怒,他把浑身的力气都倾注在右手腕上,好像胜负在此一举,因此摆出了一副像狮子要猛往前扑去似的发球姿势。一般青年人常有一种迷信,就是想通过某一球的胜败来预卜自己一生的命运。文平不愧为球场老手,他看到球落进界内,故意撇开丑松那一角,瞅空子把球朝彷徨不定的仙太打回去。强烈的阳光从仙太的正面射过来,使他连球飞过来的影子都没法看见。

"胜利喽!"

人们一齐喊了起来。那些要夺仙太的球拍的少年,都拍着手欢呼、跳跃。没想到校长也不由自主地嚷了起来,看样子是在庆祝文平的胜利。

"濑川兄,一分没得,失败得太惨啦!"银之助说道。丑松没有理睬,他拾起摆在地上的外褂,无精打采地走开了。他从运动场转到学校后院,来到一个人影也没有的地方,突然像想起什么似的站了下来。是啊! 丑松不得不自己责怪自己,连太郎——大日向——然后是仙太,当他联想到这些的时候,由于猜疑和恐惧而浑身战栗起来。啊!该死的智慧呀,你总是事后才使人变得聪明起来的。

第 六 章

一

天长节那天夜里,丑松和银之助留在学校里值班。敬之进突然觉得情绪不安起来,他对学校恋恋不舍,像永远难忍离去似的。晚饭后,他们又在值班室里高谈阔论起来,敬之进那爱发牢骚的性格,使这两个前途远大的年轻人笑声不止。说着说着,墙上的时钟敲过八点,又响了九点。这天晚上和白天不同,天气特别冷,看来,明晨会有一场大霜。丑松出外巡逻去了,敬之进仍然守在火盆旁边,向银之助说个没完。

约摸过了二十分钟,丑松回来了。他吹灭提灯,连忙跑到火盆旁边来,一面伸出冰冷的手摸摸银之助,一面说道:"哎呀,外头好冷啊,手都冻僵啦。像今晚上这种冷法,今年还是头一次呢。看,都冻成什么样了。"

"哟,好冰凉的手啊!"银之助说着把自己的手缩了回去,不解地望着丑松的脸,不禁失声叫道,"你的脸色也很难看,究竟怎么啦?"

敬之进也同样惊疑不定地说:"是啊,我也正想问呢。"

丑松像是想起什么似的直发抖,欲言又止,犹豫了好半天,见他俩那样热心地盯着自己,这才不得不把心里话说出来。

"说实在的,我碰到一桩离奇的事儿。"

"什么离奇的事呀?"银之助皱起眉头问。

"是这么回事:我拎着提灯到校舍外面兜了个圈儿,走到操场木马旁的时候,忽然听到有人叫我,回头一看,连个人影也没有,心中好不奇怪,觉得那声音很熟,仔细一想,对啦,那正是我父亲的声音呢。"

"呃,这事说怪还真怪哩!"敬之进怪惊讶地问,"那么,听那声音,是怎么叫你的呢?"

"连连喊了几声'丑松,丑松'。"

"嘀,喊你的名字?"敬之进眼睛瞪得溜圆。

"哈哈!"银之助大笑起来,"别胡诌啦,濑川兄,是你神经过敏了吧?"

"不,确实有人喊我。"丑松正经地说。

"要是真有其事那还了得,恐怕是你听错啦。"

"土屋兄,你不要笑,确实有人叫了我的名字,既不是风声,也不是鸟鸣。那声音我是不会听错的,千真万确是我父亲的声音。"

"老兄,是真的?不是开玩笑又想骗我们吧。"

"土屋兄,你要这么说,我就没法说了,我可是很认真的,我确实是亲耳听到的。"

"你那耳朵是靠不住的,你父亲不是在西乃入牧场吗?不是在乌帽子岳的山谷里吗?隔着老远,他怎么会叫你的名字呢?这不是瞎编吗?"

"所以我也感到离奇。"

"离奇？嗐,好多怪事都是古人编造的神话传说。哈哈,在科学发达的今天,再不会有那些荒诞不经的事啦。"

"不过,土屋老弟,"敬之进接过话茬儿,"事情不能像你那样一概而论啊。"

"哈哈,守旧的人总是如此,实在没办法。"银之助嘲讽地说。

突然间,丑松又侧耳细听起来。他好像又听到了什么,面色也有些变了,显出无法形容的恐怖来。只要看看他那认真的眼神,便知道他的确不是在开玩笑。

"听,又在喊呢。仿佛就在窗外。"丑松侧着耳朵,"真奇怪,对不起,我出去看看再来。"丑松说罢快步跑了出去。

银之助惦记着朋友,敬之进也忐忑不安,心想不会有什么恶兆吧,首先父亲叫唤儿子的名字,这事就实在离奇。

"这样吧,"敬之进若有所思地说,"我们老围着火盆烤火心里也不踏实,怎么样,咱俩一起陪他看看去吧。"

"好,走吧。"银之助离开火盆站了起来,"濑川兄有些反常,叫我看,他恐怕有些神经质。好,你等等,我把提灯点上。"

二

丑松一边思索一边向发出声音的方向走去。值班室的灯光透过窗户只照着院子的一角,校舍、树木都看不清轮廓。而今,一切都淹没在黑沉沉的夜色之中,一点风也没有,四周寂然无声,只感到一股彻骨的寒气。不了解山区气候剧烈变化的人,是无法想象信浓的夜晚是怎么个样子的。

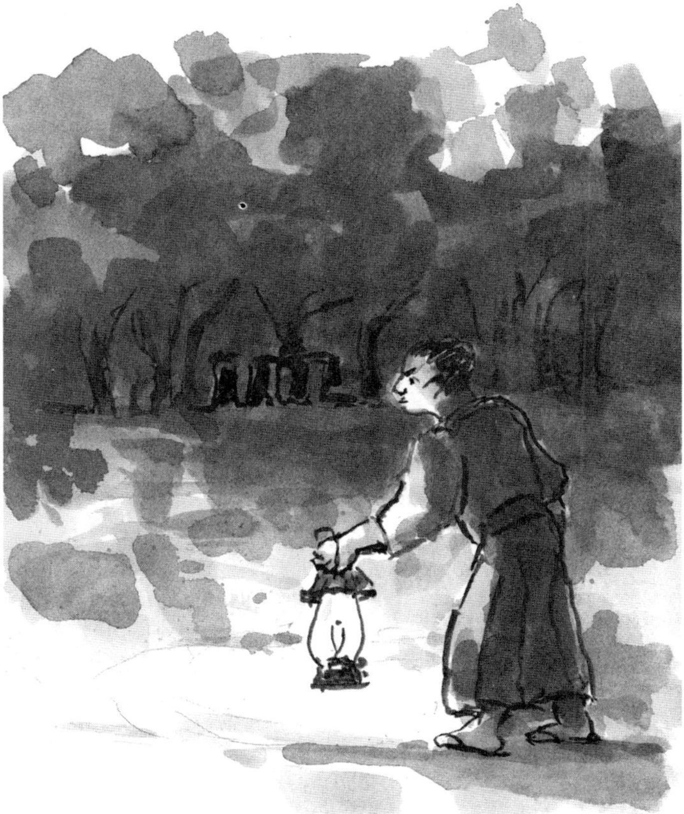

又听到了父亲的喊声,丑松立即停住了脚步。他借着星光向周围望去,并不见有什么人影,一切都是静悄悄的。这样的寒夜,连一声狗吠也没有,究竟是什么声音戏弄着丑松的耳朵呢?

"丑松,丑松!"

喊声又响了起来。这回丑松不能不感到害怕了。他浑身打着颤,简直有点六神无主了。没有错,那正是父亲的声音,是父亲那嘶哑而又带有几分威严的声音。这声音听起来就像是父亲从乌帽子岳深邃的山谷里呼喊着远在饭山的儿子。丑松仰望长空,天空和地面一样无声无息。没有一丝风,鸟儿也躲进了窝里,到处是清寒的星星在闪着亮光。银河像一缕白雾流贯庄严而幽远的天宇,给人以宏大、浩渺的感觉。由于天空里确实有幽暗的光反射,所以越看越从这里产生出一种幻觉,使人觉得像是在仰望冥界一样。声音——父亲的呼唤声好像通过这星夜寒空,传到了丑松的耳朵里。他的确听到了父亲在为儿子叫魂似的那种声音。可是,这意味着什么呢?丑松觉得困惑难解。他在校园里踱来踱去。

啊!父亲为何那样一个劲儿地召唤我呢?丑松想起了一生的戒语,想起了父亲对自己说过的话。难道自己精神上的隐痛和父亲思念儿子的心情很自然地交织在一起了么?这喊声也许意味着叫他不要忘父亲以往的一番苦心、要永远瞒住自己的出身吧?是不是父亲走出牧场的小屋,一边思念儿子一边呼唤,呼唤声越过了条条溪谷,传到了这里的呢?难道是自己心迷意乱了吗?丑松前思后想,作了种种猜测,他终于被恐怖和怀疑慑服了,自己也漫无目的地喊叫起来:"爸爸!爸爸!"

"哎呀,你原来在这里。"

银之助说着走了过来。接着敬之进也来了,两个人连续提起灯照照丑松的脸,又照照他的身边,然后又向暗处瞧了瞧。丑松告诉他们:刚才又好几次听到了父亲的喊声。

"土屋老弟,你看那边!"因为寒冷和恐怖,敬之进连说话都打哆嗦。银之助笑着说道:

"这种事怎么说都是不合乎情理的,这肯定是神经作用引起的。归根到底,是由于濑川兄近来疑心越来越重,所以才会听到这种荒诞无稽的喊声的。"

"是吗?是神经的缘故吗?"丑松像反躬自问似的。

"你想想看,无形之处见有形,无声之处闻有声,这些都是你疑心太重的证据,形和声都是由于你的疑心所产生的幻觉。"

"幻觉?"

"这就是所谓的'疑心生暗鬼'。耳朵感知到的幻觉——这词也许有些奇妙,假如可以这么说的话,那么你今夜听到的就是这种声音。"

"也许是这样。"

三人沉默了好一阵,天地也都悄然无声。忽然,父亲的喊声又划破星夜的寂静,在丑松的耳朵里响了起来。

"丑松!丑松!"

这喊声逐渐变得微弱了,像夜间的鸟儿鸣叫着掠过天空,声音越来越幽远、细微,最后什么都听不见了。

"濑川兄,"银之助拎起提灯照了照,吃惊地瞧着丑松有些变色的面孔,问:

"你怎么啦?"

"刚才又听到了父亲的喊叫声。"

"刚才？刚才什么声音也没有呀。"

"啊，是吗？"

"你不要说什么是吗，明明是一点声音也没有。"银之助说着转向敬之进，"风间先生，怎么样？您听到什么了吗？"

"没有。"敬之进大声回答。

"瞧！风间先生没听到，我也没听到，听到的只有你一个。神经质，神经质，这是肯定无疑的啦。"

银之助说着就用提灯往暗处照了照。这时，天空就像一面照见星星的镜子，大地像一大片暗影，即便有什么东西能发出响声，单凭提灯的光亮也照不出来。

"哈哈。"银之助笑出声来，"我就是耳朵听到了，眼睛看到了也不相信，除非碰到手上，攥到手里，否则，我是不相信有那种事的。看来，我的观察完全对，你是因为心理作用才听到那个声音的。哈哈，别管它啦，好冷啊，瞧我冻得都快站不住啦，走吧！"

三

那天晚上，丑松躺下以后，仍在思念父亲和前辈，翻来覆去睡不着，银之助早已鼾声如雷了。丑松凝视着旁边并枕而卧的朋友的睡脸，见他睡得那样甜蜜而宁静，心中多么羡慕！夜深了，丑松从床上翻身起来，把拧小的灯芯重新拨亮，开始给莲太郎写信。如今他十分小心，就连这封问候病情的信也是背着别人写的。丑松写着写着，时时停下笔来，就着灯光，瞧瞧朋友熟睡的面孔。银之助像条死鱼一样张着大嘴，睡得不知天南地北。

丑松并非完全不认识莲太郎,他曾通过别人的介绍同莲太郎见过面,年里曾通过两三次信,彼此的心情都有些了解。不过,莲太郎只是把丑松当做一个有志的知己看待,他做梦也没想到这青年和自己是同一出身。丑松也很踌躇,他不能说出这个秘密来。因此,那天晚上写信时,总是那么吞吞吐吐,不能把自己想到的事充分表达出来。其实,只要把自己为什么那样爱慕莲太郎这一点写上,其他的事不写也行。啊,能写的事丑松自然会写出来,不能写的正是丑松所害怕的,写到后来,终于写成了一封普通的慰问信。"寄东京猪子莲太郎先生。濑川丑松上。"当写好这封信的时候,他为自己的不诚实而深感内疚。他丢下笔,叹息了一声,又钻进冰凉的被窝,等到略微有些睡意的时候,就接连不断地做起噩梦来。

第二天清早,莲华寺的庄傻子跑到学校来,说一定要见到丑松。打发校工去问他有什么事,他说有件东西要当面交给丑松。丑松来到大门口,庄傻子交给他一份电报,连忙打开一看,只有简单几个字,通知父亲去世。这突如其来的噩耗,给了丑松很大的震动。他半信半疑反复看了几遍,消息是确实的,发报人是根津村的叔叔,电报写明要他"速归"。

"这实在太不幸了,您一定很悲伤,我得赶紧回去告诉师母一声。"

庄傻子说着,脸上显出恐怖的神色,就像小孩子怕死一样。

丑松的父亲,平日十分健壮,即便天气变化剧烈,也从来不感冒。他那结实的身体,连青年人都比不过他。牧人的生活听起来好像很有趣,实际上这种职业不是一般人干得了的。

尤其是人们一提起西乃入牧场养牛的事，都称赞说："只有那老汉才能干得了。"因为这不光是熟悉牛的脾性就能在乌帽子岳的深山谷里长期待下去的。就算耐得住那儿多变的气候，也过不了那儿的寂寞生活。生长在温暖的阳光里缺乏忍耐力的南方人，无论如何是当不了山区的牧人的。那地方就是那个样，信州北部的人，尤其像丑松的父亲这样朴实、勤劳而又刚毅的人，从来不把劳苦当做一回事。何况老汉还有别人所不知道的秘密情由。这位思虑极深的老父亲不光把终生的戒语教给了丑松，自己也十分审慎，尽量避开人们的耳目。他就是这样小心翼翼地活着，对老人来说，除了祈求儿子将来能够出人头地之外，再也没有什么别的指望和慰藉了。他为了对丑松尽到做父亲的责任，一个人离开尘世，来到这远离城市的深山里，朝夕眺望着烧炭的炊烟，与牛群为伍，过着寂寥的日子。他每月从丑松寄来的钱里拿出一些来，买他所喜欢的村酒喝，这便是这个牧人最大的乐趣。他说这样可以忘掉劳苦和寂寞。父亲就是这样一位老爷子，丑松真想说，他比钢铁还要硬啊！如今连个生病的消息都没有告诉丑松，怎么会突然通知说他死了呢？

电文很短，死亡的情况不明。而且按照每年的习惯，父亲总是在春雪开始消融的季节到牧场的小屋里去，然后在山谷覆盖着茫茫白雪的时候回到根津村的家里来。而今严冬季节快到了。父亲究竟是死在西乃入，还是死在根津？单凭电报是无法知道的。

这时，丑松想起了昨夜的事，想起了父亲的呼唤，那喊声渐远渐弱，听起来像是父亲在同儿子告别。

当他把电报送给银之助看的时候，就连这位知心朋友也

感到意外,他茫然呆立了老半天,时而瞧瞧丑松的脸,时而反复看着手中的电报。不一会儿,银之助像想起什么似的说:

"噢,根津村有你的叔叔吧,只要有你叔叔在,一切就都有人照料了。可是我实在替你伤心,不管怎么说,你得赶紧做回家的准备,学校的事嘛,老兄,我会替你担当起来的。"

这位朋友是如此关心丑松,他脸上充满了真情实意。银之助对昨晚的事只字未提,但这位年轻植物学家的眼睛里却表示出:"人总是要死的,没有什么可奇怪的。"

校长是准时到学校来的,丑松连忙把这个消息告诉了他,并说自己打算马上回去一趟,离校期间,担任的课程拜托了银之助,请校长给予关照。

"你一定吃惊不小吧。"校长说话很亲切,"学校里的事有土屋、胜野,你丝毫用不着担心。令尊大人谢世,我也甚感意外。等服丧期满,料理好一切事情之后,请务必再来为学校尽力。我校教育事业之所以能如此发展,其中也有你的一份功劳,有你在,我是多么放心啊。最近,听到有人在某种场合下谈到你,我感到像是夸奖我自己一样,说真的,我全指望着你呢。"说到这里,校长改变了口气,"你要出门,总会有些想不到的花销,我手头有点现款,可以供你派派用场,需要的话,你就拿去一些吧,请不必客气,钱一不够,就会感到不方便的。"

校长这番话,说得多么巧妙啊!可在丑松听来,只不过是虚情假意而已。

"濑川君,请不要忘记呈送请假报告,因为都得照章办事。"校长补充了这么一句。

四

丑松急匆匆赶回莲华寺的时候,师母和志保姑娘一起跑出来,询问是什么电报。两个人望着丑松的脸,从他的神情上,也许已经猜到了这封不祥的电报的实际内容。这两个女人听到昨晚那件离奇的事,心里产生了多大的惊恐和同情啊!她们想起了世上许多事,联想到人在死别前出现的征兆,前来同亲人相会的阴影,还有在暗夜里飘忽不定的魂灵,所有这些迷信都和丑松所说的暗暗相符,因此,能不叫人心中惴惴不安么!

"回头再说吧,"师母忽然想起什么似的,"您还没有吃早饭吧?"

"哦,可真是的。"志保姑娘也加上一句。

"濑川老师,您快收拾一下吧,早饭这就好。碰着您出门,偏巧又没有什么好吃的,实在对不起,就给您烤一些咸鲑鱼吧。"

师母眼里含着泪,在厢房里直打转。长年的寺院生活,使这个女人变得性急而多愁善感。

"南无阿弥陀佛。"

这个蓄着长发的尼姑自言自语地念叨着。

丑松上楼去急急忙忙做上路的准备。情况不同了,这一回他没有买什么土产,也不带行李,尽可能轻装。他从箱子里找出婶母手织的粗布棉袄穿在身上。当他正要伸出腿来裹绑腿时,女仆袈裟治端着饭盘走进来,跟着进来的是志保姑娘。平素,丑松一天三顿饭,饭盘一送来就放在那里,由他自己盛饭自己吃。今天不同了，有人在旁边伺候，这使他既高兴，又感到拘束。丑松冒冒失失把饭盘拉过来，请志保姑娘替他盛。这天，志保倒也大方起来，不像平常对丑松那样躲躲闪闪的。她自从知道丑松也在深深地同情父亲敬之进的不幸遭遇以后，自然而然地减少了对丑松的顾忌。姑娘一面照料丑松吃饭，一面问长问短，谈话中还问起了丑松的母亲。

"我的母亲吗？"丑松以男子汉的口气淡然地说，"母亲去世那年我刚好八岁。八岁，那还仅仅是个孩子啊。就是说，我还不大记得母亲的模样。实话对你说，我是一个没有真正尝过母爱的人。就拿父亲来说也是如此，这六七年从来没有在一起久待过，父子俩总是一个天南，一个地北。父亲已是这么一大把年纪啦，可不是吗，比你父亲还略大一些呢。平时看起来健壮的人，说不定一染上什么病，反而就更经受不住了。所以我这个人，是和父母缘分很薄的人，说起来可不是吗？志保姑娘，你不也是属于我们这一类人吗？"

丑松这话勾起了志保内心的悲痛。自从十三岁那年春上，她被舍给这座寺院以来，她同她父亲就不住在一起了。至于她的亲生母亲，在她年幼的时候，就已经去世了。和父母缘分很薄这句话，恰恰也是志保自身的经历。她似乎想起了自己家庭的冷落情景，脸上泛起了红晕，默默地低下了头。

留神一看志保的神态，就能大致把她死去的母亲的模样想象出来。丑松想起了敬之进说过的话："看到那姑娘的容貌，我的前妻就出现在我的面前……她像旧时人家的妻子那样，处处顺从丈夫，对我无限信赖。"他想，这样的女人，年轻时一定各方面都和这姑娘一样，多情、爱流泪，心情和神态多变，眼看着就可以变成像另外的人一样。她的面孔也一定和这姑娘一样,有时显得很难看,有时显得很俊美;有时像死人一般灰黄,有时像鲜花一般美丽,白皙中自然地泛着潮红,娇嫩、晶莹、生气蓬勃。从志保姑娘的身上,可以估摸出她母亲青年时代的模样。信州北部女性的天生丽质和开朗的性格,在丑松这个信州北部男子的眼里,看得最为分明。

收拾停当以后,丑松走下楼来,到厢房的客厅里和大家一块儿喝了茶。师母拿来了一串新制的佛珠,送给丑松作为饯别礼。过一会儿,丑松穿上了庄傻子编制的草鞋,在人们亲切的送别声中走出了莲华寺的山门。

第 七 章

一

　　这是一次难忘的寂寞的旅行。前年夏天,丑松回家探亲时,也是这样沿着千曲川河岸走回日夜怀恋的故乡去的。可是现在的心情同那时候比较起来,连丑松自己也觉得完全是不同的两个人了。三年的时间并不算长,对于丑松来说,却是他一生中开始发生变迁的时期。当然,由于人们的境遇各不相同,有的人虽然没有什么变化,但对于过去总是自然地产生一种隔世之感。丑松思想上发生过激烈的斗争,这使他越发体会到人世的巨大变迁。如今,他倒是全无牵挂了。丑松一边赶路,一边自由地呼吸着干爽的空气。他为自己多蹇的命运而悲叹,对自己多变的生涯感到震惊。他沉浸在无限的感慨之中。千曲川的河水浑成了黄黄绿绿的颜色,静静地流向远方的大海。兀立在河岸上低矮的杨柳已经干枯。啊,放眼望去,山河依旧,这景象更加使丑松触目神伤。他不时停下脚步,想一头栽到别人看不到的路旁的枯草上放声大哭一场。他想这样也许可以使淤积在心头的不堪忍受的痛苦略略减轻一些。无奈他内心沉郁而愁闷,想哭也哭不出声来。

一群群流落异乡的行人从丑松身边经过。有的脸上挂着泪水,像饿狗一般失魂落魄地在赶路;有的好像是在外寻找职业,身上穿着脏透了的衣服,光着脚在泥土地上行走。还有那外出烧香还愿的父子,为了赎罪消灾,唱着悲歌,摇着串铃,把长途跋涉的艰难当做自己修炼的命题,顶着日晒往前走。只有一伙卑贱的艺人,歪歪斜斜地戴着草斗笠,放肆弹着恋慕的曲调向人乞讨。他们那种隐忍苟活的样子着实叫人同情。丑松看得出了神,瞧着瞧着,联想到自己的身世。他想起自己目前凄苦的境遇,多么羡慕这一群群自由漂泊的过路人啊!

离开饭山越来越远了,丑松仿佛进入了自由的天地。他踏着北国大道的灰土路面,沐浴着灿烂的阳光,一会儿爬上山冈,一会儿走进桑田,一会儿穿过排列在道路两旁的村镇。他汗水直流,口中干渴,套袜和绑腿都沾满了灰土,变成了白色。这时,他反而觉得心中有一种生命复苏的新鲜感。路旁的柿子树结满了黄澄澄的果子,压弯了枝条。谷子吊着长长的穗子,豆荚胀鼓鼓的。有些已经收割的田地里又长出一片浅浅的麦苗来。远近传来农民的歌声和鸟儿的欢叫。啊,这时节正是山区人家的"十月小阳春"呀。这天,高社山一带冈峦起伏,清晰可见,山间深谷里升起了烧炭的袅袅青烟。

走到蟹泽村口,一辆人力车赶上了丑松。车上坐着一个穿戴时髦的绅士,一看,原来就是天长节那天在庆祝会上演讲的高柳利三郎。他作为议员候选人,眼下正是到处发表政见的大忙时节,他也许是为了这件事才到乡下来兜风的吧。高柳向丑松这边瞟了一眼,很有点瞧不起人的样子,连个招呼也没打,就意气扬扬地过去了。走了四五百步,车上的人像突然想起什么似的回头向这边看了看,丑松却没有在意。

太阳渐渐升高了。水田平原展现在丑松面前。这一带是辽阔的千曲川流域,到处堆积着从上游冲来的泥沙,从这里可以想象到当年河水泛滥的可怕情景。一望无垠的原野里,水田旱地纵横相连,到处都有榉树林子。这时节,漫山遍野好像吸饱了十一月浓郁而清新的空气,草木虽然已经枯黄,但很好地显出了生机勃勃的自然风趣。丑松盼望着早些到达这条河的上游,到达小县的山谷——根津村。他像期待着光明的海洋一样,加快步伐,向朝夕思念的故乡奔去。

下午两点,他来到丰野车站,准备乘一段火车。快开车的时候,高柳坐着人力车也从歇脚的茶馆赶来,看光景他也是来乘同一趟火车的。"他究竟要到哪里去?"丑松一边寻思,一边若无其事地瞅瞅高柳的神色。对方似乎也在注意丑松,而且很奇怪,他好像故意躲着丑松,尽量不使自己的目光同丑松碰在一起。他俩本来只是见过面,并没有互通过姓名,彼此也就不愿意交谈什么。

霎时,开车铃响了。旅客们匆匆忙忙跑进了栅栏。从直江津方面开来的火车,喷着浓浓的黑烟,驶进了丰野车站。高柳很快穿过人群,打开车厢里的一扇门钻了进去。丑松选在靠近机车的车厢坐了下来。当他无意中和早已坐在那儿的一个绅士照面的时候,他对这意想不到的奇遇感到惊讶。

"哎呀,猪子先生!"

丑松脱下帽子行了个礼。那位绅士对这种场合下的偶然相遇似乎也感到十分惊喜:

"哦,原来是濑川君!"

二

丑松坐在莲太郎面前,他万没想到今天竟然能见到这位仰慕已久的人。莲太郎亲切地望着丑松,对他这样年轻力壮感到惊异。丑松满怀崇敬的心情,告诉莲太郎这次归省的缘由。这次邂逅,是那么突然,那么叫人意想不到,而且一见面就毫无顾忌、毫无掩饰地畅谈起来,这种感人的场面,在男人与男人之间的接触中是很少见的。

坐在莲太郎右面的一位身材苗条、脸色白皙的妇女,放下手里的报纸望着丑松。一位身体很胖的绅士,本来正透过玻璃观赏山间景色,这时也回过头来倚着车窗,看看丑松,又看看莲太郎。

丑松从报纸上看到莲太郎的消息后,曾经写信问候,如今他看到眼前这位老前辈意外地神采奕奕,真是又高兴又奇怪。眼前的莲太郎并不像他所担忧、所想象的那样年迈体衰。相反,他那铭刻着坚强意志的宽阔的前额,那高高隆起的颧骨,尤其是那双闪着敏锐目光的眼睛,鲜明地反映出他那悲壮的精神世界。他有时脸上发光,这正反映了他患有肺病的特征。或许就是这个缘故,丑松看到的莲太郎和以前想象的大不一样,无论如何也看不出他是一个时常咯血的重病号。丑松立即真诚地把自己怎样从报纸上看到莲太郎生病的消息,怎样向他在东京的住地写信等等,一桩桩一件件全告诉了莲太郎。

"哦,报上发表过这样的消息吗?"莲太郎微笑着说,"搞错啦,一定是把以前害过的病当成现在的啦,报上经常出这种差错。你看,我不是还能出外旅行吗?请放心吧,不知是谁那样夸大其词。哈哈！"

言谈中，丑松得知莲太郎是到赤仓温泉疗养后，刚从那里回来。这时，他把同行的人介绍给丑松。原来右边那位举止文雅的妇女，正是莲太郎的夫人。那个肥胖的老绅士，是丑松以前听说过的信州地区的政治家，也是一位以雄辩和豪爽著称的律师，他是打算在今年冬天出马参加竞选议员的候选人之一。

"啊，是濑川君？"律师满脸带着亲切的微笑，快活而爽直地问。"我叫市村，现在住在长野，以后请不必客气。"

"市村先生和我，"莲太郎望着丑松的面孔，"是在一个偶然的机会相识之后要好起来的。现在他对我很照顾，我在著述方面也更多地得到了市村先生的帮助。"

"哪里哪里。"律师挪动了一下肥胖的身子，"倒是我在各方面承蒙关照。要论岁数，猪子先生倒是比我年轻得多哩，哈哈，可在其他方面，他倒是我的老前辈。"说到这里，他若有所思地叹息起来，"若论当今人物，无一不是年轻气壮之士，而我像他这般年纪时，还庸庸碌碌呢。现在想起来，实在太惭愧啦。"

这番话表现了律师那种老大徒伤悲的情怀，一点也没有嫉妒那些具有创见的人的恶意。他本是佐渡人，十年前迁居到了这个山区。他性情刚烈，既敢于纵恶，也勇于从善。他尝过人世上种种艰难，有着丰富的政治经验，经历过权势的争夺，在党派中浮沉。他作为政治犯经受过狱中痛苦生活的磨炼，也为许多诉讼人和罪犯作过辩护，尝够了社会上的酸甜苦辣。而今，他成了一个对弱小和贫困抱有深厚同情的软心肠的人。上苍的安排实在不可思议，这位政治家到了晚年，倒和博学多才的秽多交起朋友来了。

再详细一打听,才知道市村律师正要到上田、小诸、岩村田、向田等地方游说,发表政见。他抱着踏破铁鞋、全力以赴参加竞选的决心,要亲自访问久佐和小县两地有权势的人。莲太郎一方面是为了援助朋友,一方面为了自己的研究工作,想要在熟悉的信州多待几天。他打算今天在上田住一宿,三两天内还要同律师一起,到丑松的故乡根津村去看看。丑松听说他们要到根津村去,心中十分高兴。

"这么说,濑川老师现在是在饭山任教喽?"律师向丑松问道。

"饭山那边也有一个人出来竞选议员,您认识吗?他叫高柳利三郎。"

真是三句话不离本行,律师马上打听起来。丑松把在丰野车站见到的情景告诉了他,还说那个人现在也在这列火车上。律师好像在想什么似的,感到很奇怪,歪着头反复说:"他究竟上哪儿去呢?"

"不过,坐火车旅行也实在怪有意思,尽管坐在同一趟车上,还是谁也不知道谁。"律师说罢笑了。

有病的人,最能感知人情的真伪。身体健康的幸运儿,对病人的关怀往往并非发自肺腑。然而在莲太郎周围,却尽是这样感情真挚的朋友,这使他多么高兴!特别是丑松,在谈吐中字字句句都包含着深切的同情,强烈地打动着莲太郎的心。这时,夫人把篮子里的柿子拿出来,这是列车停靠时,通过车窗从站上买的。他挑选几个颜色深红,看样子很甜的熟柿子递给丑松和律师。莲太郎也接过一个,他一边嗅着秋天的果子的香味,一边谈论着赤仓温泉的种种见闻。他还谈到自己曾经到过越后海岸。莲太郎对信浓地方所产柿子的新鲜、甘美，赞不绝口，说比东京市场上卖的要好得多。

列车每次停站，都有那么几批农民乘客上车。这阵子车厢里充满了粗犷的笑声和无拘无束的闲谈。和东海道沿岸的铁路不同，在这条荒僻的信浓线上，车厢又陈旧又简陋，土里土气。火车一爬山，玻璃窗就嘎啦嘎啦响个不停，最后连谈话声都听不清了。千曲川流经饭山的时候，河面像油一般平静，可是到山谷地带一看，河水波涛翻滚，卷着白色的浪花，沿河谷奔腾而下。浓郁而清冷的山间空气从窗口飘进车厢，使人感到列车已经逐渐接近高原了。

不一会儿，火车到达上田。多数旅客在这个站下了车。莲太郎和他的夫人以及那位律师也在这一站下了车。"濑川君，改日在根津再见吧，失陪啦！"莲太郎说着，同丑松约好下次会面的日期就下了火车。丑松目送着这位前辈的身影，感到依依难舍。

车厢里顿时寂静下来。丑松靠在冰冷的铁柱子上，闭着眼回忆着这次意外的相遇。照丑松的心情来说，他有些不满足，觉得莲太郎和他交谈起来虽然是推心置腹，毫无隔阂，可是总还有一些冷漠、见外的地方。自己的一片敬慕之情，为何不能得到这位前辈的理解呢？这使他感到悲戚和失望。虽说不是嫉妒。他却非常羡慕老绅士同莲太郎之间的亲密友情。

到这时，丑松才明确认清了自己的地位。他内心里涌现的对于那位前辈的敬仰、同情和一切哀愁，都来自"同是秽多出身"这一严峻的事实。既然把这个秘密藏在心底，而谈一些别的事儿，即使谈得唇焦口燥，也还是不能使前辈洞悉自己的真情实意。这是很自然的，啊，只要说出知心话，压在心上的石头也就落了地，那位前辈就会惊奇地握着自己的手欢喜地说:"你也是么?"于是两个人将会心心相印,互相怜悯共同的命运,从而建立起深厚的情谊。

对,至少要向那位前辈一个人说说。丑松这样寻思着。他想象着那欢乐重逢的一天。

三

到达田中车站,天色已近黄昏。要去根津村的人,都在这里下车,经过小县时,还要爬七八里远的高坡。

丑松下车时,高柳也同样下了车。到底不愧是议员候选人,仪表堂堂,显得很有气派。但是从他渴求权势和富贵的神态里也流露出某种沉闷的情绪。高柳不时偷偷回过头来望望丑松,看样子是想尽量避开,不和他见面。"这个人究竟要上哪儿去呢?"丑松这样想的时候,高柳早已穿过栅栏,躲躲闪闪地钻到人群中去了。他下车后,走的是和丑松同一个方向。他用外套把身子裹得紧紧的,显然是为了避免别人的注意,可还是被欢迎的人群围了起来……

顺着北国大道向左拐,穿过桑田间的小路,高柳一伙人早已看不见了。丑松走上石头砌的田间小坡道的时候,乌帽子山的大斜坡便展现在眼前。广野、汤之丸、笼之塔,还有三峰、浅间等山岭,以及散布在各地的村落、松林,没有一处不唤起丑松的回忆。千曲川在远处的山谷里奔流,夕阳照在水面上,发出美丽的光辉。

这天,西边天空飘着紫灰色的云朵,遮住了飞骅山脉。如果没有暮云的阻隔,或许可以望见那千年人迹罕至的峰顶,夕阳映照在白雪皑皑的山头,那是多么激动人心的宇宙奇观啊!

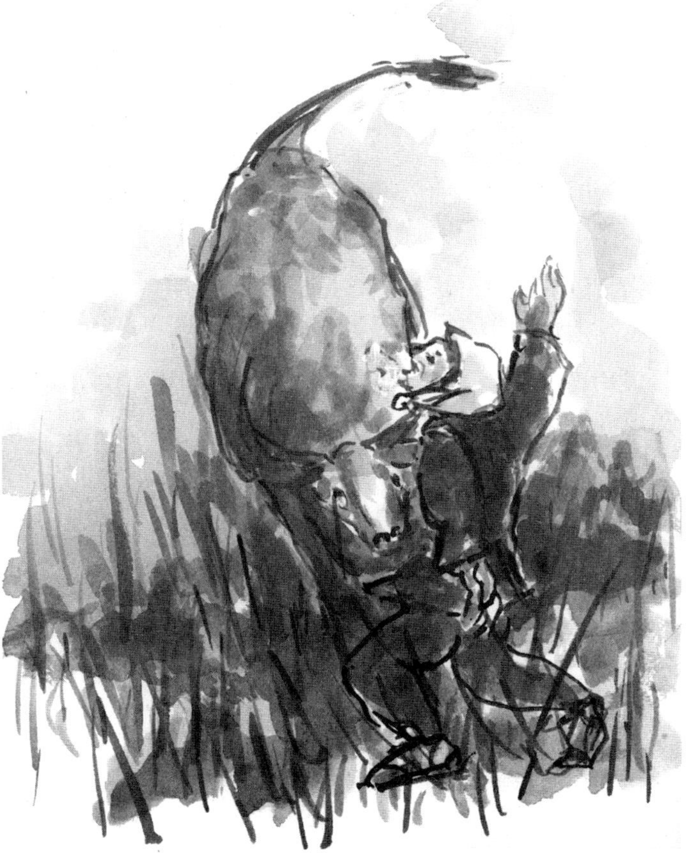

丑松天性爱山,他走在布满岩石、坎坷不平的路上,眺望着眼前的高山巨壑,联想起住在山区的信州人朴素无华的生活习俗,感到沸腾的热血在心头激荡。现在距饭山越走越远了,丑松呼吸着山区的空气,暂时陶醉在忘我的欢乐之中。

丑松亲眼看到了山间落日的美丽景象。随着夕阳余晖的渐渐消隐,群山不断地变幻着颜色,由红变紫,由紫变灰。暮色渐次笼罩了田野、山冈,黑影由一个山谷扩展到另一个山谷,最后,阳光只在山尖上闪耀。正好在天空的一角,出现了燃烧的灰黄色云层,那是浅间火山喷出的烟雾。

然而这种兴奋的心情并没有持久保持下去。走出荒凉的溪谷,看见在那边山腰上连着一个村落,白色的土墙浸在暮色中。具有山地风味的房顶和房顶之间出现的黑影,那是柿子树的树梢。啊,根津到啦!丑松甚至听到农民夜归的歌声,心里都不胜激动。他想起从小诸的向街搬来这里隐居的父亲的一生,再也没有心思去欣赏这黄昏的景色了。悲哀和怀念交织在一起,两腿不由得战栗起来。啊,大自然的怀抱只不过是一时的慰藉,因为越走近根津,越是想到自己是个秽多,是新平民,心情也就越加沉重起来。

天黑以后,他踏入了第二故乡。当初,父亲之所以带领全家迁到这个偏僻的山村来,除了考虑到牧场来往方便之外,还可以用极低的租金租种少量土地。丑松的叔叔眼下耕种的旱田就是这样租来的。谨小慎微的父亲选择了不为人注意的村口住下来,这里在一个小山坡下面,距离根津村西街大约还有一里多地。

丑松的第二故乡——长野县小县郡根津村大字姬子泽,就是这样一个五十户左右的小村落。

四

　　父亲不是死在根津村的家里,而是死在西乃入牧场的小屋里。叔父打算等丑松一回村,就一起到牧场去。他叫丑松坐在火炉旁先歇一歇,自己开始用沉静而亲切的声调讲起了死者的事。炉火燃得很旺,婶母一边听,一边啜泣。听叔父讲,父亲的去世不是由于年迈,也不是由于疾病,而是突然死在他的职守上。喜爱牲畜是父亲的天性,所以他具有放牧人丰富的经验,大家对他都很放心,牧场主也很信任他。他很熟悉牛的脾气。谁想到这样一个老手竟然也有失算的地方,真是天有不测风云啊。一次,偶然叫他照管一头种牛,引起了这场灾祸。种牛的脾气本来就很暴躁,而这次又把它和许多母牛放在一起,即使再温驯的种牛也不会老老实实,甚至有时会突然变化。何况它原来就是一头很凶的杂种牛,一旦发起威来就不堪收拾。它在辽阔的牧场上横冲直撞,听到母牛发情的叫唤声,简直像发了疯似的。它忘掉了家养的习性,恢复了粗暴的野兽本性,不知蹿到哪里去了,过了三天没回来,过了四天还没回来。这下子父亲着急了,每天走遍水草地寻找,有时钻到湖荡里一直找到天黑,有时从这座山爬上那座山,高声吆喝,可是连一点影子也没有。昨天早晨,父亲又出去寻找,他往常出远门,总是把饭盒装在"山猫袋"(放镰刀、斧头和锯子等东西的袋子)里背着去,可是偏偏昨天没有带。到时候还不见他回来,放牛的助手感到很奇怪,为了给牛喂盐,他爬到有牛栅的地方去,这时许多母牛欢欢喜喜地围了上来,那头种牛愣头愣脑地正好掺杂在这群牛里边。一看,牛角上还沾着殷红的血。助手又吃惊、又发愣,连忙同赶来的人一起把种牛逮住。这个时候那头牛似乎已经很疲惫,毫无招架之力了。于是助手到处寻找父亲,最后发现他躺在一个山坡的竹林里呻吟。驮回小屋一看,伤势很重,已经无法挽救了。叔父闻讯赶来时,父亲神志还清醒,夜里十点左右才断气。今天,人们约好都到牧场来,晚上在小屋里守灵,总之眼下正等着丑松回来。

"因此,"叔父瞧着丑松的脸,"我问阿哥,可有什么话要留下来。阿哥虽然很痛苦,意识倒还清楚,他说:'我是个牧人,为牛而死倒是我的宿愿。事到如今我也没有旁的话要说,只有一样,就是惦记着丑松。我受苦一辈子,就是为了那孩子。先前我叮嘱他要牢牢记住的话,等孩子回来你再照样给他说一遍,叫他不要忘记。'"

丑松低着头,默默地听着父亲的遗言。叔父继续说下去:

"他还说:'我情愿化作这牧场上的一把泥土,一定不要到根津的寺院里举行葬礼,要办就在这山上办算啦。要记住,我死了不要通知小诸向街那边的人。'因为他要我这么说,所以当时我对他说:'嗯,知道啦,知道啦。'阿哥听了,看样子很满意,笑了笑。不一会儿又瞧着我的脸,扑簌簌流下泪来。随后,阿哥再也说不出话来了。"

丑松听了父亲临终前说的这些话,心里无比激动。父亲情愿化作牧场的一把土,要在这座山上举行葬礼,以至不愿把他死去的消息通知小诸向街那边的人。所有这一切,还不都是为儿子着想吗?丑松懂得父亲的心思,领会到父亲深切的用意,同时也十分钦佩父亲那种不实现自己的愿望誓不罢休的壮烈情怀。说起来,父亲平素对丑松非常严格,甚至近似残酷。就是在父亲去世以后,他仍然有几分畏惧。

不久,丑松便同叔父一道向西乃入牧场出发了。一切都由叔父安排妥帖,验尸完了,棺木也已备好,约请定津寺的长老为守灵的和尚,据说那长老已经往山上的小屋去了。明天的葬仪,全由叔父准备妥了,只等丑松到场就行。这里到乌帽子山山脚有四五里地,途中还要爬过田泽山口,走一段荒僻的山路。这个晚上天黑得伸手不见五指,连脚都不敢大胆向前迈。丑松打着灯笼走在前头,领着叔父向深山里走去。离村子越远,山路越窄,最后变成了羊肠小径,路两旁满是腐烂的树叶子。少年时代,丑松时常跟着父亲在这样的山路上来来往往。两个人爬过几座小山,来到高原上面的牛栏前面。

五

走下山谷,就来到了看牛人的小屋。人们已经挤在狭小的屋里,明亮的灯光照着墙壁,木鱼的声音在空中回荡,这响声同山涧里潺潺的流水声混在一起,更增添了人们的寂寞和凄凉之感。这小屋只有一间,屋顶上盖着草,四周围着栅栏,仅仅可以挡挡风雨。这里是个与世隔绝的地方,除了偶尔有越过殿城山这条捷径到鹿泽温泉去的行人在这里歇脚外,再没有什么人来。住在这荒山野岭的人无非是烧炭、看守山林,再就是牧牛。丑松吹灭提灯,同叔父一起打开小屋的门,走了进去。

定津寺的长老,姬子泽同行业的工会派来帮助照料的人,以及父亲生前有过交情的男女农民,都向丑松表示深切的哀悼。佛座前边的灯火照着香烟缭绕的夜气,屋内的摆设显得很零乱。父亲的遗体安放在一口粗糙的棺木里,四周缠着白布,前面立着新制的灵牌,供着清水、饭团、菊花和香兰叶等。念完一段经,长老宣布请大家轮流站在棺材前,看着老牧人入殓。一个个脸上流下了死别的眼泪。丑松在叔父的带领下,微微弯下腰,就着昏暗的烛影同父亲最后告别。父亲像是结束了牧人的孤独生涯,就等着躺到牧场深深的黄土下边去似的。他脸孔冰冷、苍白,没有一点血色,完全变了模样。为了使死者在冥界旅行方便,叔父按照旧习惯,给添放了草笠、草鞋和竹圈,另外还有说是驱除妖魔用的护身刀,也一起放在棺盖上,接着又开始念经、敲木鱼。人们谈论着死者的一生,有的在无顾忌地笑,有的在吃,这些声音混杂在一起,显得凄凉而嘈杂,搅得丑松无法休息,消除不了旅途的疲劳。

人们就这样一直谈到天明。因为死者事先有遗嘱,不让告知小诸向街那边的人,加上迁到这边已有十七年多了,早已断了来往,既然这边没有通知,那边当然也就不会来人了。如果这个往日的"头儿"去世的消息传布开去,过去的属下人跑了来反而会惹出麻烦。叔父一直为这件事担心,照叔父说来,父亲选了牧场作为自己的墓地,也是早考虑好了才定下的。要是运到根津寺院去,能按照一般农家的仪式安葬,那还算不错,万一碰上断然拒绝超度的情况,可就要出大乱子。旧习俗的可恶之处,就在于秽多死了之后无权葬在普通人家的墓地上。这一点父亲十分明白。他生前为了儿子甘愿在山沟里受苦,死了也是为了儿子而甘心情愿长眠在这块牧场上。

"总得想法把阿哥平平安安地安葬了才是呀!对不对?丑松,这事可把我急坏了!"

为此事操心的不光是叔父一个人。

第二天午后,参加葬仪的男女,在看牛的小屋里集合。以牧场主人为首,还有平日委托父亲放牧母牛的牛奶商,凡是听到这个消息的,也都赶来吊丧。父亲的墓地选定在山丘上的小松树旁。送殡的时候终于到了,死者被抬出了多年居住的小屋。灵柩后面跟着定津寺的长老,还有两个淘气的小和尚。丑松和叔父俩一起穿着草鞋,女人家一律戴着白布帽子。送殡的人按各自的习惯,有的穿着印花礼服,有的穿着自家织的土布上衣,山里人大都是不穿长袍大褂的。这个简简单单的送葬行列,是和牧人质朴的一生很相称的,既没有排定顺序,也没有什么繁杂的礼仪,大家只是一片真心悼念死者,默默地翻过山头。

　出殡的仪式十分简单。由于人们在缅怀往事,所以把单调的锣鼓声、铙钹声也都听成了悲哀的音乐,机械的诵经声和祈祷死者冥福的声音在人们悲戚的心里,也变成了一曲深沉的挽歌。许多人上了香,双手合十行完礼就回去了。灵柩抬到了墓地上,坟坑旁边堆着高高的泥土,上面有人们的泥脚踩烂了的残存的菊花。大家撮起土往坟坑里扔。叔父和丑松也各自投了一块,最后用铁锹培土的时候,把棺盖砸得像岩石崩裂一样响。尽管如此,泥土味混合着尸臭扑鼻而来,叫人不堪忍受。土越填越厚,最后堆成了像馒头一样的小山。丑松一边深思,一边凝视着这个土馒头。叔父也一言不发。父亲给丑松留下"不要忘记"这样的遗嘱,在弥留之际也还惦记着这件事。然而现在都被深深地掩埋在牧场的地下了,他已经不是这个世上的人了。

六

一切后事总算顺利办完了。叔父把一些未了事项一并委托给了牧场主人，看牛小屋也交给助手看管，然后他们一起回姬子泽去。小屋里原来有一只黑猫，因为是父亲喂大的，丑松几次要把它带走作个纪念，可是这只猫在此地住惯了，总恋着不肯离开。喂它东西它不吃，唤它也不出来，只躲在地板下面跑来跑去悲伤地嗥叫。虽然是畜生，大概也知道追念死去的主人吧！人们看了很同情，都说往后到了下雪季节，它在这山里吃什么过冬啊？叔父说："怪可怜的，恐怕要变成野猫了。"

过不多久，人们各自回去了，看守小屋的那个人手里捧着盐，跟着把大家送到了山冈上。正值十一月上旬，惨淡的阳光照耀在西乃入牧场上，更显得寥廓和凄清。放眼望去，到处都生长着小松树。草丛中的山杜鹃，牛是不吃的，本来漫山遍野开得很旺，而今经霜一打，一朵花也看不到了。丑松心情忧郁地在山间小路上走着，眼前的一切景物，都使他联想到父亲的死。他想起三年前的五月下旬，曾到牧场来看望过父亲，那时正是牛角发痒的时候，山杜鹃开得正艳，有红的，有黄的。孩子们成群结队地出外采蕨菜。他还记得山鸠的叫声。他想起那时凉爽的清风吹过铃兰花丛，使初夏的空气里飘荡着异香。父亲曾经指着山坡上的新绿对他说，西乃入水草茂盛，是养牛的好地方，牛一吃青草、吃盐，喝山溪的流水，普通的疾病都可以避免。他还想起父亲曾告诉他各种饲养牲畜的经验和牛以类结群的特性，大凡一头牛将要入群的时候，都要受到角牴的考验。牛虽是牲畜，但有制服同类伙伴的能力，一群牛中总有一头像女王一般统领整个牧场的母牛。他想起这些故事,都是多么有趣啊!

父亲虽然隐居在这座乌帽子山下,但一辈子都没有忘记追求功名,他和一生无所用心的叔父比起来大不相同。因为父亲是一个难以自制的烈性子,他知道自己的出身,既然不能到社会上干一番事业,就不如躲进这深山老林,可又无时不在愤恨不平。他自己不能如愿以偿,因此至少希望子孙后代能如愿以偿,把自己终生的幻想变成现实。哪怕太阳打西边出来、往东边落下去,他的这种愿望都决不改变。要干,要战斗,要立身处世!这就是父亲的精神所在。而今,丑松缅怀父亲孤独的一生,更加深切地体会到那句遗嘱所包含的希望和热情。"不要忘记!"——这是父亲终身的遗训,是发自男子汉灵魂深处的喘息,是父亲遗留在儿子心胸中奔流的热血。所有这一切都同父亲的去世一样,深深撼动着丑松的心。啊,死是无言的,可是对于丑松现在的处境说来,死却胜过千言万语,它使丑松更加痛切地感到自己一生的不幸。

丑松走到牛栏旁边,亲眼看到父亲留下的事业。这个天然大牧场,方圆有二十里路,小松树下随处可以看到成群的母牛,有的站着、有的躺在地上。牛栏建在高原的东边,构造简陋的栅栏内饲养着几头尚未长角的牛犊。那个照看小屋的人像在忙着招待客人,一边烧枯草,一边收集各种柴火。碰巧,叔父正在这里等着丑松。聚会在火堆旁边的男女,都是昨天晚上一夜未睡的人,加上白天的劳碌,有的人疲劳不堪,闻着落叶燃烧的香味,处在半睡状态中。叔父说要喂牛,所以在各处的石头上撒了一些盐,想起这些牛都是父亲亲手饲养过的,丑松看了,就感到特别亲切。一头黑母牛甩着尾巴向撒盐的地方走来。又有一头眉间和肚皮下长着白花、其余部分都是茶褐色的母牛,也扇着耳朵走过来。此外,还有一只花斑牛犊也哞哞地叫着跑来。它们到底害怕生人,只是颤动着鼻子围着撒盐的地方转圈儿。有的牛很想吃,因为有可疑的人在看着,只好一步一步向前蹭。

　　看到这光景,叔父笑了,丑松也笑了。大伙笑着说,正因为有这样可爱的伙伴,父亲才能够在荒凉的深山沟里住下来。最后,丑松和大家一同告辞,离开了父亲长眠之地。乌帽子、角间、四阿、白根等山脉在身后渐去渐远。经过富士神社的当儿,丑松回头向父亲的墓地望了望。那时,牛栏已经看不见了,萧条的高原上,只有一缕细细的烟雾袅袅升起。

第 八 章

一

葬在西乃入地下的这位老牧人的故事,很快在根津村传开了。人们说话本来就爱添油加醋的,何况被种牛顶死这件事,更使那些好奇的人感到震惊,因此成了他们茶余饭后的话题。十分迷信的人马上断定这是由于前世犯了什么可怕的罪孽。单是牧人的来历就有种种臆测,有的说是从南佐久牧场搬迁来的;有的说生在甲州;还有的说不对,而是会津没落的武士出身。惟独没有人知道他是小诸向街上的"头儿"。

吃完"慰劳饭"①的第二天,丑松到协助安葬的人家去道谢。叔父也去了,姬子泽家里只留下婶母一个。午饭刚罢,天气特别暖和,阳光经过后院的葱地射进了晾晒南瓜的廊檐下,使人感到安逸、舒畅。鸡儿因为没有人追赶,也就无所顾忌了,有的在墙根下啄花儿,有的高声啼叫,有的竟然跑进了客屋,在铺席上玩耍。婶母来到外院,弯着腰在水池旁边涮锅。这时,刚巧有位绅士走过来彬彬有礼地问道:"濑川先生住在

---

① 用酒饭招待附近来帮忙的人。

这里吗?"婶母看了觉得奇怪,心想,从未见过这样的客人。她连忙扯下头上的毛巾擦擦手,打着招呼:"是的,濑川家就在这儿。对不起,请问您是哪一位?"

"我吗? 我姓猪子。"

莲太郎来访,刚巧碰上丑松不在家。"不要多久就会回来的。"听婶母这样说,莲太郎心想既然来了,那就索性打搅一下,在这里休息一会儿吧。主意既定,便跟着婶母走进了茅屋。莲太郎平素对农民的生活很感兴趣,最喜欢这样围着火炉拉家常。他亲切地凝视着煤烟熏黑的屋顶。按农家的习惯,从大门到后门,中间有个大院,院子里乱七八糟地堆着煤包、咸菜桶和农具。沾满泥土的马铃薯,在一个角落里堆成了山。火炉就放在台阶旁边。莲太郎闻到柴火的烟火气都觉得快乐。他还看到墙壁上同每年的日历贴在一起的彩锦画,早都改变了颜色。

"真不巧,他出去啦。家里刚遭了不幸,他到各处道谢去啦。"

接着,婶母把丑松父亲去世的事告诉了莲太郎。炉火燃得正旺,挂在木制炉钩上的水壶里的水烧开了。婶母正想给客人沏茶,突然间她想起了早已遗忘的老习惯。说起来,所谓记忆就是这种奇怪的东西。原来,照秽多家庭的规矩,不准给一般的客人献茶,甚至连点烟都有忌讳。濑川家自古就是这样的风俗,打搬到姬子泽以后才破了老例,开始了一般的交往。天长日久,对这种新做法也就习以为常了。人情往来,彼此都很亲密,不要说献茶,就是送个什么东西也是一样。春天,我送给你几块艾子糕;秋天,你送给我一袋荞麦面,自家感到没啥,别人也不以为怪了。今天婶母突然想起过去的老规矩,这是近来很少有的。这也难怪,莲太郎是一位很拘礼的稀客,不同于姬子泽的一般百姓,而且来得又很突然,这就使得老人沏茶时自己也感到手在发抖。莲太郎一点儿没有察觉,他高高兴兴地喝着茶,滋润着干渴的喉咙,谈笑风生。尤其是当婶母说到丑松小时候放风筝、玩陀螺的故事时,莲太郎像在深深思虑着什么,问道:

"我打听一件不大相干的事,在这根津村的向街上,听说有一个叫六左卫门的大财主,是吗?"

"哦,有的。"婶母瞧着客人的脸。

"您听说没有?那家最近才办了喜事哩。"莲太郎若无其事地打听着。

向街也是这根津村的一个秽多部落,离姬子泽不到二里地,在西街的顶头。那里住的六左卫门是秽多中的大富翁。

"这个,一点也没有听到过呀。这么说他有了姑爷啦,他家闺女很长时间没找到婆家呢。"

"您认识那家姑娘吗?"

"那可是个有名的美人,白白的,模样儿长得挺俊。大伙常说,这妞儿只可惜生在山里人家啦,没法子。今年怕有二十四五岁了吧。可打扮起来,看上去也就是十九二十的样子。"

说着说着,莲太郎像是想起了什么似的。等来等去不见丑松回来,于是莲太郎说要出去散散步,便到野外观赏山景去了。他临走时给婶母留下话说,无论如何要和丑松见上一面。

二

"喂,丑松,有位姓猪子的客人找你来啦。"婶母跑过来说。

"猪子先生?"丑松的眼里闪烁着喜悦的光辉。

"他等了老半天啦,总不见你回来。"婶母瞧着丑松的神色,"他才往那边去了,说是到田里转转就回来。"婶母说到这里,换了一种声调问:"那位客人到底是个什么人呀?"

"是我的老师。"丑松回答。

"噢,是吗?"婶母愣住了,"早知道是这样,我应该好好招待一番才是。我只当是你的熟人,不过,看他说话的样子倒像一个好朋友哩。"

丑松正想到地里寻找莲太郎,正巧叔父回来了,他只得暂时坐在房门口休息一会儿。叔父显得很累,一跨进门就絮絮叨叨说个不停:"这下子可好啦。"可不是么,一切相安无事,葬仪、道谢都顺顺当当结束了,叔父想到这里该有多高兴!"啊,前一阵子我费了多少心思啊!"叔父轻松地舒了一口气,像突然想到什么似的加了一句:"这全靠老天爷保佑。"

姬子泽家中的和平景象,不知人世变迁的叔父老两口的古朴的特性,这些都使丑松产生了怀旧之情。后院里群鸡高唱,叫声在午后干热的空气里回响,更显出山村的寂寥。婶母是个好心肠的女人,勤劳、健壮,而又没有孩子。她一直把丑松当孩子看待,有几次弄得丑松忍不住笑了。

"瞧!你那双手多像你的老子啊!"婶母说着笑了,但不由得又掉下泪来。叔父也跟着一起笑。这当儿,婶母给他泡了茶,味儿正香;专门为他蒸的裹着红糖馅的乡村包子是他最喜欢吃的。这些都使他想起快乐的少年时代。正是这种时候,丑松才深切体会到自己确实回到了故乡。

"我去看看就来。"

丑松说着走出了家门,叔父立刻追上去喊住了丑松,像是有话给他说。丑松回过头,叔父站在霜叶飘零的柿子树下低声对他说:

"没有别的事,我想起猪子来了。以前师范学院有位老师叫做猪子,今天来的是不是他呀？"

"就是他,就是那位猪子先生。"丑松注视着叔父的表情回答。

"哦,是吗？就是他啊！"叔父打量着四周,接着伸出大拇指来,"他不是这个吗？你可要当心！"

"哈哈！"丑松快活地笑起来,"叔父,你只管放心。"说罢,匆忙走开了。

三

丑松虽然叫叔父"只管放心",可自己已经打算把自己的心事单独告诉莲太郎一个人,而光是自己和这位前辈两个人在一起的好机会,却又不会再有了。想到这里,丑松心里思潮起伏。

丑松在枯草堤上同莲太郎相遇了。一打听,才知道先生是把夫人留在上田,今天早晨到达根津村的,同来的还有市村律师。律师因为忙着访问地方上有选举权的人,莲太郎在旅馆同他分手后,一个人到姬子泽看丑松来了。律师不打算举行演讲会,所以这个村子的人不能听到他的政论演说。莲太郎却可以同丑松慢慢地交谈,他想在这信浓的山上,在这温暖的小阳春天气,花上半天时间和丑松好好畅谈一番。

这一天实在痛快,这种高兴的心情在丑松的一生中是不多见的。他待在日夜仰慕的前辈身边，听着他的话语，看着他的笑容，同他一起呼吸着故乡的空气，不仅谈话时感到愉快，就是沉默时也觉得有说不出的高兴，何况闲谈中的这位莲太郎同作品中反映的莲太郎又有着不同的意趣。他的相貌显得很威严，但性情却意外的温厚、亲切，完全像一个极普通的读书人。正因为这样，所以对晚辈丑松也显得没有什么隔阂，时而放声大笑，时而深深地叹息。他把腿伸在阳光照射的草堤上，谈起自己生病的情况。他说有一次被人用车子拉到医院，在一阵难忍的干咳之后，接着就不住地咯血。如今胸部不疼了，也感觉不出多大的痛苦，身体已经完全恢复，仿佛从未生过病似的。不过他还说，要是那样的大咯血再来上几次，到那时这条命就很难保得住了。两个人的交谈虽然如此亲密无间，但丑松一直没有忘记自己。"何时向他吐露那件事呢？"他胸中忐忑不安，心情一刻也不能平静。

"哦，这病不至于传染吧？"丑松不知怎的，感到这位前辈的疾病有些令人害怕。可是他又几次责怪自己这种想法未免可笑。

千曲川沿岸的风土人情，中世纪时期武士道和佛教遗留在这里和那里的古迹，随着信越线铁路的建成，山上城市的兴衰情况，往昔北国街道的繁华和现存的古驿站的冷落萧条……所有关于信浓当地的轶闻趣事，都成了他们两个谈话的题目。眼前，蓼科、八岳、保福寺以及御射山、和田、大门等山脉冈峦连绵，远远望去，山间的大斜坡向东西两边伸展开去。山谷之间，千曲川的河水闪着蓝白色的光，不停地流向远方。由于丑松从少年时代起就受到大自然的熏陶，对于这一带的地理十分清楚，所以一一指点着讲给莲太郎听。莲太郎一边仔细听丑松讲解,一边认真地眺望着。河对岸的八重原高地上空,农家的炊烟冉冉升腾,这情景特别引起了莲太郎的兴趣。丑松又指着山谷里的平地上有阳光照射的地方说,那些沿河岸散居的村落就是依田洼、长濑、丸子,被青色烟霭笼罩的山谷背阴处,那是灵泉寺、田泽、别所等温泉所在地。那一带是农民聚集的山上欢乐之乡。每到荞麦花开的季节,这里的农民常到那儿洗澡、赏景,以消除疲劳。

听莲太郎自己说,他有一段时间对山区风光不感兴趣。他曾经这样认为:信州的景色好比一幅全景画,在大自然描绘出的众多画面中,它只能处在很平凡的地位。信州地方虽然广大,但缺少浓郁的风味。像波涛一样起伏的群山,除了给人一种不安和混杂的感觉之外,别的什么也没有。面对这样的景色,只能使人心烦意乱。可奇怪的是,在这次旅行中,他的这种思想完全打消了,他第一次欣赏起山间景色来了。在他面前,大自然展现了另一种新的面貌。山坡上雾气蒸腾,山谷里发出的细小而深沉的声音隐约可闻,森林里散发出清新而又干爽的气息,这时,天上的云团带着暗影和光热,时消时现。看到这一切景象,莲太郎这才进一步理解到"平野是自然之静息,山岳乃自然之活动"这句话的涵义。被他一概斥之为平凡的信州风景,通过这"山气"二字,反而更能看出它的奥妙和有趣之处了。

莲太郎对这里的风光如此欣赏,使得喜爱山地景色的丑松打心眼里高兴。这天,西边天空晴朗,飞驒山脉清晰可见。大溪谷对面,重峦叠嶂,山顶上一道银白色的墙壁绵延伸向远方,看样子今年早已下过好几场大雪了。群山沐浴着午后的阳光,在蓝天下闪耀着光辉,气象雄伟,动人心魄。龙腾虎跃似的山石造型和带有绛紫色的山谷阴影,看起来更增添了极高的风趣。这里群峰攒聚,有针木岭、白马岳、烧岳、枪岳,还有乘鞍岳、蝶岳和其他诸峰。这里又是梓川、大白川等河流的发源地。雷鸟在这里悠闲地飞翔。这里可以找到冰河的遗迹,是自古以来人迹罕至的地方。啊,默然耸立的飞驒山啊,你是永恒的大自然的雄伟殿堂!莲太郎和丑松越看越觉得高大无比。尤其是这天,天空里有些黄浑浑的,经十一月上旬的阳光一照,宽阔的峡谷里更显得烟气缭绕。两个人出神地观望了很久,一面看一面谈论起山的故事来。

四

啊,丑松不知有多少次打算把自己的身世告诉莲太郎。昨夜,他在油灯下考虑这件事,一直想到深夜。他反复琢磨,作了种种设想:如果他和这位前辈单独在一起时,他将怎么开口为好。而今,莲太郎就在自己身旁,当着面反而不好启齿,光谈些风景之类的话,最关紧要的心事还没有谈到。丑松虽然说了许多别的事,但总觉得像什么也没有对莲太郎说一样。

莲太郎说,他出来时已经让住处准备了晚饭,于是拉着丑松一道向根津村的旅店走去。一路上,丑松不断说着话,总想把心里话说出来。他想只要把这件事说出来,自己的真情实意就会通向前辈的心灵深处,自己就可以更加去亲近这位前辈了。然而想说又说不出来,只得时时停住脚步叹息。秘密,有关生死的真正秘密,尽管对方和自己身世相同,又怎能轻易泄露呢?他想说又犹豫不决,一犹豫不决又自然责怪自己,丑松内心里充满了畏惧、迷惘和烦闷。

不多一会儿，两个人走到了根津村西街街头。立着一尊地藏菩萨石像的地方就是向街——所谓"秽多"街。高高低低的茅屋沿着阳光照射的山坡排列着，其中有一家的宅邸很像城楼，高高的白墙在太阳底下闪闪发光，很引人注目，这就是那位六左卫门的家。住在这里的秽多都以种田、做麻草鞋里子为业，像小诸秽多街那样制造皮鞋、三弦、大鼓和其他皮革用品或以贩卖病马等为业的人，这里一个都没有，这儿家家都做麻草鞋里子，到处的墙根下都晒着专门用在鞋帮上的上等稻草，这种稻草称为"芯子"。丑松看到眼前的一切，就想起了从前自己的家，想起了在小诸生活的时代。他想起了死去的母亲同现在的婶母，都用这种"芯子"编织草鞋的情景。那时，自己还是个少年，常常拿着从户隐这地方运来编草鞋的麻绳当玩具，坐在父亲身边学着编草鞋玩。

他们两个谈起了六左卫门。莲太郎再三寻问那位秽多的性情和作为。丑松虽然不十分了解，但还是把自己知道的一切全都告诉了他。六左卫门的财富，是他自己这一代人积攒起来的，他能成为今天这样一个暴发户，不知挨了多少人的臭骂。他欲壑难填，又爱虚荣，只要财力所及，无所不为，一心想捞个"绅士"的桂冠。也许他每天都在幻想着要到纸醉金迷的上流社会去混一混吧。六左卫门这只想学孔雀的乌鸦，在东京购置了一所别墅，就是为了实现以上的想法。他充当红十字社的特别社员，赞助发展慈善事业，家里装饰着书画、古董，所有这一切都是出于同样的心理。像他这样不学无术而又藏书甚多的人确实少见，这件事却成了附近人们的笑柄。

两个人边走边聊，不觉来到六左卫门的门前。午后的太阳直射下来，宏伟的白墙也像着了火一样。好几栋房屋被一道围墙严严实实地围了起来。围墙外面聚集着一群看来是新平民的孩子,由一个约摸七八岁的孩子带领着,好像在玩"面子"①游戏。其中有的长着红扑扑的脸蛋,眉目清秀可爱,同一般人家的孩子毫无区别。其中也有一些显得呆头呆脑,胆小愚钝,没见过世面的孩子。看见他们,就会知道在同一秽多里是分成好几个等级的。有一个像父亲模样的男子,牵着马吆喝着从孩子们中间通过;另一个大姐一样打扮的年轻女子,系着腰带,像影子一样急匆匆地打他俩身边擦过。住在秽多街上的居民对愚昧和落魄毫不自知。呼吸着这里的空气使人感到一种无以言状的痛苦。不知是悲伤、羞耻还是愤恨,丑松心里很难过,他想:"指不定会把我们当成什么样的人呢。"他只想早早离开这里。

"先生,咱们走吧。"

丑松催促着停下脚步观望的莲太郎。

"你来看看这位六左卫门的家。"莲太郎回过头来,"这里到处都显示出主人公的派头。听说就在两三天前,这家才办了喜事哩,你没听说吗?"

"办喜事?"丑松追问了一句。

"那喜事不同一般,大概可以称之为政治结婚吧。哈哈,政治家做事与众不同啊。"

"您的话,我弄不明白。"

"你知道吗?新娘子是这家的姑娘,新郎又是一位议员候选人,这还不够意思吗?"

"嗯,议员候选人?那不是和我们一道坐火车的人吗?"

① "面子",一种儿童游戏,用硬纸裁剪成玩具,放在地面上互相拍打着玩。

"对啦,正是那个绅士。"

"噢——"丑松的眼睛睁得溜圆,"真的?真有这种意想不到的事!"

"全是真的,连我都感到奇怪。"莲太郎的脸上闪着光辉。

"先生是从哪里听到这个消息的?"

"先别急,丑松,到旅店里去再谈吧。"

第 九 章

一

根津村有个地方叫冢洼,这里的一户人家参加过丑松父亲的葬礼,丑松还没有登门道谢,这时正好顺路,他俩便在途中分了手。莲太郎先回旅店,丑松约好随后就去,便踏上了田间小道。当他下了冢洼的斜坡时,看到一家门口有个卖糖的,用笛子吹出逗人发笑的曲子,招引一群小顾客。男女儿童吵吵嚷嚷从四面八方飞跑过来,看样子都是老主顾了。啊,卖糖人的笛声多么诱发少年们的幻想,使天真无知的孩子也感到十分悦耳。不,不光是孩子们,就连丑松也不由得要停下来听。说来奇怪,每当听到这笛声,丑松就不能不回想起自己的少年时代。

有什么要瞒的呢,丑松现在要去的那户人家,有他幼年时代的一个相好嫁在那里。那女子名叫阿妻,娘家是姬子泽,和丑松是邻居,两家中间只隔着一块苹果园。丑松九岁时,常和阿妻在一起玩,那是濑川家搬到姬子泽以后不久的事。阿妻的父亲本来是上田人,来到姬子泽做人家的养子。他家出身苦,又是外来户,一切自然都由濑川家照应。他们对丑松也很好,每次到伊势神宫①参拜回来,都要买点什么给他。两家既然是街坊,孩子们自然玩在一起,成了好朋友,这是不足为怪的。而且两个人正好是同年。

丑松听着卖糖的笛声,心里涌起了快乐的回忆。虽说印象有些淡薄,但是阿妻的模样他没有忘记。他还记得第一次映入他眼帘的那个少女的可爱形象。他怎能忘记在苹果花盛开的季节,他俩在枝叶低垂的树荫下徘徊,彼此天真地谈吐着初恋的情话。那时刚刚九岁,那情景早已变成梦幻般的童话故事了。许多别的往事几乎都已忘却,惟有这种纯洁的情谊却牢记在心上。不过,两个孩子的交往时间并不太长。丑松后来忽然同阿妻的哥哥亲近起来,打那时起就不和她在一起玩了。

阿妻十六岁上嫁到冢洼来,她的丈夫也是丑松小学时代的朋友,三个人的岁数一样大。乡下人喜欢早婚,而这对夫妇结婚更早。丑松在师范学校埋头钻研历史和语言的时候,这对年轻夫妇就有了孩子,成天价从早到晚"爸爸,妈妈"地叫个不停。

丑松反复回想着过去的一段历史,心情激动地走上了高坡。根津川的支流从山上急泻下来,河水又浅又清,从家家户户的门前奔流过去。路旁栗子树的梢头早已干枯,柿子树上几乎连一片叶子也不剩了,只有水草仍是郁郁青青的,根子浸在水里,显得生气盎然。人们正忙着做过冬的准备,人们都聚集在河边。一群妇女正在专心致志地洗着芜菜,其中有一个女人用毛巾遮着太阳,露出一双素手,穿着围裙,辛勤地干着

---

① 伊势神宫,日本皇室宗庙,位于三重县伊势市。

活。丑松走上前打了声招呼，没想到她正是阿妻。看到童年时代的女友变化如此之大，他非常惊奇，阿妻也愣住了。

那天，阿妻的丈夫同公公出门去了，家里只有婆婆。听说阿妻已经有了五个孩子，最大的一个不在，想是到什么地方玩去了。剩下的是一个五岁的男孩和三个女孩，个个都依偎在妈妈身边，羞羞答答，不肯上前行礼。有的好奇地瞧着丑松的脸，有的藏在妈妈身后不肯出来。最小的一个刚会走路，大概见了生人有些害怕，终于哭了起来。看到这光景，婆婆笑了，阿妻也笑了。"呶，这孩子可怪啦！"阿妻说罢掏出奶来，孩子一口咬住奶头，一边呜呜咽咽，一边偷偷地回头看看丑松。那孩子的样子十分逗人喜欢。

爱说话的婆婆叨叨起来没有个完。阿妻倒茶招待丑松，看上去她像是想起什么事来了，说："丑松哥也长成大人了。"说罢，打量了一下来客的模样，不由得脸儿红了起来。

丑松道过谢，连忙走出那家的大门。阿妻和婆婆一直送到门口，目送着渐渐远去的客人的背影。丑松深沉地思考着自己同周围一些人的变化，又登上了冢洼的高坡。啊，这位为家事操劳、心地善良、具有令人眷恋之处的阿妻，同他记忆中的形象比较起来，感到简直就像两个人了。她和自己同年，却有了五个孩子，这真是自己童年时代相好过的阿妻吗？丑松不时停下脚步，声声叹息。

对往事的追念深深刺痛了丑松的心。如今他经常满腹疑惧，受到痛苦的折磨，相比之下，少年时代的生活是多么快乐呀！啊，自己无忧无虑同可爱的少女一起，在苹果园里漫步的幸福时代一去不复返了吗？丑松多么希望自己能够恢复到跟那个时代的心情一样；多么希望能够再一次忘掉自己是个秽

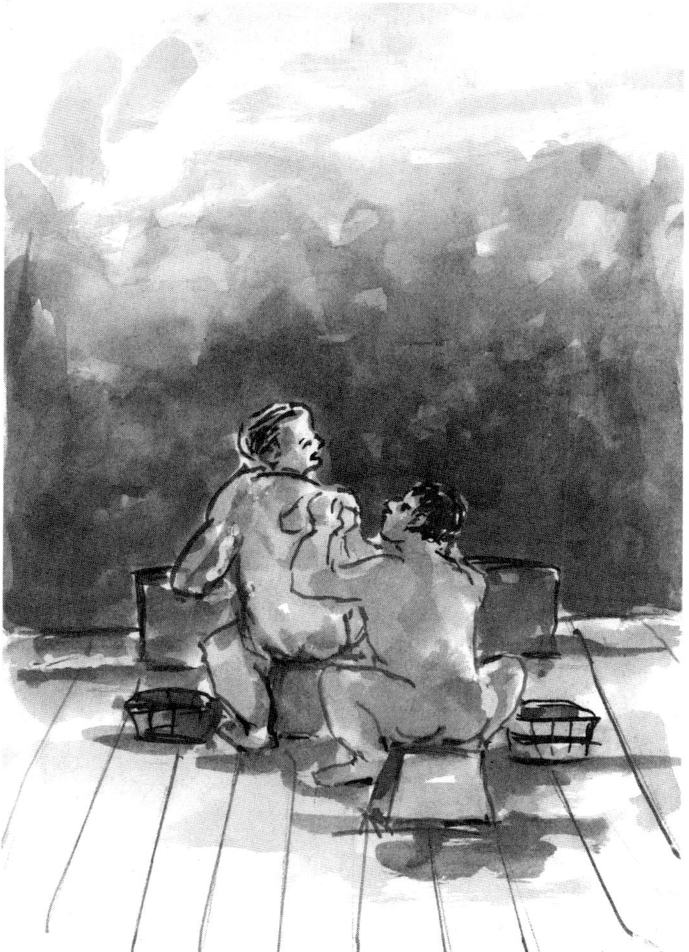

多啊！多么希望能够跟少年时代一样，自由自在地呼吸着人世的欢乐空气。丑松想到这里，抑制不住的激情就像春潮一般涌上心头。身为秽多的悲观绝望心理，同爱的甜蜜思想如此那般地交织在一起，使青春的生命显得更加美好。到后来，丑松想起了莲华寺的志保姑娘，热烈的感情在心中燃烧，他大步流星地向莲太郎下榻的旅店走去。

二

门口的灯笼上写着"吉田旅店""安寓客商"的字样，这是古代驿道上的老风俗。如今，各地商人来往少了，昔日的旅店都变成了农家。目前，根津村只剩下两三家客栈，吉田旅店就是其中之一。这家旅店也是常常歇业，旅客的住房成了饲养秋蚕的屋子，那光景和往年大不一样了。但不管怎么说，它仍不失为寂寥中别具风味的乡村老店。门前晾晒着豆子，鸡在院子里叫唤，往澡堂里挑水的店伙计走路的姿态也显得与众不同。炉里的柴火烧得正旺，炉子周围不时发出天真无邪的笑声。

"对，要把那件事说出来。"

丑松自言自语，当他跨进吉田旅店大门时，这个念头又来回在胸中出现。

丑松被领进了里面的客厅。屋里只有莲太郎一个人，那位律师还没有回来。屋里的挂屏、隔扇，一切摆设都保留着古朴的风味，虽说显得有几分陈旧，但很幽静，是谈心的好地方。火盆里添好木炭，旁边放着坐垫，两个人相对而坐，心里又惊喜又愉快。莲太郎亲手泡的茶，喝起来也觉得特别香甜。丑松数点着平素最爱读的这位前辈的著作,说首先到手的第一部大作就是《现代思潮与下层社会》,还有《乐贫记》《劳动》和《平凡的人》,读起来都很有意思。丑松又谈起他看到《忏悔录》广告时的喜悦心情;谈起他在饭山的书店里买到一本后,一边抱着走回宿舍,一边想象书中内容的急切心情;谈起他读这本书受到深深的感动,从而知道社会具有的强大威力,以及他受到书中显示出的新思想的熏陶等等情况。

莲太郎的高兴劲儿不同寻常。不一会儿,洗澡水烧热了,他俩一齐被领到浴室里去。莲太郎寻思,过去虽然把丑松当成知己,却未曾想到他这样爱读自己的著作。他相信丑松的热情。莲太郎想到自己有病,心中不免有所顾忌,不想因此给丑松添麻烦。这种健康人所不知道的担心,不断地表露在他的脸上。这样一来,丑松反倒不安起来,先前那种害怕前辈有病的心理,早已无影无踪了。谈吐之间,恐惧渐渐被怜悯代替了。

澡堂的窗外,有水从石头上流下去的声音,听起来十分悦耳。身子浸在洁净透明的热水里,听着流水在耳畔潺潺作响,心情十分舒畅。傍晚的阳光从窗户射进来,把水池的蒸气映成一片朦胧的水雾。莲太郎在水里泡够了,往水龙头那边走去,浑身上下热气腾腾。丑松也是全身通红,脸上淌着汗,热得他暂时忘掉了人世的烦恼。

"先生,搓搓背吧。"丑松抱着小水桶绕到莲太郎的背后。

"呃,是给我搓吗?"莲太郎显得很高兴,"好,请吧,随便给我搓搓吧。"

丑松随即向平素景仰的这个人靠过去,只要能看到莲太郎在如何思考,如何说话,如何行动,哪怕是细小的生活琐事,都会使他打心眼里高兴。丑松觉得他同莲太郎越来越亲密了。

"来,轮到我给你搓啦。"莲太郎舀来了热水说。但好几次都被丑松谢绝了。

"不,不用啦,我是昨天才洗的澡。"丑松仍然在推辞。

"昨天是昨天,今天是今天嘛。来,别那么客气,也让我给你搓搓。"

"实在不敢当啊。"

"怎么样,濑川君,我这个搓背工人的技术还是不错的呢。哈哈!"莲太郎开着玩笑,接着就用毛巾包着肥皂一边给丑松搓背,一边说,"我在长野的时候,记得有一次碰上实习旅行,和学生一起到上州去,大家一致公认我是大肚皮,当时我身体健壮,的确够得上大肚皮的称号。此后,我的一生中有过种种变化,像我这种人居然也能活到今天。"

"先生,行啦,行啦。"

"哪里,才刚刚开始,你看,脏东西一点都没搓掉呢。"

莲太郎仔仔细细地给丑松搓着脊梁,最后又把小桶里的温水浇了上去,白色的肥皂沫被水冲下来,在地上缓缓流动。

"这话只能对你说。"莲太郎想起什么似的说,"每当我想起我们种族的人来,就不能不感到难过。不怕你笑话,在我们的人中间,有的人思想境界还未打开呢。我走出师范学校的时候,为了思考这个问题,也曾经历了一段相当长的苦闷生活,结果闹了一身病。没想到疾病反而救了我,打那以后,我决心不再尽是冥思苦索了,而是要工作。说起来,你不是读过《现代思潮与下层社会》吗?我写作这本书的时候,身体几乎没有一天是健康的。唉!将来新平民中如果出现了别有风韵的人，有一天看到它说：啊，原来是猪子写的书，从而愿意读一读的话，我也就心满意足啦！因为这块垫脚石是我的生命，也是我的希望。"

三

丑松几次要谈出来，总感到不好开口，一直到离开浴室还是什么也没有说。律师仍然没有回来。莲太郎预先叫人备好了晚饭送到旅店里来，是千曲川里的石斑鱼，从上田回来的路上买的，做成烤鱼串，正好想和丑松一起尝尝冬天河里的鲜味。厨房里正忙着准备，可以听到那里碾磨作料的声音。炉子边烤石斑鱼的香味和烧得哧哧啦啦往下滴的鱼油烟雾混在一起，飘到了客厅里，闻起来觉得怪好吃的。

莲太郎从皮包里取出常备药来，刚洗完澡的脸色，看不出生病的样子。他若无其事地嗅了嗅杂酚油①的气味，接着就谈起高柳的事来。

"看来你是同他一起从饭山动身的。"

"我也觉得很奇怪，"丑松笑了笑，"他总是想法躲开我似的。"

"这正说明他心中有愧。"

"现在回想起来，他用外套裹紧着身子，躲躲闪闪走路的样子，就像在眼前一样。"

"哈哈，所以人不能干坏事嘛。"

莲太郎把听来的情况一五一十告诉了丑松。听莲太郎

---

① 杂酚油，原文为 Cresote，化学品，有强烈气味，可以治病。

说,高柳秘密娶六左卫门的女儿这件事是别有用心的。原来莲太郎为了调查一件事,曾经到信州最古老的秋叶村的秽多街(位于上田郊外)去过。那儿有一个六左卫门的亲戚,和六左卫门如同仇敌,关系极坏,是这个人把这事给抖搂出来的。说来很凑巧,今天早晨,当莲太郎和律师一道来到根津村的时候,碰上高柳夫妇正要去新婚旅行。尽管对方没有觉察,可他们两个确实是看清楚了那对夫妇的背影。

"实在叫人吃惊,"莲太郎叹息着,"濑川君,对于他这种用心,我不知道你是怎么想的,回到饭山你再看吧,他举行结婚宴会的时候准会装出若无其事的样子,他一定会千方百计说是从远方的富豪家里娶来的媳妇,不会说是新平民的女儿的。"

两个人刚刚把话匣子打开,女仆端饭进来了。他们早已感到饿了。盘子里盛着才烤好的石斑鱼,香喷喷的。银白色的脊背和灰褐色的鱼腹,这条新鲜的鱼被烤得焦黄,有的地方尚未很好地蘸上作料,一块块串在竹签子上,又肥又嫩。有一只小猫看来早已闻到了香味,跟在女仆的身后窥伺着,那样子怪好玩的。客人说一切自便,不需侍候,女仆听后抱起小猫走了。

"先生,来,我给您盛饭。"丑松打开饭桶,盛了一碗热气腾腾的米饭。

"谢谢,还是自己来吧。一坐到饭盘旁边,就不能不想起师范学校的食堂来。"

莲太郎一边吃一边谈笑。丑松夹起又松又脆的鱼肉蘸着卤汁,一边品尝着香味,一边聊着。

"哎!"莲太郎把拿筷子的手放在膝盖上,"当今绅士手段之高明,实在令人吃惊,只要可以弄到钱,什么事都能屈从。濑川君,你听我说,那个高柳你别看他外表神气活现的,听说他骨子里苦得很,借了好多债,放高利贷的人盯着他讨债,在社会上的名声也越来越臭,眼看今年无论如何没有参加竞选的希望了。可是,丑松,不管境遇如何贫困,总不会为了弄到钱而结婚吧?这不是太卑鄙、太露骨了吗?也许他会说,六左卫门也是个体面的公民,娶他的女儿有什么稀奇,既然成了他家的乘龙快婿,选举时请求资助不是顺理成章的事情吗?他如果这么想倒也罢了,既然情愿打破阶级界限,娶一个中意的女人,倒也是件有趣的事。可是又为何要偷偷摸摸成亲呢?为什么暗暗地来,悄悄地走,不像一个男子汉大丈夫做的事呢?说起来,丑松,他可是一个堂堂的议员候选人,平素大言不惭地谈论着如何料理天下的政治,可是,在生活上又怎么样?虽然没有人谈论过,实际上完全是披着绅士外衣的小人行径,太可耻了。难怪社会上确有不少人,只要能捞钱,什么事都干得出,只要对方肯要,连自己的灵魂都可以卖掉。可是像高柳这号人,出卖了自己还要装出一本正经的样子,实在太不像话!请你站在我们的立场上想想,对于新平民来说,还有比这更大的耻辱吗?"

两个人暂时停止了谈话,默默地吃着饭。过一会儿,莲太郎似乎完全忘记了病痛,感慨万端地说:

"高柳既然有高柳的打算,六左卫门也有六左卫门的想法。把个姑娘嫁给这号人为的什么呢?还不是今后到了东京,可以夸耀一番自己的女婿是个政治家吗?想得有多美!人爱虚荣总有个限度,也要为自己的女儿想想才是啊!"

莲太郎说罢,目光显得十分深沉,他独自陷入了思索之中。

丑松越听越对那位政治家的内幕感到惊诧,同时也为这位前辈关怀同族人的热情所深深感动。这位前辈虚弱的躯体里燃烧着强烈的感情的火花,这不能不使丑松肃然起敬。在莲太郎的话语里,充满了一种打动丑松心弦的力量。当然,有时也不免叫人觉得,如果他不是一个病人,也许说不出这种感人肺腑的话来。

四

丑松终于没有把想说的事说出来。夜深了,他离开吉田旅店,一路上他想着想着,伤心得差点哭出来。为什么不说呢?他一边走一边责备自己。他找出种种理由为自己辩护:亡父有过遗嘱,叔父有过忠告,这秘密一旦从自己的嘴里泄露出去,难免有一天传到别人的耳朵里去。这位前辈知道了,他可能告诉自己的夫人,夫人是个女人家,她终于是守不住这个秘密的,到那时就不堪收拾了。更重要的是自己目前不想承认自己是个秽多,他一直是作为一个普通人生活过来的,今后,当然还想作为一个普通人继续生活下去,这是天经地义的……

然而,这些辩解都是自己后来杜撰出来的,总不该成为他一直不说心里话的真正理由。丑松感到惭愧,他觉得自己是在欺骗自己,连对莲太郎都不肯说出真情,这的确是丑松的良心所不能允许的。

啊,还想什么呢?还有什么值得顾虑的呢?这件事决不能对别人讲,但在这前辈面前是可以吐露出来的。自己平素对他如此仰慕,又同是新平民,向这样的人吐露出来,又有什么风险,又有什么可怕的呢?

"不管怎么样,不讲真话就是不诚实。"

丑松心中又羞愧,又悲伤。

不仅如此,青年人那股渴望顽强生活下去的勇气激励着丑松的心,他好比一棵初吐幼芽的嫩草,在霜欺雪压下尽管心里向往着春天,但在猜疑和恐怖的禁锢下,青春的生命得不到发展。啊!霜雪受到阳光的照耀自然会消融,一个青年将满腔热情奉献给敬爱的长辈,也自然可以获得前进的动力。丑松眼看着莲太郎的举止,耳听着莲太郎的谈吐,受到的感化也就越深,从而禁不住对精神自由的爱慕。青春的生命力在鼓舞着丑松讲出来,应该讲出来!这不正是自己要选择的道路吗?

"对,明天见到先生,把一切全都吐露出来!"丑松打定了主意,急急向姬子泽的家里走去。

当天晚上,阿妻的父亲赶来,在火炉旁谈到很晚才回去。叔父没有深问莲太郎的事情,只是在丑松上床睡觉的时候才问了一句:

"丑松,今天你向那位客人一点也没有谈到自己的事吧?"

"谁会去谈那些个事!"

丑松瞧着叔父的脸答道。他嘴里虽是这样说,但心里却不这样想。

丑松上床以后,久久不能入睡。一幕幕幻景从眼前掠过。梦中见到的仿佛是入殓时父亲的面影,刹那间仿佛又变成莲太郎多病而苍白的脸,忽儿又像是阿妻了。那清澈明亮的眸子,说话时露出来的洁白的牙齿,容易变红的面颊,这一切都显示着这位女性的直率与热情。朦胧之中,丑松不知不觉又联想起志保姑娘来。然而,志保的影像也没有在他的头脑里停留很长时间,一到黎明就忘个干净,连做的什么梦都想不起来了。

第 十 章

一

扔掉这痛苦包袱的时机来到了。

莲太郎和律师要一起回上田,丑松约好和他们同行。这是顶死父亲的种牛被送到上田屠宰场去那天早晨的事。叔父和丑松都该到屠宰场去作见证,正好是实现昨夜打算的最好的机会。如果错过了今天,那就不知何时才能见面了。一定要想办法趁叔父和律师都不在旁边的时候,也就是他和莲太郎单独在一起的时候,了却这桩心愿。丑松一边琢磨,一边和叔父一起做出门的准备。

丑松他们刚到达上田大道旁的拐弯处,和等在那里的两个同路人相遇了。丑松先把叔父介绍给律师,然后又介绍给莲太郎。

"先生,这就是我叔父。"

叔父搓着农民的一双大手,说:"听说丑松承蒙您多方关照。还听说您昨天到我家里去了,不凑巧,我们不在家。"

叔父表示了歉意之后,莲太郎很郑重地对死者表示了哀悼之意。

四个人这就走在一起了。他们踏着早上潮湿的路面,行进在茫茫的晨雾之中。远远近近,鸡声相应,这天像初春一样暖和,路边的枯草好像又复活了。灰濛濛的雾气又浓又低,相距不远的树林子,树木的梢头,被雾气笼罩着,看起来像是又远又深的烟雾。四个人或前或后边走边谈,律师欢乐的笑声在清晨的空气里回荡,人们的脚步不知不觉感到轻快起来。

快到上田的时候,莲太郎和丑松两个稍许落在后面。道路渐渐明亮起来,有的地方可以望见蓝天了。早晨的云团带着白色的光,从头顶上匆匆掠过。前面的村庄也露出了轮廓,茅屋顶上升起了缕缕炊烟。怪好看的雾景很快就消隐了。

莲太郎走起路来并不显得吃力。本来丑松老是嘀咕,叫莲太郎在这石子路上行走,他能受得住吗? 因此,他时常放慢脚步,等着莲太郎跟上来。不懂医道的丑松,看到他并没有特别喘息的样子,这才放下心来。这时,叔父和律师在前头边说边走,距离丑松约摸有一二百步远了。早晨的阳光突然一照,潮湿的路面开始闪着晶莹的亮光。小县地方的田野里普照着和暖而舒适的阳光。

啊,要说! 现在正是好时机。

丑松认为,这样做决不是破坏一生的戒规。如果是同一般的人谈起此事,那多年的苦心就会付诸东流。可是这只是对他一个人讲,就像是对亲兄弟讲一个样,根本不会出什么差错。丑松为自己辩解着。他不是一个没有头脑的人,决不会把父亲那不容变更的话置之度外,去学着干那种陷自己于死地的蠢事。

"要隐瞒!"

这时,丑松的心里响起了父亲严厉的声音。像劈头一盆冷水，使他浑身不停地打起颤来。丑松不得不犹豫了一阵，嘴里叫着"先生、先生"，心里急得不知怎么说才好。他觉得背后有股无形的力量在钳制着自己，使他不能随心所欲。

"千万不要忘记！"这声音又在心底响起。

二

"濑川君，看你心事重重的，在考虑什么呀？"莲太郎回过头来望着丑松，"看，我们落后太远啦，快点走吧。"

这样一提，丑松连忙跟在后边加快了步伐。

不大一会儿，他们追上了前面两个同伴。两个人单独谈心的机会稍纵即逝，像鸟儿一样飞跑了。丑松只好指望着将来再有同这位前辈单独见面的机会。

太阳渐渐升高了，湛蓝的天空异常明净，南方的天边飘起片片云朵。这时，温暖的阳光照耀着大地，田野笼罩着淡淡的雾霭，山冈也在呼吸着新鲜的空气，脚下干爽的灰色路面也散发出泥土味，这一切都使人感到心情愉快。路两旁的麦田里，一片淡绿色的浅短的麦苗，正急切地盼望着春天的来临。有趣的是，当他们在如此边看边走的时候，这一派田园风光在四个人的眼里各自引起了不同的感想。律师想的是佃户和地主的斗争；莲太郎想的是穷人的痛苦和慰藉；叔父在耕作上由于有受"齐墩果""山牛蒡""天王草"和"水泽泻"等杂草之苦的经验，他很注意和庄稼有密切关系的土质的比较，认为这一带山上的农民比起上州地方平原的农民来，更具有粗放经营的习惯。的确，三个人的话都没有离开各自的生活。丑松从青年人的思想出发，在他看来，农村并不尽是在劳作似的。四个人各说各的,一全神贯注,也就忘记了疲劳,就这样来到了上田镇。

上田镇设有律师的事务所,夫人正在那里等待莲太郎从根津回来。莲太郎和律师打算先到事务所一下,办完事,回头再到屠宰场去相会,看那条种牛的最后下场。约好以后,丑松和叔父先行出发了。

两个人向屠宰场越走越近,死去的老牧人的面影也越来越清晰地映在心头。两个人的话题全是对死者往昔的追忆。因为没有别人在场,谈话毫无顾忌,爱说什么就说什么。

"我说,丑松,"叔父一边走一边叹息,"嗨!今天已是第六天了,阿哥死,你回来。出殡,办酒席,挨户道谢,如此等等,到今天正好是第六天。啊,明天就是头七,日子过得好快,着实叫人吃惊,同阿哥永别,好像就是昨天的事呢。"

丑松跟在后面,默默地思索着。叔父接下去说:

"世上真有些不随意的事儿;阿哥正要过几天好日子的时候,偏偏遭了祸。唉!不为钱不为名,辛苦了一辈子,这是为了谁?还不是为了你我?年轻时,我常常和阿哥拌嘴,挨了打就哭哭闹闹的。现在想想,感到再没有比亲兄弟更亲的啦。纵然世上人舍弃咱们,也不能丢开亲兄弟呀。正因为如此,我才决不能忘掉阿哥的。"

两个人默默地走着路,好大一会儿都不言语。

"不要忘记啊,"叔父又开了口,"阿哥为你操了多少心!有时他对我说:'丑松现在正是危险的时候,因为在山里的想法同到社会上看到的不一样。所以对这一点我总放不下心。同那么多人在一起,不让人看出底细来可真不容易呀。只要能安安稳稳地生活,不去搞什么蹩脚的学问,不沾染乌七八糟的思想,也就行了。反正,他不到三十我是不会放心的。'当时我给他说:'您就放心好啦,丑松这孩子我敢担保!'阿哥听了我这话,还是直摇头:'这很难说,孩子往往单学老子的缺点。丑松为人小心谨慎是好事,可是过于谨小慎微,会不会反而容易引起别人猜疑。'我说:'照这么担心下去,可没个完喽。'说完,我也笑了。哈哈!"

回想到这里,叔父纵情笑起来,过一会儿,又换了一种语气说:

"可是,说起来,你能平安无事地熬到今天,这就算是很不错啦,全靠你具有那种品德。不过总是小心点的好,不管对什么样的老师,也不管对哪一个同样出身的人,都不能粗心大意。别人到底不同于亲兄弟呀。阿哥在世的时候,一从牧场回来,就对我和你婶母谈起你来。阿哥不在了,往后只有我和你婶母两个来念叨你,解解闷儿。你想想,我又没有孩子,除了你,还能指望谁呢?"

三

那头种牛一清早就送到了屠宰场。牛的主人很早就来到这里,一直候着叔父和丑松。肉铺的小伙计拉着一辆空车,丑松叔侄两个跟在后边,不一会儿就到了屠宰场。牛的主人守在门口,一见面就热情地招呼说:"你们可来了。"脸上现出悲戚的神色,对老牧人表示衷心的哀悼。

"不,"叔父打断对方的话,"这完全是他不注意引起的,我们一点不怪你。"

听到这话,对方更加显出痛惜的样子,反复说:"我实在惭愧,觉得没有脸见你们。请你们就算是这孽畜惹出的祸端,想得开些……"

这里是上田镇郊外,靠近太郎山麓,是五栋新建的平房。门外聚集了五六条狗,眼里闪着凶光,不断嗅着丑松两个人身上的气味,低声地叫着。看那架势,随时都要猛扑过来似的。

牛的主人领着他俩进入一道黑门。里边是一个院子,北面是检验室,东面是小屠宰房。一个年纪五十余岁的肥胖汉子,在指挥众人干活。凭着他那老练而灵活的谈吐,可以知道他是屠夫的头儿。这儿有十来个壮年屠夫,肯定全是新平民,尤其是那个低声下气的样子,皮肤又有着明显的特征,让人一看就清楚了。一个个绛紫色的脸,可以说像是烙上了印记一样,其中有的人用下等秽多常有的愚笨的眼光回头望着丑松等人;有的畏畏缩缩,战战兢兢地偷眼瞧着客人。目光敏锐的叔父一眼看到了这种情景,用右肘抵了抵丑松。其实丑松哪能浑然不觉呢,叔父用肘一抵,那暗号就像电一般迅速传了过来。幸而他们的举动没被别人注意,他们终于定下心来,又同另外一些人闲聊起来。

牛棚里除了那头种牛以外,还拴着两头公牛。那种牛就像判了死刑的罪犯一样被关在囚牢里,等待着一刻刻逐渐临近的死亡。而今丑松和叔父一起站在牛棚的木栅栏跟前,心中虽说不是牛主人所埋怨的那样,但一想到"是畜生闯的祸",也就不怎么特别怨恨这头牛了。相反,他想到的是父亲的惨死,想到的是牧场草地上的鲜血,心中涌起了难忍的缅怀之情。一看,旁边两头牛是佐渡牛种,一头黑色,一头红色,样子十分憔悴,瘦得除了尚能满足人们的食欲以外,再没有生存的价值了。相比之下,这头种牛体格大,筋骨壮,原是一头毛色光亮、长相好看的黑色杂种牛。牛的主人隔着栅栏的横木，一会儿摸摸牛的鼻子，一会儿抓抓牛的脖子下边，好像在向自己儿子反复说明因果报应似的，显出了这就要永别了的神态：

"你给我闯下了大祸。本来，我不想把你牵到这种地方来，也是你自作自受，你就认命了吧。看，这儿站着的就是濑川先生家的少爷，向他谢罪吧，谢罪吧！像你这样的畜生，总该有些灵性吧。好好记住我的话，来世投生时，可要变得聪明些！"

说完，牛的主人就向丑松叔侄两个人讲述这头牛的经历。据他说，目前养的牛虽说不少，但在血统上没有一头能胜过这头种牛。说什么公牛是美洲产，母牛又是哪里哪里产。这牛只是脾气不好，要不，真算是西乃入牧场顶呱呱的牛啦，他说罢又叹起气来。牛的主人还说，他准备把这头牛的一部分肉钱用作纪念已故牧人的费用，吊慰他的在天之灵。

这时兽医走了进来，没有摘下鸭舌帽，就同大家打招呼。接着，肉铺老板也来了，想必是来买肉的。不多时，莲太郎和律师两个同丑松叔侄一起站在院子里，一边观望，一边谈着话。

"哦，你说的就是那头种牛吗？"莲太郎悄声问道。这时人们正忙着准备，个个都换上了白色工作服，脱掉草鞋，打着赤脚，衣服的下摆别在腰间。谈笑声和狗吠声混在一起，院子里顿时变得杂乱起来。

种牛终于要牵出来了，人们的视线都集中在它身上。本来一直老老实实的两头佐渡牛，忽然闹腾起来，一个劲地摇头晃脑。一个屠夫紧紧搊住那头红牛的鼻子，厉声骂着制住它。

牛虽说是畜生，看起来也通些灵性，临死前总急着想逃跑。那条黑色的佐渡牛被拴在牛桩上,绕着柱子整整转了一圈。而那头即将置于死地的种牛倒显得很沉静,不像另外两头那样胡闹,也不发一声悲号。它鼻子里喷着白气,满不在乎地向兽医面前走去,紫色的、潮润的大眼睛瞟了瞟周围看热闹的人群。这头在西乃入牧场东窜西奔、顶死丑松父亲的凶牛,临死前却显得如此干脆,反而赢得了人们的同情。叔父和丑松都有些激动。兽医转来转去,一会儿捏一捏牛的皮肤,一会儿按按牛的脖子,又敲敲牛角,最后掀了掀牛尾巴,检查就算结束了。一群屠夫立刻拥上来,嘴里吆喝把牛赶进了屠宰房。那个屠夫头儿趁牛不在意,迅速抛出了麻绳把牛捆住,只听到咕咚一声,牛倒在地上,因为四只脚被紧紧地捆在一起了。牛的主人茫然而立,丑松也用沉思的目光凝视着眼前的情景。刹那间,一个屠夫举起斧头(一端带有一根四五寸长的管子,致牛死命的正是这根管子),照准种牛的额头猛地一砍,结果了它的性命。种牛发出了几声微弱的呻吟声就断气了。种牛就这样一下子被砍死了。

四

阳光射进屠宰房,照着倒在地上的死牛,照在忙碌工作的人们的白色工作服上。操刀手挥起剔骨尖刀,先刺割牛的咽喉。于是,拽尾巴的人放开尾巴,拉绳子的人也丢开绳子,几个壮汉立即登上了牛身,使劲地踏着。殷红的鲜血从割开的喉管里涌出来,流到地板上。接着,从喉咙到肚子,从肚子到四肢,顺次把黑牛皮剥了下来,屠宰房里充满了牛油和牛血的腥味。

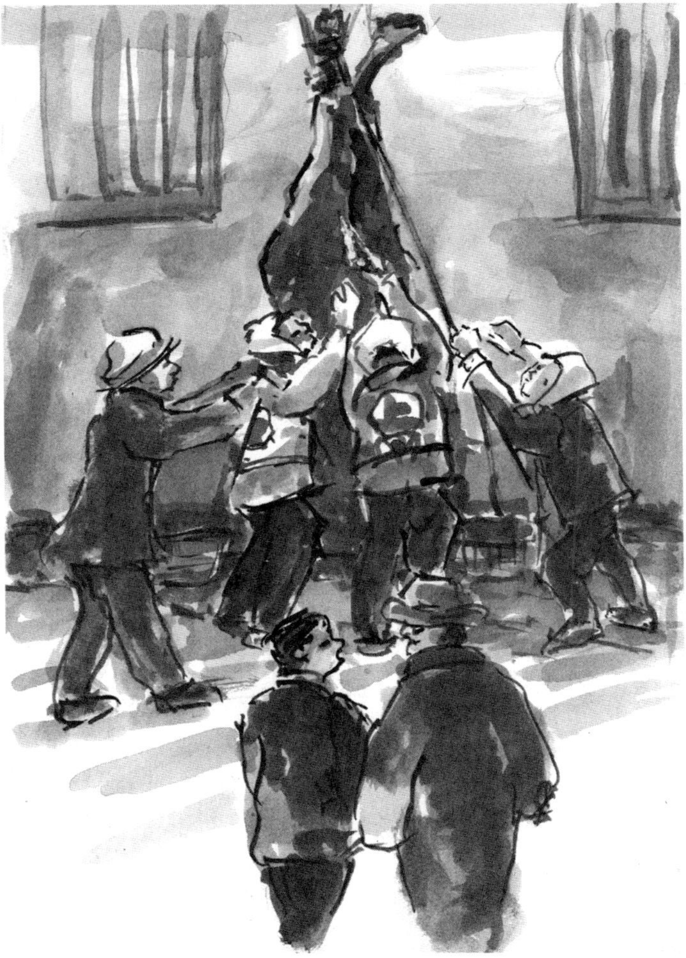

不大会儿,另外两头佐渡牛也给牵到屋里宰掉了。看到这个凄惨的场面,丑松又想起了死去的父亲。就在他一边思虑,一边追忆亡父的当儿,种牛的毛皮已经剥光,牛角被敲了下来,包裹在脂肪里的肉体热气蒸腾。屠夫头儿在屠宰房里来回指挥着,手和刀上沾满了紫红的血块。有的人用扫帚清扫地上的牛油,有的人拿出磨刀石磨刀。那头红色的佐渡牛就要开始剔骨了。先把腰骨切开,骨头中间插进一根木棍,然后头朝下高高地倒悬起来。

"喂,快往上拉!"一个屠夫抬头瞅着天花板上的滑车喊道。

眼看着一头庞大的公牛的躯体被吊在屋子中央。叔父、丑松,还有律师,你看看我,我看看你。这时,一个屠夫取出锯子,开始把脊椎骨锯开。

牛主人像守灵一样,眼睛一直没有离开过那头种牛。牛腿已经割断,那四只踏平牧场草丛的双瓣牛蹄子被扔在堂屋地上。紫黑色的腹膜裹着五脏六腑,鼓鼓囊囊的,像个大包袱堆在那里。三个屠夫交错着用尖刀顺着骨骼把牛肉割开来。

回忆像潮水一般在丑松的胸中剧烈翻滚。"不要忘记!"——啊,父亲临终前吐出的这热切的话语,对于活着的丑松来说,真像是渗进了他的骨髓里。丑松每当想起这句话,亡父的影子就在心中重新复活起来。这时,丑松突然感到心里有种声音在警告自己:

"丑松,你想背叛父母吗?"

这声音像在责怪自己。于是丑松自己反复问自己:"你果真要背叛父母吗?"

自己确实变了。丑松已经不像儿童时代那样机械地惟父亲之命是从了,他心灵深处已经不光是父亲至上的世界,而是变成了这种思想:那就是每当他想起父亲的严格管教时,他就总想唱唱对台戏,无拘无束地想笑就笑,爱哭就哭。啊,愤世嫉俗的前辈莲太郎和教导自己安分守己的父亲,这两个人的性情是多么不一样啊! 想到这里,丑松感到自己失去了前进的方向。

等丑松清醒过来,莲太郎已经站到他的身边了。不知何时,警察也早已进来,正在同兽医一起查看。种牛的大腿到胸部正被分割成四大块,右前腿上的肉被吊在天花板的细绳子上,一个屠夫用海绵在上头不停地擦牛血。一头偌大的种牛就这样被任意宰割完了。屠夫头儿拿着印章在一块块牛肉上按着印记。前来取肉的牛肉铺小伙计把垫着席子的木箱搬上车,很欢快地把它嘎啦嘎啦地拉进屠宰房去。

"四十七公斤半!"

这声音从屠宰房的角落里传过来。

"四十四公斤半!"

又是一声。

牛肉被悬在一杆大秤上。一个屠夫每报一次斤两,肉铺老板就舔舔铅笔,把数字记在账本上。

在屠宰场看完杀牛,见证人当天的任务就算完成。当丑松同牛的主人告别,和大伙一起离开屠宰场的时候,又一次回头看了看那间屠宰房。屠夫们有的在拾掇剩下的内脏;有的把腿伸到木桶里洗去牛血。那条牛腿依然吊在绳子上,黄黄的牛油和雪白的脂肪在阳光下闪闪发亮。这时,丑松看到的只是一大块牛肉,先前痛苦的回忆所勾起的片断感想,已经不复存在了。

第十一章

一

"这下子好啦。"叔父走出屠宰场的大门,拍了拍丑松的肩膀,"总算闯过了这一关啊!"

"阿叔的声音太大啦。"丑松想起什么似的提醒叔父,随后望了望走在前头的莲太郎和律师两人的背影。

"声音太大?"叔父笑了,"嘻,像我这副鸭嗓子,哪能听得到呀?甭管这个,我说丑松,熬到这会儿,已经可以啦。你知道我有多担心啊!好啦,今夜咱们三个可以睡个安稳觉啦。"

装满牛肉的车子打他们两人身边通过,咯吱咯吱的车轮声震响了干枯的桑园。狗跟在后面叫得甚欢。好心眼儿的叔父在为自己庆幸,脸上浅浅的麻点儿也被喜悦的神情掩盖了。究竟是一股什么思想搅得当今的年轻人心神不定呢?这些事儿对于叔父来说全然不晓。老派的叔父只想全家老小平安无事,就像这样的天气一样。不一会儿,丑松带着一副深思的目光。为了赶回去准备午饭,叔父催他快些走。

吃罢午饭,丑松告别叔父,一个人去拜访律师事务所。莲太郎和夫人在那里一起等着丑松。他们一起畅谈的时间只有三个小时。一问才知道夫人要回东京老家,莲太郎和律师到小诸的旅馆去。他们都是当天乘四点零三分的火车离开上田。夫人似乎担忧丈夫的身体,叫他一起回东京去,莲太郎不听。本来嘛,他一向先考虑的是朋友和青年,然后才是家庭。这次到信州来,就是想为律师尽些心力。夫人对这些心知肚明。从丈夫的性格上说,这是理所当然。然而在这座山上,要是丈夫的病加重了怎么办?夫人的担心明显地表现在脸上。

"夫人,用不着这般担心,猪子先生交给我啦。"看到律师满口应承下来,夫人就不好再强求了。

爱戴前辈也就爱戴夫人,丑松的感情又加深了一层。在火车里初次见面,他觉得这位夫人性格深沉,现在经过坦率地交谈,发现她既不矫揉造作,也不装腔作势,这是一位心胸坦荡、不拘小节的女人。她毫不世俗,虽说马上就要上车了,可也不怎么修饰打扮。当着男人的面,只是捋一捋头发,草草收拾一下行李。丑松忽然记起《忏悔录》里描写过她。他猜想,这位普通的良家女子,在嫁给不同种族的前辈之前,他们各自有着怎样的经历呢?

等车的两三个小时很快过去了。说着说着就要进站了。律师毕竟是个大忙人,和大家一起刚要出门,就被客人盯住,只得停下来,一边看表,一边听人诉苦。莲太郎领着夫人先走一步。

"啊,何时再能见到先生呢?"丑松自言自语,他跟在后头送行,尽心尽力帮着提行李。对于丑松来说,这件事使他感到十分高兴和难忘。

初冬的阳光照耀着城镇的上空,三个人都感到目眩。到了上田城旧址,顺着行人稀少的坡道向下走,这时丑松听到前辈和夫人的谈话。

"没关系,你不用那么担心。"莲太郎提高了嗓门。

"你老是没关系没关系的,可往往就出了事。"夫人叹息着,"你一点儿都不留意身体,我要是不跟着,真指不定你会干些什么呢。如今眼见这山上的景象,我怎能不害怕。"

"我总不能老待在海边啊。"莲太郎笑了。"不过今年暖和,信州很少有这样的天气。呼吸一点儿这里的空气不要紧。你看,我这次来没有得过一次感冒,这就是证明。"

"可不是,你身体好多了,所以更要珍重,刚刚有些见好,一不注意就会再犯的呀。"

"哎,成天价小心翼翼,那就什么事业也干不成啦。"

"事业?只要身体好,什么事都干得成。哎,还是跟我回东京不好吗?"

"真不懂道理,怎么还说这种话?女人家真是没办法。我不是有市村先生照料?你难道想不到这一点吗?当着人家的面,一个劲儿叫我回去,稍微动动脑筋,就不会这么说。你这么一说,我所想的全都不能实现。这回我想搞点儿研究,想把我心中的想法写出来,所以一定要到山上走走,看一看田园生活。这是一个实现理想的好机会。"莲太郎稍微改变了口气,"啊,多好的天气!十月小阳春哩。这次旅行真是太有趣啦。你先回家等着,我一定给你带去好多信州土产。"

两个人暂时无言地走着,丑松将行李由右手换到左手,默默跟在后头。不久到了建有高高白墙的仓库旁边。

"哎,"夫人沮丧地说,"你知道我为何一定叫你回去吗?这原因还没有对你说哩。"

"唔,到底什么事?"莲太郎追问道。

"倒也不为别的,"夫人忽然想起什么似的颤动着声音,"说来也奇怪,昨晚做了一个噩梦,搅得我一夜不得安宁,心里老是怕得要命,不知怎么,我老担心着你。唉,可从来没有做过那样的梦啊,这个梦不比寻常。"

"真是荒唐!单凭这个就叫我回东京,对吗?哈哈哈哈!"莲太郎放声大笑。

"当然不像你说的那样。可我常听人说,梦往往能预知未来,没法子。"

"做梦哪有什么真的?"

"不过,这个梦很奇怪,我梦见你死了。"

"唉,鬼迷心窍!"

二

丑松听着夫妻两个你一言我一语,虽说觉得奇怪,可也没往心里去。他想,夫人这般开朗、豁达,怎么会把这种事儿放在心上?做梦就像幻想的世界,不分时间和场合,把一些漫无边际的事儿拼在一道儿,浮现在你面前。前辈的死,这种可厌的事儿怎么会闯入夫人的梦境呢?可女人家总是记挂着放不下心来。这样多愁善感的女性真是有些不可思议。

"女人嘛,都是这个样子。"丑松自言自语,不由想起莲华寺那位迷信深重的师母,还有那位志保姑娘。

过了桥,走到车站附近,夫人稍微落后了几步。丑松又将行李从左手换到右手,边走边和莲太郎道别。

"这么说来,先生……"丑松有些恋恋不舍,"您打算在信州待多长时间呢?"

"我吗?"莲太郎笑着答道,"这个嘛,至少要等市村先生选举结束。其实内人既然劝说,我本来也是想回东京的。如果是一场普普通通的选举,我倒会悄然而回,有我这种人在,不见得能起什么重大的声援作用。不过,从市村先生这方面看,他有他的想法,作为候选人,不管以谁为对手,都是一种味道。哈哈哈哈。然而对于我们来说,市村先生胜出还是高柳利三郎胜出,那就不可同日而语喽。"

丑松一声不响跟在后头,莲太郎似乎想起什么,回头看看跟上来的夫人,继续往前走。

"你想想,再看看那个高柳的作为,我们即使再怎么愚昧卑贱,也不能被他任意踩在脚下。无论如何都不能让他取胜。怎么都得让市村先生当选。要是没有听到高柳的事也就罢了,既然听到了,怎好默默回去?那不显得我们新平民太没有志气了吗?"

"那么先生作何打算呢?"

"打算?"

"您说的,不能默默而归。"

"你听我说,就是要给他点儿厉害。哈哈哈哈。反正他背后有六左卫门这位财神爷,一定是大肆行贿,甚至在选举中搞暴力。我们呢,就凭这一双草鞋和三寸不烂之舌。有意思,有意思。对方除了依靠财力,没有别的指望。真有意思,哈哈哈哈,哈哈哈哈!"

"不过,倒是可以给他来上一手。"

"哈哈哈哈,哈哈哈哈!"

他们两个谈着谈着,到了上田车站。

开往上野的火车要等些时候才能到达。候车室早已挤满了旅客。夫人很快到了，三个人一起等着律师。莲太郎掏出香烟让丑松抽，自己也点着一支。他抽着烟，似乎又想说点什么。

"啊,信州这地方真有意思,我们受到这样的待遇,在别处是没有的。"说罢,望望丑松,又望望夫人,然后又向那群旅客巡视了一遍。

"我说濑川君,你也很清楚我的为人,选举这事不同于其他,本来不该我们这些人抛头露面,弄不好伤了选民的感情,反而惹麻烦。考虑到这些,我本来不打算发表演讲,谁知信州这地方不一样,非叫我这样的人讲话不可。今晚到小诸,准备和市村先生一起出席演讲会。"他说着,若有所思地笑了。"在上田,我们发表讲话时,来了七百多听众,他们都在认真听讲。虽然不像一位报社记者说的那样,但信州确实是练习演讲的最好地方。求知欲旺盛,是这一带山区居民的特色。你再看看别的地方,他们根本不会理睬我们,可一来信州,都管我们叫'先生'哩。哈哈哈哈。"

夫人带着苦涩的表情听着。

不一会儿,开始卖票了,人们陆续动了起来。这时,律师拖着一副肥硕的身躯,满脸笑容地跑过来,一声招呼都没打,就同莲太郎夫妇一起急急进入围栏。丑松攥着一张月台票跟在后边。

开往东京方面的第四次列车晚点二十分钟,等车的旅客群集于月台上。夫人坐在大时钟下茫然四顾,律师在人群中来回走动。丑松寸步不离莲太郎身旁。在这最后分别的时刻,他有许多真心话想向这位前辈倾吐。他不知所措,用自己的木屐齿在干燥的地面上一阵乱画。莲太郎倚着柱子,看到丑松画的既不是文字,也不是符号。

"火车晚点啦。"听到莲太郎的话,丑松立即涂去木屐的划痕。一个中学生在不远的地方注视着丑松的动作,这时也回过头来笑了笑。

"哎,濑川君,请把饭山的地址告诉我好吗?"莲太郎说道。

"我已经搬到爱宕街莲华寺去啦。"

"莲华寺?"

"只要写下水郡饭山镇莲华寺就行。"

"唔,是吗?往后,这可是在这里说说,"莲太郎笑了,"我很可能要到你那里去一趟。"

"去饭山?"丑松的眼睛突然发亮了。

"是啊,到佐久小县一带转转,还回长野。不过这还没准儿,要去饭山,我一定会去看你。"

这时,汽笛响了,一看,从直江津方向,长长的列车扬着黑烟开过来了。一群脸上和衣服上沾满油垢的车站职员,急忙跑了过来。不一会儿,站长也来了。火车已经停在人们的眼前,许多乘客都靠近窗边向外张望,夫人、律师告别丑松,连忙上了火车。

"好吧,再见啦。"

莲太郎说罢登上同一车厢,站员立即飞跑过来,砰地一声关上车门。站在丑松身旁的站长高举右手,吹了一声发车哨子,列车又在铁轨上徐徐滑动起来。夫人从车厢探出头,再一次向丑松道别,那张没有血色的脸令人难以忘却。眼见着乘客的身子晃动起来,一个接着一个飞掠过去。丑松怅然若失,久久站在原地一动不动。啊,前辈走了,当他意识到这一点时，火车早已没了踪影，只留下白云般的烟雾。那一团团低浮于地面上的白烟，迅速被风吹得支离破碎，最后消散于初冬的天空。

三

为什么一个人的真情是如此难以表达呢？早就盼望能有一天向这位前辈吐露心曲，一次、两次地激励自己，但还是什么也没有说就分别了。丑松胸中充满深深的恐怖和痛苦，他满怀着凄然的心情，循着原来的路走回根津村。

"头七"平安地过去了。上完坟，又做了法事，酒席特备的素膳，由婶母一手操办。丧事办妥，渐次感到疲劳时，叔父和婶母也松了一口气。只有丑松一人继续受着精神的煎熬。莲太郎走后留给丑松的刺激，要比读他的著作更叫人懊恼。有时，丑松为了考虑自己一生的事，在小县的山坡上彷徨不定。在根津的山丘，在姬子泽的山谷，在嘤嘤鸟鸣的田间小路，他踏着被秋霜打枯的杂草，凝神眺望田野上十一月上旬明丽的阳光。当他停步不前的时候，更加感到浑身充满青春的活力。是的，他确实觉得自己有了力量。然而，这力量深深压抑在心底，找不到冲决而出的通道。丑松反复考虑着同一件事，在山上踱来踱去。啊，只有大自然给他慰藉，给他鼓励。然而，没有教他应该向右走还是向左走。丑松想知道的问题，田野、丘陵和山谷都没有告诉他。

一天下午，丑松接到两封信，都是从饭山寄来的，一封是朋友银之助，还是那副文笔，写得老长老长，就像谈心一般，给了他种种安慰。还谈及饭山的情况，例如校长的传闻，文平的表演,甚至放言:"谁叫我没有一个当郡督学的叔父!"他悔恨自己是个普通教师,愤愤不平地说,今天的教育界根本不是一个有头脑的青年能够待下去的地方。他还写道,在长野师范学校自然学科一位讲师的斡旋下,他已经决定到农科大学当助教,不久就会从事植物学研究了。他心想,丑松知道后一定会为他高兴的。

看了这位朋友的来信,一股渴慕功名的热望,强烈地刺激着丑松的心。本来,丑松读师范学校的目的和其他同学一样,都是为获得衣食而来,这是每个小学教师共同的境遇。不过,丑松并不满足于现在的位置。银之助的情况很特别,一般地说,一个小学教师除了进入高等师范,不会有其他出路。要不然,只好耐心工作,熬过漫长的十年,这期间就得任其管束,老老实实苦干下去。因此,丑松毕业时,不是没有考虑过进高等师范,只要提出这个志愿,是会被选拔上的。然而奇怪的是,他却没有向这方面花力气,这就是作为新平民的可悲之处。照丑松看来,即使高师毕业,当一名中学或师范的教员,要是有着莲太郎那样的遭遇,又怎么办呢?无论走到哪里都不能安心,还不如隐居于饭山乡下,坚持下去,等着服务期满。在这段时间内也还可下一番功夫,为将来另谋出路打下基础。尽管出身不同,但他根本未曾想到朋友会弃他而去。丑松叹息着,非常羡慕银之助的好运气。

另一封信是省吾代表高小四年级全体同学写的,不像小学生的口气,而是照抄作文课上老师教的慰问信。上面写着:"致根津濑川老师,风间省吾谨上。"另外在角上还附有一行小字:"莲华寺的姐姐一并问候。"

"姐姐一并问候。"丑松嘴里重复着这句话,心中感到说不出的怀念。其后,他想起了志保姑娘,便向屋子后头走去。

四

在那勾起心中记忆的苹果园,昔日的小树如今已经长得十分粗壮,其中也有被虫子蛀蚀好容易活下来的。一眼望去,林木枯萎,细长的树枝低垂着,左右交合,自由地伸展着,显现着一派初冬的风情,一棵棵果树的姿影,裸露的根干,正在孕芽的枝丫,还有那随处可见的尚未褪尽绿意、毫无生气的枯叶,经阳光照射,一起投到了地面,就在丑松的脚边。远近树下,公鸡母鸡在刨土扒窝,大概是为了抖落羽毛中的虱子吧?隔着这片苹果园,可以看到对面草茸的屋顶。啊,那正是阿妻的娘家,是他经常去玩的地方。淡淡的青烟从土墙里漏出来,升上天空,令人产生阵阵怀思。

"姐姐也一并问候。"

丑松又重复着,在树与树之间来回走动。

欢乐的回忆不知不觉袭上丑松心头。过去,那是很久以前,在这里,少年丑松和那位小伙伴儿阿妻一块玩耍。在这里,他们互相躲在嫩绿的叶荫里羞怕见人。在这里,他们喁喁情话,品尝着初恋的甜蜜。在这里,他们天真无邪,如醉如痴,一味在果园里走来走去。

就这样,往事一幕幕浮现于脑际,由阿妻到志保,再由志保到阿妻,两人的面影你来我往。其实,二人并无相似之处,无论年龄、性格和容貌都不相同。不能说阿妻是姐姐,也不能认为志保是妹妹。但不知怎的,每想起一个来,又必定会联想到另一个。

啊,如果不为自己是个秽多而悲叹,也不会有如此深切的怀思。不至于如此决心舍弃年轻的生命,也不会如此景慕人世的欢乐,以至于有着超出众多青年二倍三倍的感受与痛苦。越是为奇诡的命运所误,心中越是充满如此的感慨。是啊,正因为阿妻不知道自己的出身,才会那样同自己在苹果园里彷徨、玩耍,亲密情话。如果知道他是一个卑贱的秽多的儿子,有谁还会对他轻启朱唇、嫣然一笑呢?

要是自己的身世为外界所知……想到这一点,就令人悲叹,气恼。怀恋夹杂着痛苦,搅乱了丑松的心。

丑松一边沉思,一边在树下徘徊,突然一声鸡鸣,打破了田园里岑寂的空气。

"姐姐也一并问候。"

丑松又一次重复着,然后离开这块地方。

当晚,他思念着志保姑娘睡着了。有了这一次,就会有第二次,一个晚上接着一个晚上,他入睡之前在枕上必然想起志保姑娘。但一到早晨,就把这些事儿忘掉了。将来怎么工作?怎么生活自己到底如何是好?他天天被这些事儿苦苦折磨着。在为父亲服丧期间,有一半是在这种烦闷里度过的。到了应该决定"如何办"的时候,又无法拿出好办法,以另开新路。丑松有四五天都在冥思苦索,但到头来还是茫然不知所措。除了回到饭山,继续过着原来的生活之外,实在想不出别的办法。啊,年轻而少经验,出身穷苦,又为工作年限所束缚。丑松想到黯淡的前途,不禁一阵激昂,浑身战栗。

第十二章

一

"二七"过后,丑松决定马上离开姬子泽,这下子可把叔父婶母两个忙坏了,又是翻日历看日子,又是打草鞋,又是蒸饭团。本来三个就够了,一下子蒸了五个。用竹箨儿包好,还添上些酱黄瓜。阿妻的父亲,也特地跑来围炉话旧。看到煤烟熏黑的老墙上的"山猫袋",关于死去的老牧人的回忆就没完没了。婶母沏好饯别茶,当丑松喝下这杯色香俱佳的茶水后,深深感到了温暖的骨肉情谊。叔父把他送到建有守护神的乡村路口上。

这天,灰色的云层低浮着,荒寥的小县山谷越发阴暗,乌帽子一带山峦也隐约难辨。父亲的坟墓所在地西乃入沼泽一带,抑或早早下了雪吧?昨日刮了一整天的寒风,树林一下子变得光秃了,树梢峭然而立,十分显眼。山野景色随即寂寥冷清起来。漫长的令人窒息的信州的严冬终于来临了。人们及早戴上了橙黄色的丝绵帽。运货的马鼻孔里喷着白气走过去,看见这些,就能感知这山上气候的变化多么剧烈。丑松呼吸着寒冷的空气,走下岩石遍布的山坡。他来到荒谷村口时,指尖已经冻得红肿,似乎失去了对寒冷的感觉。

从田中乘上开往直江津的火车,到达丰野的时间是正午刚过。丑松走进站前的小茶馆,拿出婶母做的饭团子吃着。虽说饿了,一下子也吃不下五个,又不好将剩下的扔掉,喂狗也太可惜,只得用原来的竹箬儿包好,塞进外套的袖袋里。打发了肚子,重新系好草鞋带儿,直奔蟹泽去乘河船。这段路有七八里光景,按理说来去都一样远,不过往回走就显得近多了。丑松独自走在平坦而漫长的北国大道上,不知不觉到达广阔的千曲川河畔。他急急忙忙赶到蟹泽码头,一打听,驶往饭山的班船刚刚离港。没办法,只好等下一班。不管怎么说,坐船总比步行轻快得多。丑松想到这里,就坐在茶馆的上首歇息。

雨雪霏霏。天空越来越黑,掩蔽在一片灰紫色里。就这样等了一个多小时,对于丑松来说,这已经是难以忍耐的痛苦了。何况,因为急着赶路,浑身热辣辣的,内衣浸满了汗水,黏黏地贴在背上。用手一摸额头,汗湿的头发叫人十分难受。他敞开前胸,稍微散散热气,又喝了些浓茶,润润嗓子。这时,乘船的旅客陆续走进来,有的围坐在里面的被炉旁,有的到火炉边烤烤淋湿的外褂。也有的把手揣进怀里,茫然地听别人聊天儿。老板娘在家里也用手巾扎着头,穿着蓝色棉坎肩,像背着一副龟甲,又是端茶,又是劝座儿,还把金米糖①装在盘子里给人吃。

---

① 用冰糖加水、面粉、芝麻等调和熬制成的点心。

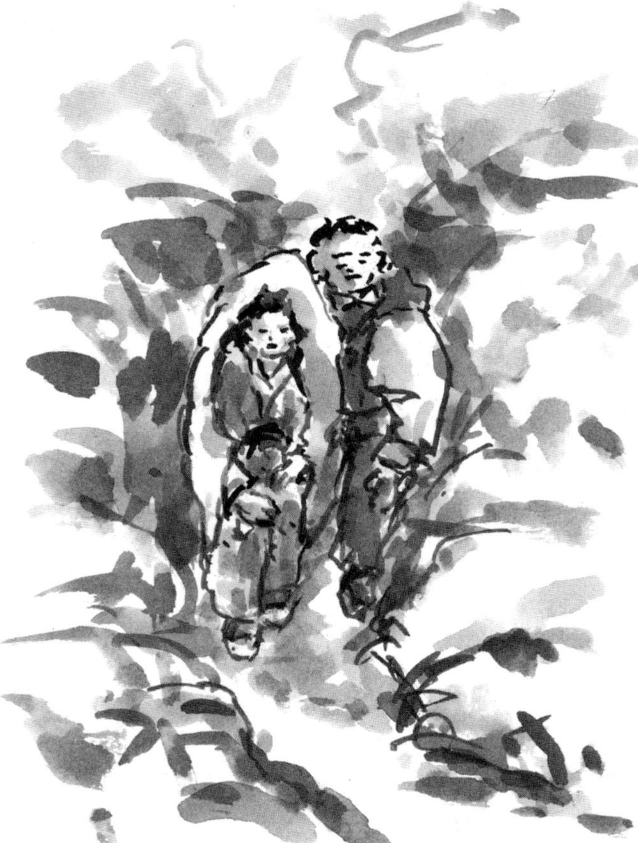

正在这时,两辆人力车停下来,看样子也是冒着雨雪,急急忙忙前来赶班船的旅客。人们的视线一齐投了过去。车夫早成了落汤鸡,大概赏的酒钱不少,劲头十足,先是除下雨披,接着又把行李一件件提进茶馆,然后客人进来了。

二

怪不得丑松大吃一惊,这正是高柳一行。去时一道儿,来时又是一道儿,而且又碰上乘同一条船。只是高柳去时一人,归来变成了两个,身边那个年轻女子像是他的妻子。女子淡色的绉绸头巾一直围到眉间,打丑松身旁经过,身上裹着一件鲜艳的袍子,从背后望去,显得婀娜多姿。丑松一眼就认出了这女子是谁,他想起莲太郎的话,这就证明他说的全是事实。丑松因此而感到惊讶。

他们俩被老板娘径直领进了里面的包间。那里有被炉,已经先有一位客人在座,是个五十多岁的和尚,一见面就打招呼,似乎是情投意合的老朋友。不一会儿,就腾起欢乐的笑声。丑松带着素不相识的表情,转向屋外。他望着雨雪纷纷而降的静寂的天空,不知不觉被身后的情景所吸引。他倾耳一听,包间里笑语声喧。

"难怪老是见不到您。"这是那个老于世故的和尚的声音。"我还以为您忙着参选,到处转悠呢。嘿,原来如此,这样大的喜事我怎么一点儿不知道啊?"

"可不是,很是忙活了一阵子。"听到高柳的笑声,看来他十分得意。

"这下子太好啦。请问夫人呢?也是从东京方面过来的吗？"

"嗯。"

这个"嗯"字，实在令丑松发笑。

从谈话的样子来看，高柳夫妇先绕到东京，游罢江之岛、镰仓等地方，然后计划进入饭山。这是一个办事滴水不漏、鬼点子很多的家伙。他不是从根津直接返回，而是特意绕了一大圈儿，此刻又对着和尚大吹大擂，叫人笑疼了肚子。丑松听着听着，完全明白了高柳虚假的用心，终于坐不下去了。"这世界真可怕！"丑松思忖着，看到这对夫妇的阴谋诡计，又联想到自己的出身，心中忐忑不安。过一会儿，他装出一副不经意的样子，信步走出茶馆，到外面观赏风景。

雨雪依然不停地下着。从越后①路到饭山一带，每年都要普降大雪，看那天空的模样，这征兆似乎已经来临了。灰色的云雾在对岸徘徊，广阔的千曲川流域望过去，显得更加渺远。上高井山脉，菅平高原，还有其他重重叠叠的山峦，都被雪云遮蔽着，隐约难见。

丑松对着千曲川河水望了一阵子，不觉之间他的心忽然留意起背后来。丑松几次回过头瞧瞧那两个人，心中虽然说不要看不要看，到底还是看了。开始售票了，人们争先恐后急着买船票，听说不一会儿船就会来。那两个人夹杂在混乱的人群里，似乎不时留意这边的一举一动。啊，虽然有点儿想当然，可丑松着实是这么想的。不知那女子是否认识丑松，可丑松确实知道她。她虽说梳理成新娘子的发型，但她是六左卫门的女儿，这不会错。她淡妆浓抹，借以搪羞，依偎着野心勃

---

① 新潟县一带地方的古称。

勃的丈夫,沿着崖下的坡道,向乘船的地方走去。"想些什么呢,这对男女?"丑松忖度着,也跟在人群后头,一起下了河崖。

三

河船造成挺别致的房屋形状,镶着窗户,船舷以下涂成白色,横扫着两条红线。后舱用门板隔开,在这里装货。客席像细长的厅堂,站起身几乎碰到了头。人人都紧挨着坐在这艘狭长的房屋状的船舱里。

不久,传来了举篙击水的声响,船底开始在沙上滑动,然后用两条橹撑离河岸。丑松将双腿伸向一个角落,独自默默抽起烟来,陷入深深的思虑之中。河面上的光线反射过来,映得窗外一片明净,纷纷而降的雨雪看上去十分有趣。船舷荡起细波,潺潺作响。橹声欸乃,使人昏昏欲睡。嗨,这静谧的水面!岸上随处可见萧散的杨柳,有时候那一副冬枯的样子如影子一般迅速掠过;有时候,班船又打那光秃的枝条下钻过去。有时候,丑松会自己问自己,将来的一生究竟会怎么样呢?他从窗户探出头去,眺望饭山的天空,那浓密而厚重的云层,更加促使这位秽多之子黯然神伤。丑松此时的心情烦乱不堪,难以表达。他感到惨痛,又感到恋恋难舍。眼下,学校里那帮人都在干些什么?朋友银之助在干什么?那位不幸的老人敬之进在干什么?还有莲华寺的师母和志保姑娘呢?他猛然想起省吾信中的话来,想起那位想见而又还会再见到的人儿,心中怎能不感到高兴。丑松每每想到寺庙里的那面老墙,空寂之余心中就涌起一股热流。

"莲华寺,莲华寺。"

水中的船橹也似乎发出相同的声音。

雨全然变成了雪。船里的人十分无聊,开始闲谈起来。其中,那位同高柳一道来的和尚,一副轻薄的语调,东拉西扯地谈论着一些无根无绊的政界传闻,听的人嗤之以鼻。在这位和尚看来,选举是一场游戏,政治家都不过是演员,我等只管在旁边看热闹好了。听他这么一侃,人们又笑了,有的跑出来起哄。接着谈起拥护谁不拥护谁来了。一个说:"听说市村也挤进来啦!"另一个应道:"你可以帮他打头阵哩!"他们多次提到律师的名字,高柳每听到一次,就显出不快的表情来,哼着鼻子冷笑一声,嘲讽地撇着嘴。

人们谈话的当儿,那女子斜倚在高柳身旁,一边倾听,一边向丈夫撒娇。看上去,是个美人坯子,尤其是那一身华丽的新婚装扮,招引着众多的目光。头发梳成元宝髻,束着深红的发带,粉红的肌肤白嫩丰满,巧笑时总是用手掩着那娇小的芳唇。瞧那光景,是个未曾尝受过主妇之苦的人儿。可是她内心的活动还是能觉察出来。她那双又大又亮的眼眸,总是带着几分不安的神色,有时候目不转睛地直视着某件东西。这女子时常将嘴唇凑到高柳的耳畔,切切私语,惟恐被人听见,动不动就向丑松瞅一瞅,那眼睛似乎在说:"哎呀,这个人好像在哪儿碰见过。"

丑松看到这位漂亮的秽多出身的女子,心里泛起了对于同类的哀怜之情。如果不是出身不同,有了这般姿容,又生在富贵人家,自然可以嫁个门当户对的丈夫,何至成为野心家的闺中人呢?真可怜啊。当他正在这样想的时候,突然意识到这女子怀着和自己相同的秘密,这一点使他实在放心不下。

即使对方知道自己的秘密,又会怎么样呢?丑松自己问自己。接着,他作出这样的回答:假若她把我当做根津人或姬子泽人,那一点儿也不可怕,害怕的反倒是对方。第一,四五年来,自己只回过两趟家乡,毕业时一次,还有隔了三年之后的这一次。向街这地方尽量避开不走,经过的地方别人也不会太注意,就算看到了也不会认出是哪里人,不要紧。丑松用心思索着,他毕竟知道那两个人的内心诡秘,所以才这般小心翼翼。其实,那两人切切私语,并没有什么遮遮掩掩,只不过是羞于见人罢了,那眼神也一样。

虽说如此,但丑松心中还是时时泛起不安,他尽量不去看高柳夫妇。

四

乘千曲川河船下行,有将近二十公里的水路。因为中途要在各个码头停靠,有时还要穿过简陋的浮桥。这些浮桥,每当发大水时就会漂走。一路上特别麻烦,在船上竟然待了三个多小时。到达饭山,快要五点钟了。当天,因为船的缘故,乘客一律被送到上游的码头,丑松和大伙儿一道从那里登岸。回头一看,河滩上和浮桥上都是雪。天黑了下来,雪变小了,街街巷巷,一派灰白的雪景。各处早已是灯火闪亮。此时,莲华寺开始敲钟了,钟声在黄昏的天空回荡。哦,是庄傻子在敲钟。他照例登上钟楼,报告着这个冬日的黄昏呢,听到这钟声,一种不可名状的思念涌上心头。丑松感到如今已经踏上阔别已久的饭山的土地了。

离开半个多月,家家早已做好了过冬的准备。每年新做的高及屋檐的粗糙的防雪草帘,已经张挂起来。和越后路相同的雪国风光,在丑松眼前展开。

来到新街街口,街道中央被踏出一条灰色的雪路,忙着办事的男女来来往往,都是赶在天黑之前出门的。丑松左躲右闪,直奔爱宕街而去。途中突然遇到一位少年,走近一看,正是省吾,提着一个酒瓮般的东西,瑟瑟缩缩地走着。

"哦,濑川老师!"省吾高兴地跑过来,"吓我一跳,老师,您回来啦?我还以为您不会就这么容易回来的呢。"

他多么会说话,丑松看着这位天真的少年如此高兴,就像见到了志保姑娘一般。

"你去办事吗?"

"是的。"

省吾举起那把黝黑的酒瓮,亮了亮,笑了。

果然是给父亲买酒的。"谢谢你给我写信。"丑松道了谢,又打听一下学校的情况,自己外出期间,是谁为他代课,然后又问到敬之进的近况。

"您问爸爸?"省吾凄然地笑了,"爸爸,他,他在家里呢。"

听到省吾回答得有些支支吾吾,看他脸色,似乎打心里非常可怜这个父亲。再留神一看,省吾没有穿袜子,没精打采地拎着一个酒瓮。看着这位少年的这副模样,大体可以联想到失业的敬之进眼下过着怎样的日子。

"你回到家,代我向你父亲问好。"

省吾听罢,行了个礼,一转身跑了。丑松在雪中急急赶路。

五

正好晚祷结束时，小和尚敲钟了。丑松听着阵阵钟声跨进莲华寺的山门。从上游的码头来到这里，一路上全在下雪，外衣的大襟、袖子全白了。师母看了立刻跑出来，高兴得要命，就像亲儿子从远方归来一样。人们都出来迎接，女仆袈裟治拿出掸子给丑松掸掉背上的雪，庄傻子打来了洗脚水。丑松实在累了，他颓唐地坐在厢房的门槛上，脱掉防雪鞋，将双脚浸在温热的水里，此时丑松的心情又是怎样的啊！只是为何独不见志保姑娘的姿影呢？尽管人们的感情使他高兴，但是那位人儿不在，总觉得缺了点什么。

这时，一位身穿白色袈裟的和尚从里面出来了，经师母介绍，丑松知道他是莲华寺的住持。一问，原来是在丑松不在期间从西京回来的，正巧城里的施主有佛事，这就要出门去。住持对丑松打了声招呼，带着寺里的和尚走了。

晚饭就在厢房的餐厅里吃，人们围着丑松，问他旅途累不累，家中的情景怎么样了。煤烟熏黑的老墙边，放着很久以前留下的衣架，凌乱地挂着年轻人的服装。听说当晚有同学的婚礼，志保姑娘也应邀参加了。怪不得这衣服看上去像她平时常穿的。绘有八卦纹的学生女礼服上，套着一件细纹打褶的轻衫，袖口卷起，露出红梅花纹的长衫，显得很好看。心想，这大概就是她朝夕贴身穿着的衣服，虽然这些东西和老墙一样，一动不动，但却着实引起丑松对志保的思念。不光如此，在五分灯芯的煤油灯下，室内香烟萦绕，东西的色彩显得十分鲜洁而雅致。

热烈的谈话开始了,丑松对着这些一直为他担心、悲伤的人们,讲述了自己回乡经历的事情:被种牛牴伤的父亲的离世;在山间小屋迎来黎明的那个夜晚;牧场的葬礼;谷间的墓地;还有那在乌帽子山岳地带啃草、吃盐,喝溪水的牛群。丑松还谈到了上田的屠宰场,讲了小屋地板上满地的牛血。至于遇到莲太郎夫妇以及后来回领山途中与高柳夫妇共乘一条河船,尤其关于那位漂亮得使人心动的秽多女子,他一字都未提及。

在讲述回乡的种种见闻时,丑松逐渐产生一种奇怪的感觉。丑松本来以为大家伙会认真听他讲述的,谁知自己说得挺用心,师母却老是乱插嘴,冷不丁问了一遍又一遍。看来,她虽然像是在听,而心里却在想别的事,只是漫不经心应付着。最后,他发现师母根本不是在听,丑松茫然盯着师母的脸,仿佛要盯出个窟窿来。

仔细一看,师母两个眼眶都哭肿了。她本来就是一个气量狭小的人,特别易于伤感,易于激动。她的心中似乎有着难言的挂虑,时常掩饰不住忧愁的面容。这究竟是为着什么呢?一问才知道,原来丑松不在期间,并未发生什么重大的事儿,银之助来亲切地照应过,文平也来玩过,一起聊过天儿。就这座寺院来说,除了住持回来之外,似乎也没有什么新鲜的事儿。不过,丑松也感觉到寺里的情况有些和平常不太一样。

不久,袈裟治上楼给丑松点燃了屋内的灯,这时,志保姑娘还没有回来。

"到底怎么回事?你看师母那副样子。"

丑松心中嘀咕着,登上了黑暗的楼梯。

当晚他睡得很迟,由于过度疲劳,反倒不能很快入睡。他照例一躺下来,就想起志保姑娘。然而,不管在心底如何描画,她的模样儿总是不能清晰地显现出来。有时会和阿妻混淆在一起,浮现于眼前。丑松几次努力搜寻志保的面影,那眼神、脸颊和发型,啊,不论如何搜寻,似乎她随处而在,但又无法统一起来。有时仿佛听到她的轻声细语,有时似乎又能看到她的嫣然一笑。啊,眼下记忆实在太模糊了,刚一想起,旋即消泯。丑松怎么都无法使她清晰地显现出来。

第十三章

一

"请问有人吗？"

一位绅士来到莲华寺库房门口问道。这是丑松回来第二天早上的事。楼下的人及早吃完了饭,可丑松还没有下楼洗脸。"请问有人吗？"又是一声呼唤。女仆袈裟治听到叫声,急忙从厨房里跑出来。

"我想打听一下，"绅士毕恭毕敬地说,"濑川先生住在这里吗？就是那位在小学任教的濑川先生。"

"是在这里。"女仆一边解背带,一边回答。

"是吗？他在家吗？"

"嗯，在屋里。"

"请转告他，有人想同他见见面。"

绅士说着,将名片交给女仆。女仆接过名片,"请稍等。"说罢,赶快上了楼。

丑松还没有起床,女仆来到床头把他叫醒时,他也同时朦胧听到有客人来,于是痛苦地呻吟一声,伸展一下手臂。他揉揉惺忪的眼睛,一看名片,吃了一惊,急急忙忙跳出被窝。

"他来干什么,这个人?"

"说来看您的。"

一时之间,丑松做梦似的看了看手里的名片,又看看女仆的脸。

"他不是来找我的吧?"丑松感到奇怪,几次歪斜着脑袋思考着什么。

"高柳利三郎?"他反复念叨着。

袈裟治手握衣带,稍稍移动着微胖的身体,从表情上看,似乎催促丑松赶紧做出答复。

"是不是搞错了?"丑松说道,"这种人是不会上我这儿来的。"

"可人家明明是来找您的,还特别关照说是在小学教书的濑川先生。"

"真有这种怪事! 高柳,高柳利三郎,这个人跑到我这里,究竟干什么来了? 还是见见再说,那就请他上来吧。"

"那好,早饭呢?"

"早饭?"

"您不是刚起床吗,下楼去吃吗? 酱汤已经热好了。"

"算啦,今早不想吃,还是把客人领到楼下客厅,请他等一等,我现在要收拾一下房间。"

袈裟治下楼去了,丑松连忙向屋内环顾一遍。他换上衣服,理好床铺,又把一些零散的东西塞进壁橱。壁龛里摆放的书籍中,有莲太郎的著作,立即塞在桌子下头,一想不行,又掏出来,藏在壁橱内黑暗的角落里。关于那位前辈的书一本也没有了。想想这才稍微放下心来。他洗洗脸,急急下了楼梯。那家伙究竟有何事找上门来呢? 路上虽然碰到一起,也未说一句话,看到了也尽量躲开,可他为何特意来找我呢?丑松在未把客人请进自己的房间之前,一直疑惧不安。

二

"您好,我叫高柳利三郎。久仰大名,只是一直没有机会前来拜访。"

"欢迎欢迎,请这边进。"

在厢房的客厅寒暄了几句,丑松就把客人让到楼上的房间去了。

这位不速之客,来意不明,两人相向坐下来,实在有些局促不安。丑松一点儿都不能大意,但仍然装出若无其事的样子,自己先铺好一个坐垫,又把白毛毯折成四叠,递给了客人。

"请垫一下吧。"丑松显得落落大方,"实在对不起,由于昨晚睡得太迟,早上起不来了。"

"哪里,怪我不好,在您劳累的时候前来打扰。"高柳委婉地说,"昨天一道儿乘船,心想,总得说上几句话吧,不打个招呼怎么行?不过在那种场合上前问候,反倒有些失礼。所以虽然见了面,还是有些失敬啊!"

高柳的话像是在谈生意。不过,他态度恳切、语言明快,不由不使人产生几分感动。光是看他那副衣履鲜洁的打扮,就能窥知这位政界新星多么爱虚荣。衣带上缀着表链,俨然是富翁的派头。戴着两只纯金戒指,光亮闪耀。"这家伙究竟干什么来了?"丑松心里老是嘀咕,想想对方的诡计,比比自己的出身,他实在无法同这样的客人久久对视。

"听说府上发生了不幸,您想必很难过吧?"

高柳向前凑了凑说。

"是的,"丑松望着自己的手,"真是飞来的横祸,父亲还是去世了。"

"这实在是叫人伤心的事。"说到这里,高柳突然想起什么似的,"哦,对啦对啦,上次和您在丰野车站碰面,后来我在田中下车,您也下了车,对吧?您不是也在田中下车的吗?这么说,您和我来回都在一道儿。哈哈哈哈,咱们真是有缘分啊,您说是吗?"

丑松没有吭声。

"因此,"高柳加重了语气,"正因为有缘分,我才前来同您谈谈。说真的,您的心情我也多少有些了解。"

"哦?"丑松打断对方的话。

"我了解您,同时也希望您也能多少了解我一些。这就是我来访的目的。"

"您的话我听不明白。"

"好,听我说下去。"

"可我实在不懂您的意思啊!"

"所以我才打算向您说清楚。"高柳压低了声音,"也许您已经知道,我也成家了,娶了老婆。唉,世上的事说也奇怪,我那口子她很了解您哩。"

"哈哈哈哈,夫人知道我?"丑松稍稍改变了口气,"可这又怎么样呢?"

"所以我才来找您谈谈。"

"谈什么呢?"

"我老婆说的话我也弄不清楚。不过,女人家说的都是些不可靠的事儿,但奇怪,她娘家有个远房亲戚,过去同令尊大人交往密切。"高柳说着,特别注意窥伺丑松的神色,"不,这种事儿只是随便说说,既然我老婆说知道您,想必您不会置若罔闻吧。连我都觉得不放心。说真的,昨晚我还记挂这件事儿,一夜都没合眼。"

屋内暂时没有声音,两人相对无言,都在用眼光互相窥探对方的奥秘。

"唉!"高柳绝望地叹息了一声,"我说这些话,希望您能理解。除了您,没有人了解我们夫妇;同样,除了我们夫妇,也没有人了解您。所以彼此彼此。濑川先生,您说是不是?"说到这里,他改变了口气,"您知道的,选举已经临近,在这种节骨眼上,无论如何都得请您多多关照。如果您拒绝我的要求,那么我就同您拼个你死我活。哈哈哈哈。当然我不是想换您一条命,但我确实是怀着这番决心来的。"

三

此时,楼梯上响起脚步声。高柳立即闭了嘴,只听袈裟治喊道:"濑川先生,有客人来。"丑松蓦地离开座位,打开拉门一看,朋友已经站在面前。

"哦,是土屋兄。"丑松不由松了口气。

银之助向高柳打了声招呼,也没在意主客双方的表情,只凭一贯的感觉,认为他们在商量什么,所以满不在乎地说:

"听说你昨晚回来的。"他还是那般快活,尤其是不久就要辞去这边的工作,到农科大学当助教,心中充满了希望,红润的脸膛更加容光焕发了。奇怪的是,他剃得很短的平头,看上去反倒增加几分青年学者的威严。朋友之间,更加显得难能可贵。不过,丑松同时又感到一种莫名的压抑。

银之助从心底吐露出深情,他向丑松表示哀悼。高柳默默抽着烟,倾听他俩的谈话。

"我不在时,谢谢你多方照料。"丑松打起精神,"听说我的课你都代我上了。"

"嗯,好歹将就过来了,两个班的课跨着上,实在不太好办啊。"银之助天真地笑了,"哎,你到底作何打算?"

"你的意思是……"

"为父亲服丧,总该休息四个星期吧?"

"那怎么成?这样对学校不利,首先要给你添麻烦。"

"没什么,我倒没关系。"

"明天是星期一吧?总得到学校去一趟,就这么办吧。土屋兄,你的理想总算要实现了。我接到你那封信时,真为你高兴。没想到事情进展得这么快。"

"嘿嘿,"银之助会心地笑起来。"都是托你的福,进展得很顺利。"

"确实顺利啊!"丑松为朋友的成功而高兴,但想想又有点儿泄气,"县政府方面早下过聘书了吗?"

"没有,聘书还没有下来,因为服务年限的关系,不能一走了之。不过县政府正在考虑,说只要交纳一百元钱就行。"

"一百元钱?"

"即使叫交纳在校期间的所有花费,那也没办法。能够这样,已经不容易啦。我立即向父亲求援,父亲很高兴,他还说要亲自到长野来呢。我想,不久就会有通知。在饭山你我相处的时间只能到这个月底了。"

银之助说着,深情地望着丑松的脸,丑松深深叹息了一声。

"谈点儿别的吧。"银之助接着说,"你所喜欢的猪子先生,对啦,这位先生听说已经到信州来啦。这消息是我昨天从报纸上看到的。"

"报纸?"丑松的脸上现出兴奋的光辉。

"嗯,是《信州日报》,虽说患上肺病,可还是个劲头十足的人哩!"

一提到莲太郎,高柳立即将锐利的目光投向银之助。丑松一言不发。

"虽说是秽多,可也不能小觑了他。"银之助毫不介意,"从思想上说,也许多少有些病态。但我佩服他那主动出击的勇气。也许肺病患者大都如此吧。听这位先生的演讲,非常能打动人。"说着他改换了语气,"不过,像你濑川兄这样的人还是不听为好,听了肯定会发病的。"

"胡说八道!"

"啊哈哈哈哈!"

银之助一阵狂笑。

丑松沉默了,仿佛变成一个木头人,体内的五脏六腑似乎都停止了动作,他甚至忘记自己还活着。

"怎么啦?濑川兄!是不是身体不舒服?"银之助自言自语,不一会儿,三个人都无言相对起来。直到银之助说了声"我告辞啦",丑松这才回过神来,再三说:"不再多待一会儿吗?"

"不啦,下次再来。"

银之助说着走了出去。

四

"刚才你们谈到了猪子先生。"高柳弹掉烟灰,"哎,这么说濑川先生同他是至交吧?"

"哪里,"丑松有点吞吞吐吐,"谈不上什么至交。"

"那么曾有些亲戚关系吧?"

"不是什么亲戚关系。"

"是吗?"

"既不是亲戚,也不是故旧,所以没有什么关系。"

"这么说倒也可以理解,哈哈哈哈。那个人总是和市村君在一起,不知是何缘故,如果您知道其中奥妙,本人愿意请教请教。"

"我不了解。"

"市村这位律师,看样子滑头滑脑的,他虽然说得漂亮,但却死抱住猪子不放,骨子里肯定想把他当做工具。一想到这家伙自作高深的样子,我就忍不住要喷饭。这也难怪,搞政治的都是些肮脏的商人。不过,不是圈内人就不可能知道其中可耻的黑幕。"

说着,高柳叹了口气。

"至于我自己,并不想老待在政界,想早一天脱出身来。无奈我缺乏素养,不像你们受过正规的教育。立身于这种弱肉强食的社会,势必不能走一般的老路。也许在你们眼里,我等的事业显得冠冕堂皇,是的,表面上看是很堂皇,但是这种生涯表面冠冕堂皇,内部却黑暗残酷,当然对于那些财雄一方、只把政治当儿戏的人来说,则又当别论。但像我这样年轻

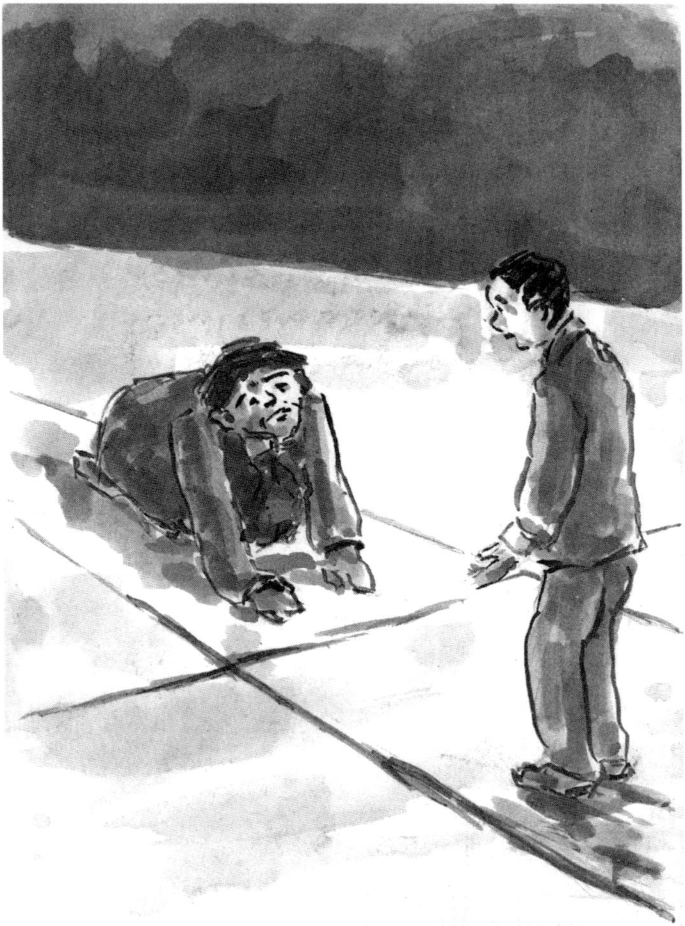

时就投身于政治的人,到了今天也是无可奈何。首先,今天的政治家,有几个是靠研究政治吃饭的?的确,我们的内幕不值一提。我这么说,也许你以为我在撒谎。哈哈哈哈。说句老实话,除竞选国会议员,我们别无生路。不管怎么说,事实总是事实。这是没办法的。假如我这一次选举失败,那就一筹莫展。所以我这回非得出马不可。而且无论如何,非得您的帮忙不行。我是求您,千万不要把我老婆的事向世上透露出去,当然我也不会提到您的事。因此我来找您商量,彼此都互相保守秘密。恳请您救救我吧,答应我的要求。濑川先生,这件事关系着我的一生啊!"

高柳突然离开白毛毯,双手支撑在榻榻米上,像一只摇尾乞怜的狗,对着丑松塌肩低头。

丑松面色惨白,"您这样不由分说……"

"不,务必请您多多帮忙。"

"哎,请听我说,您的话我不明白。不是吗?我没有必要把你们夫妇的事告诉世人,因为我和你们没有任何关系。"

"不过,您这么说……"

"我很为难,因为我没有什么可帮你们的,同样,你们也不需要我的任何帮助。"

"不过……"

"不过什么?"

"您究竟打算怎么办呢?"

"我没有怎么办不怎么办的事,你和我完全无关。哈哈哈哈。我说的就是这些。"

"怎么能说完全无关呢?"

"我从未向世人谈过你们的事,将来也一样,没有必要去谈这些。我讨厌议论别人家的事。何况我和您今天才开始见面。"

"说的对,您没有必要向别人谈及我的事,我也没有必要向别人谈及您的事。话虽如此,我还是有些不放心,所以特地找到您,充分听取您的意见,看怎么对您有利就怎么办。说真的,我这样做也是为您好啊。"

"谢谢您的好意,但我不想让您这样做。"

"不过,我说了半天,您总该想到我指的是什么吧?"

"这是您的误解。"

"误解,是吗?您怎么能说是误解呢?"

"反正我什么都不知道。"

"哎,您硬是这么说我也没办法,但我们总有商量的余地吧。我没有恶意,只是在为双方着想,不是单为哪一个人。濑川先生,今后我还会来打扰,您好好考虑一下再说吧。"

第十四章

一

星期一早晨,校长很早就到学校来了。他把会客室旁边的房间当做自己的办公室,每天上午上课前,总是把自己关在这里。他在为一天的工作做准备,也是为了躲避教职员们的牢骚和烟臭。正好,这天丑松隔了很久又来上班了,校长见到他,问了问为父亲送葬的事,不一会儿又回到那间屋子里。

有人敲门,听声音,校长知道是胜野文平。他们经常这样联络,校长很喜欢文平,从他嘴里可以听到各种各样的秘密报告,男教员的心事,女教员的隐私,其他还有因课时安排和工资待遇等引发的妒忌和争执。校长在这里很容易获得有关信息。今天早晨也许又有新消息吧,校长思索着,把文平让进室内。

他们谈着谈着,不由提到了丑松。

"胜野君,"校长压低嗓门,"你刚才说的有点奇怪,你说发现了濑川君的新情况?"

"是的。"文平微笑着应了一声。

"你的话叫人很难理解,总是拐弯抹角,闪烁其词。"

"可是校长先生,这是关系到一个人一生的名誉,我不能不有所顾虑。"

"什么,一生的名誉?"

"要是我听到的是事实,这件事传到镇子里,所有的人全知道了,恐怕濑川君在学校里就待不下去啦。不光在学校里待不下去,还会被社会抛弃,再也不能在世上做人啦。"

"哎,在学校里待不下去,又会被社会抛弃,你说的有这么严重吗?那不是和死刑犯一样吗?"

"也可以这么说。当然,这不是我直接追踪得来的,但如果把各种情况综合起来加以考虑……嘿嘿。"

"嘿嘿什么?有什么新鲜事呢?说出来给我听听。"

"不过,校长先生,这种事儿您叫我说,我倒有些为难啦。"

"为什么?"

"这还不清楚?我说出来,人家以为我想取而代之,我不愿这样。其实我根本就没有这样的野心。我也不是为了中伤濑川君才说出来的。"

"这我清楚,不会有人说的,不必担心这些,你不也是从别人那里听来的吗?是不是?"

文平有些故弄玄虚,他意味深长地微笑着。他越是微笑,校长越是想问个明白。

"这样吧,胜野君,就算我不是从你这里听说的,瞧,这里没有外人,你就直言吧。"

校长说着,将耳朵凑过去,文平也把嘴巴凑过来,两人嘀咕了一阵子,眼看着校长变了脸色。这时,突然有人敲门,文平离开校长,向窗户那边走去。门开了,进来的是丑松,他进来,略有迟疑,"这两人在谈些什么呢?"丑松的目光里含着深深的猜疑,他看到两人的样子,不能不产生疑虑。

"校长先生。"丑松若无其事地问,"今天晚些上课行吗?"

"是吗?学生还未到齐吗?"校长掏出怀表看了看。

"还没有到齐,难怪,这么大的雪。"

"不过时间到啦,不管学生齐不齐,反正按照校规办事,吩咐校工摇铃吧。"

二

那天早晨,丑松心里空荡荡的,这是从来没有过的。那时他是恍恍惚惚穿着正装来的。当他拎着师母为他装的饭盒,踏着积雪的道路,向久别的学校走去的时候;当他接受教员同事吊慰的时候;当他被自己那一班学生围住、问这问那的时候,丑松一直处于一种迷迷糊糊的状态。课堂上,他对眼前的事物不感兴趣,很刻板地讲解着课文,回答学生的提问。这一天,丑松担任课间娱乐的指导,每当下课铃一响,男女学生从四面八方跑过来,一起缠着丑松,喊着"老师,老师",可他一点不记得自己说了些什么,是怎么回答的。丑松梦游一般地走着,照料着那些众多的到处乱跑的学生。

银之助跑过来了。

"濑川兄,你的脸色很不好啊。"

丑松只记住了这句话,其他的话全都抛到脑后去了。

虽说这样,但有一件事他没有忘,那就是他带来的打算送给省吾的礼物。午休时,高小、初小的学生都在校园里又跑又跳,其中有的到大操场上打雪仗。这时高小四年级教室正好没人,丑松领着省吾来到这里,拿出一个用报纸包的一包东西。

"我带来这个送给你,是笔记本,拿到家之后再打开来看,行吗?好,收下吧。"

丑松本来想看到站在自己面前的这位少年惊喜的表情,可是出乎意料,省吾没有接受这份礼物,他只是圆睁着眼睛,看看丑松,又看看那个纸包,似乎说:"为何要送我这些东西呢?"他觉得奇怪,于是说:

"不,我有的是。"

省吾再三推辞。

"你怎么啦?"丑松盯着省吾的脸,"人家送你东西,就应该收下呀。"

"不,谢谢。"省吾还是不肯接受。

"你真叫我为难,我是专门带来送给你的。"

"要挨母亲骂的。"

"挨骂?哪有那种不合道理的事,是我要送你的,怎么会挨骂呢?我和你父亲是好朋友,你姐姐也时常照应我,我早就想送你一点儿什么。你看,这是洋式的笔记本,还有格子哪。包着的就是这一种。不要推辞了,拿回去吧,写写作文什么的,喜欢写什么就写什么。"

他说着就把东西塞进省吾手中。这时,窗外响起急速的穿草鞋的脚步声,丑松撇下省吾,慌忙走出了教室。

三

东边走廊的顶头有通往楼上的阶梯,学生们不大到这里来。正在丑松忙着照看男女学生的时候,校长和文平躲在这个僻静的角落谈话,他们并肩靠在灰色的墙壁上。

"濑川君的事你是听谁说的呢?"校长问道。

"是听一个意想不到的人说的。"文平笑了,"确实没有想到啊。"

"我实在猜不出来。"

"人家说了,这关系一个人的名誉,只讲事,不提名,否则很难办。因为就要当议员了,他决不会随便乱讲的。"

"就要当议员?"

"可不。"

"不就是那位刚娶了老婆带回来的人吗?"

"嗯,差不多。"

"这么说,哈哈,是这位先生到各处巡访过程中听说的喽? 这种事儿是干不得的,坏事总有一天要暴露,事情就是这样奇特。"校长叹息着,"不过,太令人吃惊啦! 我做梦也没有想到濑川君是个秽多。"

"实际上我也甚感意外。"

"你看他的容貌、皮肤、骨骼,哪一点像那种贱民呢?"

"所以,世上的人都被他蒙住啦。"

"是吗? 真不可理解,乍一看怎么都不像呀。"

"外表最容易迷惑人啦,这要看他的性格如何。"

"从性格上也很难断定。"

"那么校长先生,您看不出来他的言行很可疑吗? 您看濑川君这个人,他对什么都带着一副猜疑的目光。"

"哈哈哈哈。单从疑虑的目光上不能认定他就是秽多。"

"好吧,请听我说。前些时候濑川君不是住在鹰匠街的私人旅馆吗？那座旅馆不是有一个秽多出身的阔佬给赶走了吗？后来,濑川君也突然搬到莲华寺去了。这些事您不觉得有些蹊跷吗？"

"可不,这些事我也想过。"

"他同猪子莲太郎的关系不也一样吗？他把那个病态的思想家奉为至宝,其他的思想家不是多的是吗？他为何大肆吹捧一个秽多写的书呢？濑川君的癖好和一般人有些不同啊。"

"是的。"

"我还没告诉过校长先生呢,小诸有个与良街,我叔父住在那里。街头有一条沙河,名叫蛇堀川,过一座桥就是向街,即秽多街。听叔父说,街上全是一个姓,都姓濑川。"

"原来如此。"

"直到现在,向街上的这些人都不叫姓。一般说来,新平民是叫名不叫姓的,也许在明治以前,根本没有姓也未可知。"

"你等等,濑川君不是小诸人,他是小县根津人吧？"

"那不可靠。听我叔父说,他们中很多人都姓濑川或高桥。"

"这么说来,我也不是绝对猜不出。不过,如果这些都是事实,怎么能隐瞒到今天呢？早就该暴露了,读师范的时候,就该被发现了。"

"可不,这就是濑川君的本事啦。他能一直瞒过众人的眼睛,不是一个巧于心计的狡猾之人,是不可能做到这一点的。"

"唉,"校长叹息着,"可我们都被他瞒过来了啊,看濑川

177

君的表现,是有点儿异样,无缘无故,他不会那般心事重重的。"

突然响起了铃声。两个人离开墙壁,顺着长廊走了,看样子,下午的课程开始了,男女学生穿着草鞋,急匆匆从走廊对面通过。丑松夹在一群学生当中,回头望了望,然后走了过去。

"胜野君,"校长目送着丑松的背影,"正如你说,这是关系他一生的名誉的事,所以还需进一步把濑川君的秘密打探清楚,好吗?"

"可是,校长先生,"文平加重了语气,"请您务必记住,千万不要告诉别人这是从参选议员那里听说的,否则我就难办啦。"

"当然。"

四

那天,课表上最后一节是唱歌。音乐老师从丑松那里领过来高小四年级学生,步伐整齐地向自己教室走去。丑松从两点到三点没有课,他忽然想起昨天银之助提到莲太郎的事,急忙奔会客室走去。报纸一直放在一张桌子上,开门一看,连前天的《信州日报》都散放着,没有装订。丑松打开日报的第二版,在下方找到了关于那位前辈的消息。此时,他是多么高兴啊!

"啊,有啦,有啦。"他满心喜悦。

"这报纸拿到哪里去看呢?"他心中首先思索着,"能在这会客室看吗?要是有人来就不行。教室行吗?校工的屋里行吗？不,那些地方也不安全。"他想来想去,把报纸揣进怀里,走出会客室。"干脆到楼上礼堂里看。"丑松思忖着,一步一步登上二楼的阶梯。

那里是举行天长节庆典的大厅,井然有序地摆满了长条凳子。平时这里很幽静,比起简陋的教室的一隅,这里反而是安全地带。丑松挑了一张凳子坐下来,从怀中掏出报纸来读。不知不觉想起他和高柳的那段问答:"既不是亲戚,也不是故旧,所以什么也不知道。"两次三番违心地把尊为师长和恩人的莲太郎同自己的关系完全抹消,变成了毫无干系的人。"先生,请原谅。"他再三致歉,然后又拿起报纸。

一种漠然的恐怖情绪不住袭击着丑松的心。他一边读关于这位前辈的报道,一边继续思考自己的一生。他回顾一件件往事,觉得目前的处境十分困难。对于这一严重问题,如不采取相应的措施……是的,应当首先整理一下思绪,否则就无法做好其他一切事情。

"那么怎么办呢?"他自己问自己。丑松已经茫茫然不知所措,无法作出回答。

"濑川君,你在看什么?"

背后突然有人打招呼,丑松不由变了脸色。一看,是校长,不知何时站到他的身边,带着一副探寻的目光。

"我在看报。"丑松装作若无其事的样子回答。

"看报?"校长惊讶地瞅瞅丑松的脸,"哦,有什么有趣的报道吗?"

"没有,什么也没有。"

两人暂时沉默了。校长走近窗边,透过玻璃望着天空。

"濑川君,今天的天气怎么样?"

"这个……"

两人应和着,一起走出礼堂。他们并排下楼时,丑松感到心烦意乱,有一种无可言状的苦楚。也许是猜疑心重吧,这位校长的态度变了,变得冷淡了。不光是冷淡,丑松还觉察他有一个可厌的神经质的鼻子,一心想嗅出自己身上的隐秘来。"呀?"丑松怀着深深的猜疑,思量着对方的神色。他甚至觉得同这位校长并肩前行都无法忍受。下楼时,两人偶尔肩碰着肩,丑松就像触电一般,浑身打寒战。

校工摇着铃铛,这最后一节课的下课铃声响遍校园。各处教室的门大开,学生们蜂拥而出,挤满了长长的走廊。丑松离开校长,急忙混入孩子们之中。

不一会儿,学生沿着积雪道路回家了。这些孩子个个好学上进,都有一张天真烂漫的脸蛋儿,有的挥动着空饭盒,有的头上顶着书包,也有的腋下夹着算盘,还有的提着草鞋,吹着口哨,唱着歌……他们呼喊着,吵嚷着,混杂着狗吠声,在午后的空气里震响着,喧闹着。其中有个女孩儿,弄断了木屐带子,光着脚飞跑。

丑松怀着不安和恐怖的心情,跟在学生后面出了校门。他看着这群天真无邪的孩子,又想起自己的身世,更加产生一种难以忍受的痛苦。

"省吾,现在回家吗?"

丑松打着招呼。

"是的。"省吾笑着回答,"等一会儿我也去莲华寺,姐姐叫我去一趟呢。"

"哎,今晚有讲经吧?"丑松想起来了,他停下脚步,留恋地目送着飞跑而去的省吾的身影。积雪大道的光景在眼前展开,人们来来往往,个个都有急事似的。丑松感觉一阵剧烈的眩晕,几乎随时都要倒下。这时候仿佛有人从后头跑来,猛然揪住他大叫:"哼,这个秽多小子!"他越怀疑越觉得害怕,不由回头望了望身后。"啊,哪会有什么人哪!"丑松一边自嘲,一边为自己鼓劲。

第 十 五 章

一

严酷而难以违抗的命运的威力逐渐向丑松袭来。他从学校回来,登上莲华寺的二楼,扔掉布包,脱去礼服,立即倒在榻榻米上,完全沉浸于绝望之中。既没有睡意,也不想思考,似乎成了一个麻木的人,长时间一动不动。过一会儿,他坐起身,环视了一下室内。

厢房的客厅里断断续续传来欢乐的笑声。丑松无意之中倾听着,这天好像文平也来了,正在和大家逗趣哩。听到那种天真无邪、难以遏抑的笑声,就知道省吾早已来这里玩了。其中,不时夹杂着年轻女子的声音,啊,那是志保姑娘!丑松仔细听了一阵子,在自己房间里来回踱着。

"老师!"

随着一声呼唤,省吾急急走了进来。

这时,楼下上茶了,有人叫省吾来请丑松下去说话儿。一打听,原来师母和志保姑娘都在客厅里,连庄傻子也在场。有人讲笑话,大家乐成一团,有的笑出眼泪来。

"那位胜野老师也来啦。"

省吾加了一句。

"是吗？胜野老师也来啦？"丑松微笑着回答。蓦然间，一种憎恶的表情闪现在丑松脸上，接着又很快消失了。

"走吧，快点和我一同下楼吧。"

"这就来。"

丑松虽然这么说，但实际上不想去。"快点来呀。"省吾说完，一转身跑走了。

又是一阵欢快的笑声。从楼上虽然看不到厢房的客厅，但单凭这笑声，就能清楚知道人们的表情。可以想象：师母内心藏着苦楚，为了忘却，特来这里取乐，有意发出男人般的朗笑；志保姑娘在屋里出出进进，捧来茶具，为每人张罗茶水，然后依偎着师母，微笑着听人谈话；文平呢？以为自己是在场的惟一的男子汉，以为妇女儿童可骗，一个劲地出乖露丑吧？不光如此，想必还会播弄他人是非呢。唉，唉，真是本性难移。有谁会欣赏像他那样的男人呢？

丑松渴望人世的欢乐，如今一种欲求正在胸中涌现。他想起来族人的悲惨命运，被抛弃、贱视、受尽屈辱，甚至不当人看待，越想越觉得青春生命的可贵。

"老师为什么不下去呢？"

省吾说着又跑上楼来。

丑松在这位天真少年的督促下，打算把省吾干脆带到大殿里去玩。他们出了房间，走下楼梯。从厢房通往大殿的走廊分成两条，要是走靠近后院的走廊，就必须穿过客厅，而文平正在那里胡吹。于是丑松决定选择外面的那条。

二

　　古老的僧房排列于走廊右侧,透过格子门,听到有人谈话,看来这里也有人租住。这座寺庙建筑广阔而复杂,根本弄不清楚谁住在那里。有些房子阴森可怖,平时没有什么用场。丑松领着省吾,穿过狭窄的长廊。这时,一种衰朽的古老寺院的气味填满了胸间。墙壁灰暗,廊柱污黑,巨大门板上的古画,色彩斑驳陆离。

　　这条走廊紧连里院的走廊。正巧在转向大殿的拐弯处,忽然觉察背后有人走过来,丑松不由转过头,省吾也跟着回过头去。原来是志保姑娘!她似乎有急事跑了过来,未曾说话,脸蛋儿早已起了潮红。

　　"是这样……"志保清亮的眸子闪耀着光辉,"听说您送给弟弟珍贵的礼物。"她道着谢,嘴边含着微笑。

　　这时,传来了师母的呼唤,志保发觉了,赶紧侧耳倾听,省吾抬头望着姐姐的脸,"姐姐,是在喊你呢。"接着又是一阵呼唤。志保吃惊地往回走了,丑松目送着她的背影,不久领着省吾,打开大殿的门走了进去。

　　啊,多么清幽的殿堂,仿佛觉得在古迹中漫步。高旷而灰暗的天花板下,除了悬挂在涂漆圆柱上的古钟嘀嗒走动之外,再没有什么别的声音了。到处都潜隐着一种迫人的静寂。映入眼帘的是:锈迹斑斑的金色佛坛,毫无生趣的莲花造型,墙壁上引人遐思的仙女的彩绘……所有这些,都在叙说着过去时代的繁华与衰颓。丑松和省吾一起深入内室,在佛坛后面的古代圣僧画像前边走动。

"省吾!"丑松仔细端详着这位少年的面庞,"在你家人中,你最喜欢谁?是父亲还是母亲?"

省吾没有回答。

"我来猜猜看。"丑松笑了,"是父亲,对吗?"

"不对。"

"哦,不是父亲吗?"

"父亲只顾喝酒。"

"那么,你最喜欢谁呢?"

"我嘛,我喜欢姐姐。"

"姐姐?是吗?你最喜欢姐姐?"

"我有话只给姐姐说,连那些不能对父母说的话也能对她说。"

省吾说着,无意之中笑了。

北边的小客厅里悬着一幅古老的涅槃图①。一般的寺院里都有这种宗教图,大都是仿制戏曲舞台一样的布局,毫无生气的色彩,或者画着和热带自然风光没有任何关系的背景。除此之外,没有什么特色。但这座寺院的涅槃图虽然形式一样,但画家的笔墨看上去多少有些创意,比起一般的画来,富有活力。虽然画里看不出一种宗教的热情,但总觉得有一种引人注目的朴素之处。省吾到底是个孩子,他看到禽兽悲号的光景,也像看神话故事画一样,既不觉得奇怪,也不感到惊讶。这个天真的少年,在看到佛祖释迦死去时只是笑了笑。

"唉,"丑松深深叹息着,"省吾这样的孩子,尚未想过死

---

① 佛画,描绘佛祖于沙罗树下自焚升天的情景:头北面西,右胁朝下而卧。周围弟子们以及菩萨、天龙、鬼畜等相聚而泣。

是怎么一回事吧。"

"您说我吗?"省吾抬头瞧瞧丑松。

"可不,是说你呢。"

"哈哈哈哈,我是没有想过呀。"

"是啊,你这般小小年纪,怎会想到这等事呢。"

"嘿嘿,"省吾想起了什么似的笑了,"我志保姐姐也时常这么说呀。"

"你姐姐也说过?"丑松望着他,眼神里满含热情。

"是啊,我姐姐经常说些奇怪的话,说什么真想寻死啦,又说我到一个没人的地方大哭一场啦。唉,她为什么要这样想呢?"

省吾说着,歪着小脑袋,学着吹口哨的样子。

不一会儿,省吾走了,只剩下丑松一人。大殿内骤然变得阒无人声,一件件各具意味的装饰,沉浸在一片死寂之中。高渺的天花板下面,一直放着的黄铜香炉、花瓶、长明灯,这些无生命的摆设,似乎都陷入寂寞的冥想之中。

站立在佛坛上的观音雕像,闪着金光,既是慈悲的化身,更是沉默的化身。站在这种静寂的、远离尘世的地方,丑松想起了那个人儿,觉得宛如装饰这些古迹的一棵花草。他热血沸腾,围绕着圆柱转来转去。

"志保姑娘,志保姑娘!"

他无目的地在嘴里呼喊着。

不觉间四周昏暗了。黄昏时分青白的阳光微微映着格子门,从大殿正面射进来,每一根柱子的阴影,长长地拖曳在榻榻米上。令人倦怠、困疲的冬季的一天就要过去了。此时,两个身穿白衣的和尚走了进来,一个是住持,一个是寺内的小徒弟。他们在大殿深处点燃了灯火,各处望去,六支蜡烛井然有序地排列着。住持斜对着佛坛,坐在佛堂角落,背倚泥金柱子,双手合十。小徒弟坐在他的对面,稍低一些的经堂里。不久,响起了庄严的钲声,诵经开始了。

"南无喝罗恒那多罗夜耶①!"

上夜课了。

啊,多么寂寥的傍晚。丑松倚着北边的柱子,闭着眼,低着头,陷入了深深的思虑之中。"假如自己的身世传到志保姑娘的耳朵里……"他想着,越来越感到作为一个秽多,其生命是多么乏味。漠然死灭的思想和留恋人世的情怀交织一处,在心中激烈地翻腾。他觉得自己适逢青春年华,难道此时就要遭遇迄今未曾经历和预想过的世间之苦吗?他这么一想,就切实感到一种难以忍受的痛楚。清冷的空气混合着香烟的气息,给这夕暮增添一脉凄凉,说不清是悲哀还是难熬。两个僧人的声音遽然停止,留神望去,诵经结束了,正在唱佛名。不一会儿,住持手捻佛珠,离开柱子走了,小徒弟仍然留在原处。丑松看得入神,直到那小徒弟高声读完高祖遗训,再把经文顶在头上站起了身子。最后,他把蜡烛一一吹灭,只剩下佛像前那盏长明灯,发出幽微的光亮。

三

晚饭后,莲华寺为了给讲经做准备,大肆忙碌起来了。按照以往的习惯,拿出了几盏绘有图案的大吊灯。寺里的小徒

---

① 即皈依佛、法、僧三宝之意。

弟、庄傻子和小和尚，聚在一起，点燃了吊灯，然后挂到大殿上去。他们三个在走廊上来回照应着。

虔诚的听众陆续来到大殿上，本寺院的施主自不必说，连那些听到风声的人也相约而至。前来听讲的不仅是那些即将走完人生旅程的老爷爷、老太太，还有相当多的各种热门行业的人们。看到这些热心的听众，可以想象这座饭山镇是个崇尚昔日宗教和信仰的地方。普通人的谈话中，夹杂着经文里的名言和譬喻，这也并不稀罕。姑娘家也都把精美的佛珠袋儿挂在胸前，争先恐后向莲华寺赶来。

对于丑松来说，今晚是入住以来最快乐又最痛苦的一夜。他想象着，能同志保姑娘一起听讲经，该是多么高兴！啊，就在这样的晚上，他想到自己是个秽多，于是感受到一种从未有过的剧烈的伤痛。师母、志保姑娘，还有省吾等人，都已登上了大殿，集合在北边的一隅。一看，从中间到南面，男女信徒，东一堆儿，西一团儿，无所顾忌地打着招呼，闲聊天儿。虽然压低了嗓音，但听起来仍然热闹，有趣。庄傻子穿着一身带着折印的整齐的礼服，自我炫耀般地分开众人走过去，显示着一副滑稽相。看到这番情景，师母笑了，志保姑娘也笑了。丑松坐在老墙一侧，墙上张贴着历代讲经人的报酬和姓名。这里离志保姑娘很近，可以闻到沁人心脾的发香。灯影映照着大殿的夜气，她的侧影看上去更加显得年轻。志保从背后把省吾搂在怀里，微笑着，显示出一个姐姐温暖的情意。丑松想象着，他每次向志保望去，都感到无法形容的喜悦。

离讲经尚有些许时间，这时文平也来了，他先向师母打招呼，又问候志保和省吾，然后再同丑松搭讪。啊，讨厌的家伙来了，丑松心里一阵嘀咕，他的幻想立即被搅乱了，又回到冰冷的现实世界。加之,丑松看到文平和师母谈话,又逗得志保和省吾不住发笑,那副忸怩作态的样子,使他非常生气。文平本来是个能说会道的主儿,叫他对这些妇女小孩谈话,真能说得天花乱坠。他巧言令色,又显得和蔼可亲,很能博得女人们的欢心。他的话语要比自己身价高出两三倍,比起诸事皆藏于心底的丑松,反而显得平易近人。丑松不想讨好任何人,他虽然对省吾很好,但对志保姑娘的态度,只能说颇为冷淡。

"濑川兄,今天的《长野新闻》怎么样?"文平低声问道。他想套一套丑松的意思。

"《长野新闻》?"丑松带着深思的目光,"今天还没有看呢。"

"那就奇怪啦,你是不可能不看的。"

"为什么?"

"你那样崇拜猪子先生,怎能不阅读那篇演讲的笔录呢?不是很奇怪吗?还是好好看看吧。而且报纸的那段评论也很有意思,说猪子先生是'新平民中的狮子'。有些记者真会用词儿。"

文平虽然这么说,但丑松对他抱着深深的疑惑:他葫芦里究竟卖的什么药? 志保姑娘也在热心听他们谈话,丑松不时打量着他们两个的表情。

"且不说猪子先生的理论,我很佩服他的那股勇气。"文平继续说,"看了他的演讲笔录,就很想读一读猪子先生的著作。你对这方面很熟悉,我想请教一下,那位先生的著述中哪一本最优秀?"

"这方面我也不清楚。"丑松回答。

"别开玩笑啦,实际上我对秽多很感兴趣,像先生那样的人物,确实有研究一番的价值。你不也是因此而想阅读《忏悔录》之类的书吗?"文平的语气里含着嘲讽。

丑松想笑却笑不出来。文平在志保身边一个劲儿反复提到秽多的当儿,丑松的面色已经改变,他已经不能自我克制了;愤怒和恐惧交替出现在他的嘴唇边。文平用锐利的目光,密切注视着他的每一个细微的表情,他的眼睛仿佛在说:"对不起啦,你再怎么隐瞒也是白费心思。"

"濑川兄,你那里有这位先生的著作吧?不论哪一本,借给我看看吧。"

"没有,我那里没有。"

"没有?真的没有?你那里怎么可能没有呢?不要瞒我,借给我看看不好吗?"

"不,我没有瞒你,没有就是没有。"

突然,莲华寺的住持登上讲经台,他俩随即闭了口。人们摆正姿势,重新坐好。

四

听说住持和师母同岁,男人家显得年轻,墨染的法衣上披着金丝织锦袈裟,出现于经堂的讲经台上,比起佐久、小县一带许多世俗僧侣来,看上去是个纯粹过着高尚宗教生活的人。他广额隆准,双眉微蹙,仪表堂堂,充分显现出那温和、善良和富于才智的性格。法话的第一部分是从猴子的喻义开始的。聪明的猴子对人世的一切无所不知,它好学上进,更能谙颂众多经文,学问深厚,几乎能为万世师表。但这畜生的可悲之处,惟在于缺乏信仰的力量。人尽管抵不上猴子的智力,但凭着信念可以由凡夫进入佛境。各位,明白吗?所幸前世命定,今生为人,朝夕念佛,不得稍息。这位住持侃侃而谈。

"南无阿弥陀佛!南无阿弥陀佛!"

人们齐声诵经,声音充溢整个大厅。男男女女,从怀中掏出纸袋儿,纷纷取出香火钱,放在榻榻米上。

法话的第二部分,取材于古代饭山城主松平远江太守的事迹。论起来,饭山成为佛教兴隆之地,是从这位先祖那个时代开始的。他从年轻时起,就对宗教抱有火一般的热情。有一次,他去江户朝拜,将平素胸中郁积着的众多疑难问题,一一向人讨教。"人死了,最终会怎么样?"当时的侍臣和儒学家都回答不上来。去问林大学头①,大学头也茫然不知。最后太守立志从事宗教,闻道于涩谷的僧人,将领地让给侄儿,第六年拂晓出家,成为饭山佛教的先祖。这段决心学道的历史故事,不是很耐人寻味吗?能够解答许多学者都弄不明白的疑难问题,没有信念是无法做到这一点的。

"南无阿弥陀佛!南无阿弥陀佛!"

一阵整齐的诵经声随风而来,人们又取出香火钱,摆在榻榻米上。

在讲经的间隙里,丑松时时用热切的目光忘情地注视着志保姑娘的侧影,他怕人看到,尽量忍着不去看,但还是禁不住向那边张望。志保一直对着佛坛看得出神,青春的眸子里不知为何流下了热泪,悄悄顺着脸颊流淌。她偷偷擦着鼻子,似乎不住啜泣。仔细一瞧,一种无名的恐怖和悲愁,交织着女

---

① 林信笃(1644—1732),儒学家林鹅峰次子,一六八〇年继家督,一六九一年,从事再建汤岛圣堂,官至大学头。

性的温爱之情,影子一般时隐时现。志保在想些什么呢?她有些什么样的感触呢?又回想起什么呢?丑松细细思量着,今晚的法话不至于触动这位少女的心思吧?按理说,住持的说教已属陈词滥调,出生于明治时代的人听起来实在有些怪异。古板的台词一般的语言,杂乱无序的片断的思想,金光耀眼的佛坛的背景,仿佛使人在看一出古装戏。一位年轻女子居然能被打动,这真是没有想到的事。

省吾眼看困了,靠在姐姐身上,耷拉着脑袋,志保叫他,推他,轻声抚慰他,他都毫无反应。

"嗳,快醒醒,人家看了要笑话的。"她娇嗔地说。

"让他在那儿睡吧,还是个孩子嘛。"师母接过话来。

"确实是个孩子,真是的。"

志保说着,重新抱直了省吾,省吾似乎毫无觉察。这时丑松探了一下头,志保转过头向他望了望,她看看文平,又看看师母,再看看丑松,脸颊一下子红了。

五

法话的第三部分主要是关于白隐①的传说。过去,饭山的正受庵住着一位高僧,名叫惠端禅师,白隐到饭山来访问他,那时,他正在求道,想来参禅听法。据说他到那儿看到一个人背着耙来的树叶,从山谷间蹒跚地走来,披头散发,长髯拂胸。白隐一看,立即迎上前去,热情地打招呼:"作么生②?"

---

① 白隐(1685—1768),江户时代临济宗高僧,骏河人。名慧鹤,号鹄林。在正受老人门下参禅得悟,遍游东西。
② 禅宗用语,"如何""好么"之类的问候语。

他连叫三遍,才被惠端认作徒弟。从此,白隐朝夕侍候师父,最后他也窘于问答了。实际上是完全绝望了。啊,他想,提出那种问题不就是疯子吗?他考虑师父的情况,苦恼之余便逃离了那里。白隐走投无路,来到饭山街头,这时正值收获季节,他倒在高高的谷垛旁边。农民打稻,误伤了他,一棍子把这位求道者打昏了。等到夜露流到他的嘴里,睁开眼睛又活过来了。白隐从此也就开悟了。还有一说,他在街头撞倒一个卖油郎,被油滑倒了,随即悟道。那座保留至今的静观庵就是为了纪念白隐,在他悟道的地方建立的。

这些传说,年轻人当然不知道。接着,他讲述了个人的意见,每当临近结束,住持总是重复着他那老一套的说教:靠自己入道,就连白隐这样的人物也不容易。我等"他力宗"依靠的是单纯、信念、引导。以凡夫之身而达悟。舍弃自我,惟靠阿弥陀如来,别无他路。住持讲到这里为止。

"南无阿弥陀佛!南无阿弥陀佛!"

众人诵经的声音持续好大一会儿,榻榻米上又堆了好多香火钱。志保姑娘也煞有介事地同师母一起合十诵经,泪水顺着她那年轻的面颊簌簌下落。

不久,听众们捻着佛珠回家了。师母、志保也离开坐席,伫立在圆柱边,向人们致意,为大家送行。雪仍然下着,大殿的入口杂沓不堪,妇女们大多落在后头。镇上的姑娘们按照自己的爱好,个个打扮得都很入时,特别引起了志保的注意。志保神往地眺望着,似乎将她们同过着寺院生活的自己作一对比。

"啊,今晚的讲经太令人感动啦!"文平走近住持身边说,"我实在敬佩那位白隐的经历。啊,第一次来就听到这么精彩的故事。白隐来访惠端禅师那一段,我最感兴趣:从对面山谷之间蹒跚地走来一位背着耙来的树叶的人,披头散发,长髯拂胸。白隐立即迎了上去,叫了一声'作么生?'他是非如此不可啊!"

文平手舞足蹈地比划着,嘴里滔滔不绝。住持和其他听的人都笑了。说着说着,听众们都走光了,大殿里又恢复了宁静。小徒弟和小和尚忙着收拾器物,庄傻子弯着腰,把榻榻米上的香火钱拢成一堆儿。

这时,大殿里早已消失了丑松的姿影。他领着省吾,把他送到厢房去。正当文平在师母和志保那边眉飞色舞地谈论着的时候,丑松就已经默默抚慰着省吾,暗暗照料着他。

第十六章

一

丑松逐渐觉得到学校上班是一件痛苦的事。他实在受不了了,这一天便告了假,早上一直躺在床上没起来。时钟敲过八点九点,不久又敲过十点,丑松仍然躺着。冬日的阳光从窗户外头射进来,照到了枕头,丑松还是没有起来。女佣袈裟治打扫完各个房间,又揩拭了一遍。她第二次上楼一看,丑松显得十分疲倦,面色惨白,像喝醉了酒似的倒在床上,枕头滑落了,这里堆着书籍,那里扔着布包,满屋子的东西仿佛变得又会跑又会跳,乱作一团。从这种杂乱的光景上可以想象,屋子主人有着怎样的心境。过一会儿,袈裟治提着开水壶进来了,这时丑松才慢慢起来,茫然地坐在被窝里。不知是睡过头了还是身子虚弱,他脸上显出痛苦的样子,半睡半醒,呆然不动。

"把饭拿到这里来吧?"袈裟治问道。丑松没有一点胃口。

"看样子不舒服啊!"

袈裟治独自嘀咕了一声,出去了。

这天非常冷清,是个标准的北国的冬日。屋子里过冬的小苍蝇撞着窗纸，在天花板下面到处乱飞。丑松搬来寺院之前，还是住在鹰匠街的时候，不知从何处飞来那么多讨厌的苍蝇，一群群像尘埃一般，围着门框乱撞。也许它们已经感知，等秋风一响，那短暂的生命就要结束了。到了眼下这时节，留下来的几只苍蝇，就更加引人注意了。丑松看得出了神，他如此凝望着，想起现在快进入十二月了。

一个成天忙忙碌碌的人，忽然闲下来净想心事，那滋味决不好受。既然享受着官费教学待遇，就得长年尽义务，这期间不论你同意与否，必须遵守这条铁则。当然，丑松对这一点十分清楚。但虽然明白，却不想再干。唉，这睡懒觉的床铺，就是埋葬绝望之人的坟墓！丑松又躺了下来，陷入了沉沉的梦境。

二

"濑川先生，有客人来。"

袈裟治一声呼唤，丑松吃了一惊，知道是银之助来了。不光是银之助一人，还有那位见习教员，他穿着一身工作服也来了。听说一位退伍军官，为普及军事思想，到各地视察。今天要给全校学生训话，下午停课，所以他们抽空来看望他。丑松从床上坐起身来，迷迷糊糊看着朋友的脸。

"你就躺着好了。"

银之助随便说了一句，一副真正关切丑松的表情出现在这位朋友的脸上。丑松抓过盖在被子上的白毛毯，像穿棉袍似的裹住身子。

"瞧我这副打扮，太失礼啦。你们不必担心，我没有什么大病。"

"是感冒吗?"见习教员望着丑松的脸色。

"嗯,可能是感冒,从昨晚起脑袋就很重,今早怎么也起不来床。"丑松对见习教员说。

"怪不得,脸色很不好啊!"银之助接过话来,"现在正是流感季节,要多加注意。你还是喝点什么吧。把酱烤得焦一点,放在小瓷碗里,冲上开水,喝上两三碗看看,一般的感冒都会好。"说到这里,他改换了语调,"哎,我带来一样好东西,差点儿忘了,喏,给你。"

银之助说着,从包里取出十一月份的薪水来。

"今天你没有到学校去,我代你领了。"银之助继续说,"好好数数,看对不对。"

"太感谢啦。"丑松接过那只混装着纸币和硬币的钱袋儿,"对了,今天是二十八,我还以为是二十七呢。"

"哈哈哈哈,连发薪的日子都忘了,真是没办法。"银之助开怀大笑。

"可不,我有些稀里糊涂的。"丑松强打精神,"这个月是小月吧?二十九,三十,十一月份只剩下两天,今年快过去啦。想一想,这一年浑浑噩噩,就这样完啦。唉,我什么也没干啊。"

"谁都一样。"银之助宽慰他说。

"你倒好,马上就去农科大学了,可以自由从事自己喜欢的研究了。"

"对了,学生说,明天要为我开欢送会哩。"

"明天?"

"不过,你要是还起不了床……"

"不,我好了,明天一定去。"

"哈哈哈哈。濑川兄的病来得快,好得也快,刚才还哼哼唧唧,像个重病号,眼下什么事都没有啦,真是不可思议。好,这是老毛病了,不说了。我们这样在一起闲扯也没有几天了,很快就要分别啦。"

"可不是吗,你就要离开这里了。"

两个人你一言,我一语,彼此都有着无限的感慨。

见习教员一直抽着香烟,默默听他们谈话。这当儿,他突然冒出这样一句话:

"今天我听到一件奇事,说学校教职员中隐藏一个新平民,有人把这事散布到镇上去了。"

三

"这件事是谁说的?"银之助问见习教员。

"谁说的我不知道。"见习教员带着困惑的表情,"总之,我以为这是有人造谣。"

"虽说是造谣,但这样一传,我们就麻烦啦。街上的人好播弄是非,什么女教员怎么样,男教员怎么样。他们干吗要这样议论别人呢?喏,你数数学校的教职员看,我们当中有谁长得像秽多,真是无聊!你说对吗?濑川兄!"

银之助说着看看丑松,丑松依然裹着毛毯,默默无语。

"哈哈哈哈。"银之助放声大笑,"校长先生是个循规蹈矩的人,怎么看都不像是个新平民,教员当中也找不到这样的人来。这么看来,胜野君嘛,倒挺会讨好,看来他是个重要的嫌疑。"

"不会吧。"见习教员也一起笑了。

"这么说,你认为是谁呢?"银之助同他开玩笑,"看来只能是你喽。"

"别胡说!"见习教员有点儿生气了。

"哈哈哈哈,你何必动怒呢,我不是说你。像你这号人,没法同你开玩笑。"

"可是,"见习教员变得一本正经起来,"假定这是事实……"

"事实?这种事根本不会有。"银之助就是不相信,"为什么呢?你听我说,学校职员大都有一定的来路,要么像你这样见习以后来的;要么像胜野君那样通过考核合格以后来的;还有就是我们师范学校毕业的。除此之外,再没有别的人了。假如在我们中间有这种人,在读师范时就暴露了。大家住在同一个宿舍,怎么可能直到毕业前都没有觉察呢?经过考核录用的人,都是同学校长期有关系的。各人的情况都很清楚,你们这些人更不用说了。你看,现在突然提起这种事来,不是有点可笑吗?"

"所以吗,"见习教员加重语气,"我也并没有认定是事实,我是说假如是事实的话。"

"假如?哈哈哈哈,你说的这个'假如'完全没有必要。"

"你这么说,我就没话了,不过要是万一有这种事儿,其结果会怎样呢?我一想起来就感到害怕。"

银之助没有回应,两位客人暂时不说话了。

不一会儿,两人说着起身告辞。丑松有点儿失魂落魄,脸色映着白毛毯,显得更加惨白。

"啊,濑川兄还没有完全好呀。"银之助自言自语,和见习教员一同下了楼。

丑松一时茫然地环顾一下室内,急忙收拾好床铺,换了衣服。他猛然想起了什么,取出藏在壁橱角落里的书籍,每一本都使他想起了莲太郎,都是那位前辈倾注全部心血和精力写成的。这些书有《现代思潮和下层社会》以及《平凡的人》《劳动》《穷人的安慰》等小册子,还有《忏悔录》等。丑松一一翻检一遍,把自己盖上的用来代替藏书印的名章全部抹消了。此外又从壁龛里的语文参考书中,抽出不用的四五册来,拂掉尘埃,一起包好。这时,袈裟治走了进来。

"您要出去?"

丑松听到声音有些慌乱,他没有回答什么。

"天这样冷,还外出吗?"袈裟治呆呆注视着丑松惨白的面容,"身体不好,应该好好躺着,真是的。"

"不,已经全好了。"

"嘿嘿,不过你空着肚子,还是吃点什么再走吧。您从早上就没有吃东西啊。"

丑松摇摇头,说一点也不饿。他取下挂在墙上的外套,戴上帽子,这些都是无意识之中进行的,就像一部毫无知觉的机器在运转,他自己也不知干了些什么。丑松又把朋友带来的月薪放进抽斗,纸袋里留下一些,连纸袋一起塞进袖袋里。他也记不清抽斗里放了多少,自己又随身带了多少。就这样,提着一包书,尽量用外套袖子遮掩着,信步跨出莲华寺的山门。

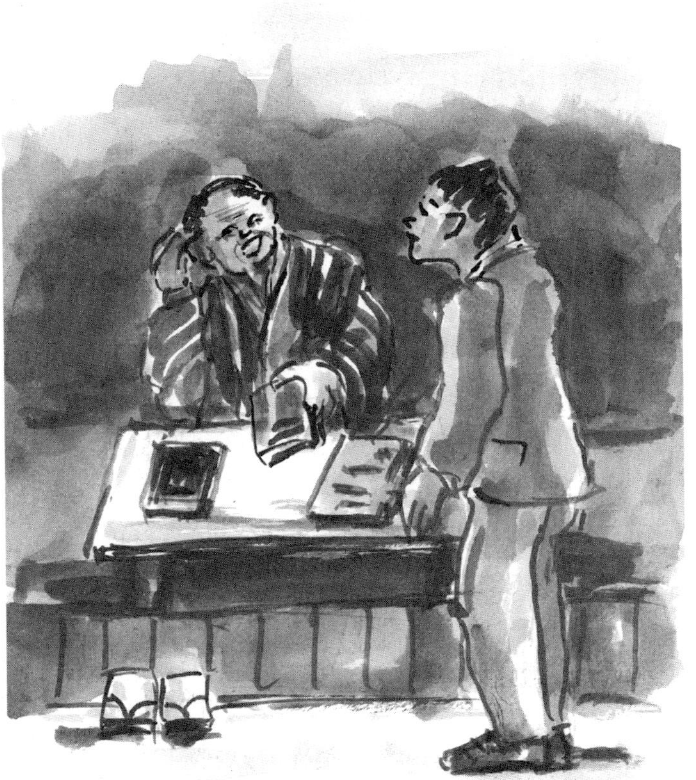

四

积雪堆满了道路和屋顶。眼前来往着的是头戴草帽,打着蒲叶绑腿,脚蹬有齿木屐的工人,还有那些将毛毯连头到身子包裹起来的一群群旅客。几台由人和马拖曳的雪橇,从丑松身边滑了过去。

长廊一般的防雪"雁木"(庇檐),早已派上了用场。道路中央高高堆起一道雪白的小山,比起道路两旁人家的屋檐还要高,这就是歌中唱的饭山有名的"雪山"。这使人联想到今后更加难熬的冬季的日月。空中还是要下雪的样子,丑松望着稀薄的阳光,一边走一边战栗。

上街有一家旧书店,和丑松有过来往,为他代售过旧杂志。所幸,这天店里没有一个顾客。丑松摘下帽子走进去,慢腾腾若无其事地取出包袱。

"我带来几本书,打算卖掉,可以吗?"

老板听到声音,马上打量一下丑松的表情,带着生意人般的笑脸,双膝向前凑了凑,把包裹拉到面前。

"随便吧,给多少钱都行。"丑松添了一句。

老板解开包裹,一本一本翻开封面,然后分成两份。他把语文书一本一本打开来翻看,而对于莲太郎的著作,胡乱地堆到了一边。

"您打算多少钱能出手呢?"老板盯着丑松的脸笑着问。

"好了,你就看着办吧。"

"近来这类书销不掉,我可以收下来,不过价钱很低。说实话,只有这本英语书值几个钱,其余的新版书就难说了。"

老板说着,想了想,"我看,这些还是拿回去吧。"

"既然已经拿来了,就不必再说了,你能收下就尽量收下吧。"

"价钱很低,能行吗?是分开算还是合在一起?"

"合在一起吧。"

"怎么样,合在一起嘛,一共是五角五分钱。嘿嘿,如果可以,我就收下。"

"五角五分?"

丑松凄然一笑。

丑松本来打算好了,给多少钱都卖,所以很快谈妥了。他也不是没有想过,书是不可以卖的,但因情况特殊,只好拿来卖掉。他在书店的账面上填上了自己的住所和姓名,收下了五角五分钱。为防万一,他又把莲太郎的著作重新翻检一遍,看有没有将盖有"濑川"印章的地方全部抹消,结果发现还有一本忘记涂掉。"哎,请借一下笔用用。"他拿过笔,在自己鲜红的印章上来回涂成黑黑的一团。

"这下子可以放心了。"丑松思忖着,他心里一阵难过,茫茫然不知所措。走出旧书店,想起自己刚才所做的一切,真想痛哭一场。

"先生,先生,请原谅我吧!"

他嘴里反复念叨。此时,他记起曾经对高柳说过莲太郎和自己毫无关系那句话,一种良心上的深深自责和为了自卫不得不做出的辩解,两者展开了激烈的斗争,针一般刺疼了他的心胸,使他陷入深沉的苦恼之中。丑松又是羞愧,又是害怕,他无目的地迈动着步子。

五

　　小竹馆门面上写着"便饭""酒菜"的字样。丑松和敬之进曾在这里一起吃过饭。他下意识地向那里走去,拉开格子门进去一看,里头有两三位顾客正在吃喝。老板娘将衣角掖进腰里,洗洗涮涮,煎煎炒炒,忙个不停。

　　"老板娘,有什么吃吗?"

　　丑松招呼了一声。

　　"真不巧,今天全卖完啦,实在对不起,只剩下煮河鱼和豆腐汁啦。"老板娘站在煤烟熏黑的柱子旁边,擦着手说。

　　"好,就吃这两样吧,再来壶酒。"

　　这时,一个坐在酒桶旁边的小贩站起身,一边用浅黄的手巾包着头,一边转脸瞧瞧丑松。一个脚穿防雪鞋、背靠柱子的农民,也偷偷地瞟了丑松一眼。老板娘从大酒瓮里倒出满满一壶冒着气的茶一般的酒,递给一位拉雪橇的苦力,他一边站着喝酒,一边翻眼看着丑松。人们之所以都把视线集中在丑松身上,无非是这个皮肤白净的客人进来之后,妨碍了他们无拘无束的谈话。不过,这充满好奇的沉默只是暂时的,不多久又腾起了阵阵笑声。炉火熊熊燃烧,丑松一边嗅着树枝燃烧的烟火气,一边把老板娘端来的核桃木腿的饭盘拉到身边,默默地吃喝。小贩出去时,一个人拿着钓竿走进来,两个人正巧交肩而过。

　　"哦,来了一位贵客!"

　　敬之进说着,将钓竿靠在柱子上。

　　"风间先生去钓鱼吗?"丑松跟他打招呼。

"哎呀,你说这天到底是冷还是不冷?"敬之进在丑松对面坐下来,"河边上待不住,干脆不钓,回来啦。"

"钓了不少鱼吧?"丑松问。

"毫无收获。"敬之进吐吐舌头,"从一大早就冒着寒冷去钓鱼,结果一条也没有钓到,你说这怎么叫人甘心?"

他说话的声音有点儿怪,那位农民和橇夫都大笑起来。

"来,我敬你一杯!"丑松将酒杯喝干后递过去。

"唔,是给我吗?"敬之进睁大眼睛,"呀,真不敢当,没想到能喝到你的酒,怪不得今天钓不到鱼。"他说着,不由擦擦流下的口水。

不一会儿,新烫的酒上来了,敬之进因为寒冷和来了酒瘾,不住颤抖着身子,乐滋滋地嗅着村酒的芳香。

"好久不见你啦,知道吗?我从学校退休之后,闲着没事干,就开始钓鱼,因为别的没指望了。"

"怎么,这种下雪天也能钓到鱼?"丑松停下筷子,看着对方的脸。

"若是外行就难办,我就是外行啊!哈哈哈哈。照生意人看来,冬天虽说是冬天,可也有为人所不知的乐趣。你看,只要不刮风,也不是想象的那般冷。"敬之进呷了口酒,"不过,濑川老弟,你说说,数什么最难过?这世上再没有比活着没事干更难过啦。老婆子拼命苦干,自己也不能袖手旁观。而且今天天气这么好,正可以出去钓一钓呢。要是碰到坏天气,根本出不了屋,整天没事干,那才叫痛苦哩。没办法,只好蒙头睡大觉。"

他很认真,这些事都说了出来。"没办法,只好蒙头睡大觉"这句话,深深触动了丑松的神经。

"我说,濑川老弟,"敬之进用酒鬼一般的架势端起酒杯,"省吾这孩子得到你的长期照料,不过考虑家中种种情况,有些事情不随心,我想叫他退学,你看怎样?"

六

"本来我不打算让他退学。"敬之进接着说,"做父母的总希望孩子能受完普通教育。明年四月就要毕业了,现在叫他退学,出外做小伙计什么的,真是太可怜啦。实在是没法子啊!他虽说不太聪明,可也不是不爱学习,一放学就坐在桌前,独自一人在用功。数学有点伤脑筋,但似乎很喜欢作文,你给他打的'优',他拿回家高兴得要命。最近你又送他笔记本,说老师叫他写作文用,唉,别提有多高兴啦!他十分爱惜,把笔记本放在书箱里,反复拿出来看,那天晚上还说梦话哩。想到这里,要叫他退学,也实在太可怜啦。可你知道,我家孩子这么多,思来想去,也想不出个好办法。虽然都是孩子,可我家孩子不好对付,又淘气,又好吃。哈哈哈哈。唉,因为是你,我才说这些。做父母的,看到孩子一大碗一大碗地扒饭,你总不能不叫他吃吧?总不能太小气了吧?"

这一番心里话把丑松逗笑了,敬之进也凄然苦笑着。

"还有继母,要不是因为她……把省吾这孩子送去做小伙计,实在是因为和现在这个老婆合不来。我每想起志保和省吾就伤心,不知哭过多少次啊。做继母的为何那样疑神疑鬼呢?就说最近吧,你住的那个寺院不是有讲经吗?那天晚上,省吾很迟回来,你猜怎么样?我老婆大发雷霆,骂道:'你既然要到你姐姐那里去,就索性不要回来。给我滚出去!肯定是到寺里瞎讲瞎说去啦。你姐姐一定给你出了什么坏点子,所以你根本不听我的话。'这孩子本来就懦弱,只好默默钻进被窝,抽抽噎噎地哭起来。我那时就想,干脆把省吾送走,这样既少了一张嘴,又免得在家里惹气生,也许会使家庭生活更快活一些。有时我又想带着省吾,爷儿两个远走高飞。唉,我的那个家已经到了妻离子散的地步啦。"

敬之进逐渐显露了愚痴的本性来。眼看着酒劲儿上来了,面颊、耳朵和手都红了。丑松的脸色一直不变,越喝面颊越显得苍白。

"风间先生,你还不至于那么悲观失望吧?"丑松安慰他,"虽说我力量有限,还可以助您一臂之力嘛。来,干了这杯怎么样?给我也来一杯。"

"哎?"敬之进双目炯炯,奇怪地望着对方的脸。"太惊奇啦!你也要我敬你一杯?看来酒量不小啊,我还以为你滴酒不沾呢。"

说着,他斟满一杯,丑松接过来一口干了。

"好厉害。"敬之进惊呆了,"今天你怎么啦?像你这种喝法不行啊,还是慢慢来。我喝酒没事儿,你这种喝法可真叫我担心。"

"为什么?"

"为什么?瞧,你和我不一样嘛!"

"哈哈哈哈。"

丑松绝望地大笑起来。

七

敬之进似乎有话要说,但又一时说不出口,他深深叹了口气。这时,那位农民和橇夫都走了,只有老板娘在水池旁专心致志洗锅子,弄得声音很响。还有站在后门口栅栏边的孩子,除了这娘儿俩,再没有别人妨碍他们谈话。高高的天花板下面,所有的东西都被煤烟熏黑了,保留着昔日街道的风貌。那边的柱子上吊着草鞋,这边的柱子上挂着干葫芦,靠墙边堆着几个金黄的南瓜。这一切都像街口的老式饭馆,屋内宽阔,小猫睡在太阳地里,鸡冻得缩成一团,紧闭着眼睛。

微弱的阳光从天窗射进来,屋檐下面冒出一团团青烟,在阳光下也变成了灰白色。丑松漠然沉思,目不转睛地瞅着炉边燃烧着的木柴,这红通通的火焰给人多大的慰藉啊!还有那勉强喝下的村酒,使他醺醺欲醉,不停地颤抖着身子。有时,甚至想在公开场合大哭一场。啊,要是能痛痛快快哭上一回也好啊。丑松心中有好几次泛起过这个念头,然而,眼泪到底没有流下来。他没有呜咽,悲泣,反而开怀大笑了。

"唉,"敬之进叹息着,"世上既有相交十年、见面时仍像陌路相逢的人,也有像你这样虽不算至交、但可以敞开心胸、无所不谈的朋友。实际上,我有一件事很想问问你。"说到这里,他有点迟疑,"是这样,这次我见到很久没有见面的女儿啦。"

"是志保姑娘吗?"丑松心中不由激动起来。

"是这么回事,女儿捎话来说要见我,可你知道的,我同莲华寺那种关系,再说我那老婆又是那种情况,思前想后觉得还是不见为好。可是她说有事商量,我就只好去啦。好久不见,这一见,我惊呆了,年轻人变得真快,简直不敢认啦。你猜她商量什么来着?原来她早就想离开莲华寺早点儿回家。问她是何原因,倒也可以理解。这时我才知道那个住持的品德。"

敬之进说着摇了摇酒壶,不料连一杯都不满。过一会儿,他一口喝了,两手在嘴边抹了一把。

"对啦,好,你听着,世界上有一种人,都说他很优秀,可在女人面前却低三下四。莲华寺的住持就是这号人。他学识渊博,能言善辩,是个颇为完美的好人,尤其是教义方面的修行甚深,但却有失检点。你说这到底是怎么回事呢?我听女儿说起那位住持的事来,简直不敢相信,还以为她在撒谎呢。真是,人不可貌相啊。瞧,那位住持长期到西京出差,他回来时,你已回乡,不在寺里。我听女儿说,后来他根本不像一个养父。他好歹是佛门弟子,披着袈裟讲经。他为什么不顾忌自己的身份,也不考虑自己的职业呢?他太无耻、太混账啦!实在不为人所齿啊!师母又是那样的女人,婆婆妈妈的,妒忌心极强。女儿又悲伤又害怕,夜里不敢睡觉。听她这么一说,我也凉了半截。所以女儿提出想回家,我还有什么说的呢?我嘛,并不想把女儿留在那里,想早些领回去,可难办的是,我那老婆眼下要是能通融一点,父母儿女在一起,没有过不去的坎儿。可现在一个省吾她都不能体谅,再跑来个志保,瞧着吧,肯定跟她过不到一块儿。首先,老小八口,吃什么呀?思前想后,我实在不能答应女儿的请求,我劝她容忍,容忍,容易做到的容忍不算容忍,难以做到的容忍才是真正的容忍。打起精神来,回去,回去,反正有师母在她身边。只要有她跟着,住持也不至于那般胡言乱语吧。即使他做出有失养父身份的事来,他也有过去那段养育之恩。既然做了莲华寺的养女,哪怕有再大的苦楚也决不能回家。坚持下去,才是女儿对父亲的一片孝心。我一边哄劝,一边鼓励,硬是把女儿赶回去了。想想真可怜!啊,啊,每逢这个时候,我就想,如果前妻还在该多好。"

敬之进的表情里现着真诚和痛苦,眼里闪耀着泪光。是啊,经他这么一说,丑松也能猜出几分来。想想莲华寺内部的光景,似乎暗云密布,这就是引起家庭不和的根由。住持和师母都在暗暗较劲儿。好比阳光朗朗、欢声阵阵的时候,也就是暴风骤雨即将来临的时候。这种感觉,丑松每天都有。不过,这是每个家庭常有的冲突,住持和师母都是佛门弟子,可说是高尚夫妇拌嘴,万万没有想到,这团黑云竟然盘绕在志保姑娘头上。师母装得心地光明,谈吐轻松,故意学着男人放声大笑,就是因为这个吧?过去一些颇为蹊跷的事儿,经敬之进这么一说,也就完全明白了。两个人神情悄然,长时间对坐着,默默无语。

第十七章

一

算过账，走出小竹馆，丑松这才想起袖袋里带来的月薪，里边是五角钱的硬币和一张五元的纸币。父亲活着的时候，每月都寄钱去，如今不需要了。回家时花了一大笔，所以显得很宝贵。他想这些钱不能再随便花掉了，可丑松心里很难过，比起自己的事来，应当关照一下敬之进全家，先拿出一部分月薪资助省吾，直到毕业。他这样做，也是为了志保姑娘。

丑松决定把醉醺醺的敬之进护送回家。两个人一踏上积雪的道路，冷风吹得人发抖，丑松浑身充满了抵御严寒的力量，精神也更加振作起来了。他看到并身而行的敬之进，还没忘记钓竿，一直扛在肩上，心想他还醉得不厉害，但那深一脚浅一脚、东倒西歪的步履，似乎随时都要倒在雪里。"危险，危险！"丑松提醒他。敬之进硬是支撑着身子说："什么雪里？雪里反倒好，比起那又破又旧的榻榻米，这雪地里反倒舒服啊！"丑松感到很为难，要是不知不觉倒在雪地里怎么办？想到这里，不由一阵发抖。这位老朽的教育工作者的归宿，还有那不幸的志保姑娘，丑松跟在后头，他一直在心里记挂着敬之进父女两个。

敬之进的家是古朴粗糙的农家草屋。据说他本来在城边的小街上盖过一座士族式的住宅,那是很久以前的事了。他从下高井回来时,就移居到现在这个地方。进门的墙壁上贴着北信州地区常见的门牌,上面沾满了鸦粪。土墙上挂着干萝卜叶和辣椒,罩着简易的防雪帘子。看样子那天要交租,外边院子里铺着席子,屋内地面上高高堆着稻谷。丑松搀着敬之进,一同跨过门槛,进了屋子。后门口的音作看到了,连忙跑过来,他总是不忘往昔仆从的身份,殷勤地问候着。

"太太说今天交租子,我把弟弟也叫来一起帮忙了。"

敬之进头脑恍惚,无心听音作说话,就一下子倒在地上。屋里传来太太的叫骂声,以及孩子的哭喊声。

"到底怎么啦?老是这样调皮,烦死人啦!"

音作倾听一会太太的骂声,想起什么似的说:

"老爷子醉倒啦!"他可怜这位老东家,扶起敬之进把他送进昏暗的格子门内。这时,省吾吹着口哨进来了。

"省吾少爷,"音作招呼道,"麻烦您快去告诉地主老爷,叫他快点儿来吧。"

二

不久,太太从里间屋子出来了,知道敬之进醉倒后让丑松操了不少心。孩子们惟恐挨妈妈骂,都围在一起,面面相觑,胆战心惊。好在有丑松帮忙,音作兄弟也来了。太太斜睨了丈夫一眼,只有深深的叹息。她感谢丑松时常照料敬之进,最近又送给省吾珍贵的礼物。她嘴里不住道着谢,说话时有些心神不宁,坐也不是,站也不是。丑松看出这位太太气量小,没耐性,易动怒,爱张扬。这些都是四十多岁的女人常有的性格。这时进来一个小姑娘,她既不坐下,也不向客人行礼,呆呆地站在那里。这是太太的第二个女儿。

"哎,阿作,快行礼,在客人面前不能老站着。怎么我们家的孩子都这样没规矩。"

太太的话阿作根本听不进去,看样子这小姑娘性格有点粗野,像个男孩子,谁也看不出,她就是志保的异母妹妹。

"这孩子在兄弟姐妹中是最头疼的一个,多少能听妈妈的一些话就好啦。"

母亲的话,阿作只当没听见,过一会儿,一转身跑出去了。

午后的阳光突然照射进来,南窗黯淡的格子也映得通亮。窗纸几年没有更换了,经煤烟熏染,变成了黑红色。"啊,太阳出来啦!"音作兴奋地说,"刚才还像下雪的样子,这下子好啦。"他说着,便和弟弟一起为交租做准备。冬天微黄的日光,照着这间屋子里贫穷衰败的景象。丑松坐在铺着地板的火炉旁,到过农家的人都能想象,这地方是个什么样子。这里既是全家吃饭的地方,又是招待客人的地方。庭院里既可做饭,又能堆东西,也能在那里干活。从大门到窗边都是泥土地面,至少占去草屋的三分之一。对过的棚架上放着碗、碟、油灯等,这边墙壁上悬着镰刀、种子袋,角落里是咸菜桶、木炭包。厨房用具和农具胡乱堆在一起。稍高处有个鸡窝,空荡荡的,看不到一只喂养的鸡。

志保虽说不是在这间草屋里出生的,但据敬之进说,她在去莲华寺之前,在这里度过十三个春秋。听说她就在这道土墙内长大成人。这一点特别引起丑松的注意。房屋似乎有三间,屋檐很浅,天花板很高,外面有防雪帘,所以屋内显得很暗。墙上糊着黄褐色的粗纸,惟一的装饰就是那每年留下的日历和彩色版画。志保姑娘也一定站在这老墙前面,幼小的眼眸里映出了版画中的男男女女,把他们都看成自己的朋友吧?丑松这样一想,往昔的情景历历在目,有着说不出来的亲切之感。

这时,门口出现了一位五十开外的男子,头戴青色的丝绸帽,身穿彩缎棉马褂。

"地主老爷来啦!"

省吾喊着跑进来。

三

地主是镇议会的一名议员,他阴险、冷酷,言谈甚严谨。他跟丑松点了点头,就一声不响地到炉边烤火。北信州有好多具有各种性格的人,这副表情看起来似乎会无缘无故发怒。其实他根本没有生气,丑松对于这一点很清楚,所以也没有特别在乎,只是盯着忙于准备交租的人们。那次太太和音作在郊外忙于秋收的光景,又清晰地出现在丑松眼里。院子里堆积如山的稻谷,便是一年劳动的收获,如今大部分要拿来充当高额的地租。

这时,进来一位十六七岁的姑娘,将升筐儿扬在草席上,又马上跑出去了。太太站在院子一隅,左手叉在腰间,显出很不情愿的样子看着。这时太太的第三个女儿哭着从屋外跑进来,她叫阿末,五岁了。音作哄劝她,阿末还是颤着身子哭个不停。从头到肩,从肩到胸,一边哭,一边抖动。谁也不明白她在说些什么。

"等一会儿妈妈给你好东西,别哭啦。"

太太招呼一声,阿末哭着跑到母亲身边。

"手冷……"

"手冷?快到被炉里暖暖。"

太太说着,握着阿末冰冷的小手,向里屋走去。这时,地主离开火炉,把丝绵帽檐拉下来围在脖子里,将两只袖口紧紧合在一起,像鸡翅膀,半掩着脸,自己暖和自己的身子,站在院子里,等着音作兄弟收拾。

"这谷子怎么样?"

音作望着地主的脸,地主低声回应着,听不清在说什么。不久,他伸出洁白的手抄起谷子看了一下,扔一粒在嘴里,又摊在手心里瞧着。

"有秕谷呀。"他冷冷地说。

"不是秕谷,是麻雀啄空的。您看,九成是和尚头(稻谷名),带纹路的。先装一草袋称称吧。"音作苦笑着说。

那里已拿出六个新草袋子,音作把谷子扒进簸箕,再倒入圆形大斗里,地主取过圆木棍儿,将斗口的谷子推平量着。音作的弟弟再把谷子装进草袋。看到弟弟一声不响地装,哥哥急了,"你装袋也不吆喝,哪里像是交租啊?"他把手中的簸箕扔给弟弟。"来呀,多多地装,这一是一呀,这二是二呀……"音作在吆喝。一草袋大斗能装六斗,外加一升筐儿,刚才姑娘拿来的升筐能盛三升,每袋一共是六斗三升,一袋一袋摆好。

"六袋一起算吧。"

音作说着给草袋扎紧,地主没有应声。他眯细着眼睛思考着,看来心中在打算盘。不知何时,音作的弟弟拿来一杆大秤,挂上一草袋,弟兄俩用力抬起的时候,脸孔涨得通红。地主用手拢着秤砣,系子来回移动着,使秤杆子保持平衡。

"多少斤?"音作瞅了瞅秤星儿,"嗬,真重啊!"

"七十公斤半,真叫人吓一跳。"弟弟附和道。

"七十公斤半,好谷子啊!"音作伸直腰杆说。

"不过,草袋也有分量啊。"地主露出不满的神色。

"是的,草袋也有分量,这是都知道的。"弟弟附和着哥哥,自言自语地说。

"可不,这谷子有九成'和尚头'哩。"音作说着,用傻乎乎的目光盯着地主那副傲慢的表情。

四

丑松看到这番情景,想到佃农可怜的境遇。尽管音作是个正直的农民,他永远不忘从前的恩义,为家道零落的老东家竭尽全力,但是单靠太太那瘦削的臂膀,是无法养活全家人的。志保姑娘受不了那种痛苦想回家来,可敬之进酒后哭诉说:"首先这一家老小八口,如何吃饭?"唉,可不是吗?这时候怎好回家呢?丑松想到这里,不由一阵战栗。

"好,进去喝杯茶吧。"听到音作的话,地主急忙寒颤颤地走到火炉边,音作也掏出腰里的烟袋,站着抽起来。

"六只草袋,一共扣除二斗五升,对吧?"

"只扣二斗五升?"地主嘲弄地说:"应扣除四斗五升啊!"

"四斗……"

"对啦,不是四斗五升,而是四斗七升啊!"

"四斗七?"

太太一直默默听着他们两个的对话,实在忍不下去,这才插了话:

"音作,不要再说什么四斗七不四斗七的,全部送给地主老爷算啦!我一粒也不留。"

"太太,您这样说……"音作呆呆望着太太的脸。

"唉,"太太叹息着,"光我一个人着急,当家的丈夫什么事也不干,成天喝酒,还是不行。想想,我也不愿干活了。再说,孩子多,都是些不中用的东西。"

"哎,快别这么说了,交给我好啦。我不会把事情办坏的。"音作真心安慰她。

太太用内衣袖口擦着眼眶儿,回到厨房做饭去了。音作的弟弟买来酒,大碗小碟摆满了桌子,虽说是没有什么好吃的,还是尽其所有,打算请地主喝几盅。细想想,佃农的心眼儿很是善良。万事都由音作照应,酒菜是蒟蒻熬油豆腐,再添几样小菜。不一会儿,音作开始向地主敬酒。

"酒是冷的,没有烫,听说老爷您喜欢这样。"听到这话,地主这才微笑起来。

丑松本来有话对太太讲,可是一直没有机会,正在踌躇之间,现在又摆上了酒席,还不知地主何时才能回去。请他陪着喝一杯,他没接受,随即离开了火炉边。丑松把省吾叫到门口,站在僻静处,从袖袋取出那个装钱的纸袋叫省吾回头交给父亲。因敬之进说过,考虑家里情况,打算叫省吾退学。丑松嘱咐省吾:就用这笔钱交学费,一定要叫父亲答应自己像往常一样,继续上学。

"好吧,你都听明白了?"他又加上一句,叫省吾把钱收好。

"呀，你的手怎么这样凉啊？"

丑松用力握住孩子的手，久久望着那张充满稚气的脸蛋儿。这时他不由想起志保姑娘那满含泪水的清亮的眸子。

五

丑松出了敬之进的家，一路上想着自己为志保姑娘尽了点力而感到欣慰。快接近莲华寺山门时，灰色的云层低垂下来，好像又要下雪了。暮色苍茫，给丑松阴郁的心头增添了一层凄清的色调。遥远的天际，一抹绯红的流云，那是太阳落山时的回光返照。

晚祷的钟声带着一种异样的音响，传到丑松的耳朵，听起来不像是超然于尘世之外的精舍的音响，他感到如今那种可贵的钟声梵呗早已消泯，留在耳畔的只是人类世界情欲的呼号。丑松想起敬之进的故事，一种对于那位住持既睥睨又恐惧的心理油然而生。然而志保姑娘，这是一位香花般楚楚动人的女子，丑松越想心中越是哀怜她的际遇。

莲华寺内部的光景，丑松如今也能弄清楚真相了。的确，经人这么一说，他发现一些难以相信的目不忍睹的事实充满每个角落。当初自己搬到这座寺院时那种家庭般的温情，不知何时已经消失得无影无踪了。

丑松上楼时，在走廊上遇到了志保姑娘，苍白的死人般的面孔，充满悲哀的黑眼睛，即使在黄昏微弱的光线里，也能看得很清楚。志保也奇怪地看了看丑松的脸，那副失魂落魄的样子引起了她的注意。两个人互相交换了一下眼色，默默点点头就过去了。

丑松走进自己的屋子,室内已经一片昏暗。他没有点灯,一个人在黑暗的房间里呆坐了很久很久。

六

"濑川先生在用功吗?"

约摸过了两个小时,师母招呼着走进来。丑松的桌子上放着草草装订的教案,里面记载着每天的授课计划。昏黄的灯光照着寂静的夜气,将丑松沉思的身影映现在老墙上。屋内笼罩着薄薄的烟雾,更显得一片朦胧。

"能替我写封信吗?拜托啦!"

师母拿出准备好的信纸信封,等待丑松的回答。

"写信?"丑松反问了一声。

"是寄给长野寺院的妹妹的。"师母略显迟疑地说,"本来我想自己写的,也写了一半了。但我们女人家写信,总是很长,而重要的意思又说不明白。心想,还是干脆求您代笔吧。短一些也行。为什么女人写信总是词不达意呢?我不知浪费了多少信纸呢。说起来也不是什么麻烦事儿,只要说清楚就行。"

"那就写吧。"丑松一口应承下来。

听到丑松的回答,师母也振作了精神,她把信中要写的事说了一遍:因为本人有要事相商,接到这封信请务必来一趟。从蟹泽有开往饭山的班船,如果不愿乘船,可以坐车,半道上再换乘雪橇来。还要写明这次反正铁了心,自己已经决定要离婚。

"您不是外人,我连这些事都拿来托您啦。"师母说着,眼里涌出了泪水,"我没有细说缘由,也许您有些不解……"

"不,"丑松打断对方的话,"我也略有所闻,实际上,那位风间先生也跟我提起过。"

"是吗?是从敬之进先生那里听说的?"师母目光里带着沉思的神色。

"不过,我知道得不很清楚。"

"实在太不像话啦,真是没脸跟您讲啊。"师母深深叹了口气,"唉,我家住持那么大岁数,还有这档子事,简直是疯子!住持他要是没疯,怎么会起那种心思呢?濑川先生,您说是吗?我家这位住持,他要是没病,倒是一个心地善良的好人,一点儿都没说的。不,就是现在,我还是相信这个和尚。"

七

"我为何这样容易感情冲动呢?"师母啜泣着,"这次有了这件事,我也没有办法啦。说起来,住持的毛病也不是现在才有的,先前那位住持死得早,他接手时才刚满十七岁,我嫁过来才三年,他到西京修行,据说年轻时就很伶俐,所以在各处集中来本山修行的青年僧众中,是数得着的人物。那时候,我同还活着的老住持的夫人,现在寺里小和尚的父亲,三人一起守着这座寺院,有五年多时间他都不在家里。细想想,住持的毛病打那时就有了。对方是西京鱼栅油坊街旅馆老板的女儿。这事儿被发现后,寺内的老和尚也放心不下,很快赶到西京去了。当时为了不让老住持的夫人担心,不使这事传到众多施主的耳朵里,我一个人真是操碎了心。后来好容易使几个钱,才让那女人同他分手。我家住持本应接受教训,彻底改正才好,谁知生来的老毛病很难改,过了三年,这回到东京真宗学校讲课,毛病又犯啦。"

师母请丑松写信,却撇下正事,唠起家常。女人家就是这样,本来简单的事情,也说个没完没了,叫你非听下去不可。

"当然,"师母又接着说,"那阵子,让他一个人那样下去也不成,好在学校能领到工资,我们不在时,寺里的和尚可以代为照料,加上老住持的夫人也想去东京看看,我也就随同一起去了。三个人住在高轮的一座寺院里,那里离学校不算远,我家住持经常打二本榎那条道路通过。刚好这二本榎住着一个年轻的寡妇,她信仰真宗,是个很有教养的人,时常请住持去讲经。那女人上坟时我曾见过,还没忘记她那模样儿,细长的身材,一双白嫩的手。有一次,这个寡妇的丑事传出去了,我家住持冷笑着说:'哼,是说她呀?那女子有怪癖,叫人没法子。'他还那样挖苦人家哩。您说怎么着,濑川先生,谁知他就同她勾搭上了,不知不觉怀上住持的种啦。这下子他也傻了,拱手跪到我面前谢罪:'我错了,实在对不起你呀。'到底是个根底纯正的人,干出那样丢人的事,一个劲儿直后悔。我从旁瞧着,也觉得怪心疼的。他求我,我也不能不理不睬,于是就写信把寺里的和尚叫来了。当时我想,他干出那种丑事,都是因为我没有孩子,我要是有个孩子,他也会变得安分些。干脆把那个女人的孩子领养过来。可转念又想,眼睁睁我就在他身边,他就同那女子鼓捣出个孩子来,我哪有脸见人?这太残酷啦。这次真得分手啦。可是女人心软,一句话就把从前的事给忘啦。'啊,怪可怜的没有我,你也不方便。'就这样我又改变了主意。不久,那女人生下了住持的孩子,因不足月,又加上没有奶,不到两个月那孩子就死了。在住持辞掉学校职务回饭山之前,我可操了不少心。这事正好十年了。自那以后,他每月讲经从来不缺席,施主的忌日他也一定去念经,到附近地方转转,也事前说好住几天。施主们也都信任他,每逢第四年头的秋天,就把大殿屋顶翻修一新。他能这样一直保持到今天该多好啊!可他,稍有成就就得意忘形,真拿他没办法。一旦倦怠,就会发病,这是他的老毛病了。唉,男人真是可怕,平时是那样知书达理,怎么一犯病就不知东西南北了呢?濑川先生,你想想,住持都五十一了,一大把年纪,还起那种心思,真是该死啊!是的,今天饭山一带的和尚,没有一个不拈花惹草的,不过也都是玩一把茶馆的女招待,或娶个小老婆什么的。可他竟对志保姑娘想入非非,真叫我没法说啊。怎么想住持也不该起这个念头。这其中必有因由,他肯定是中了邪了。志保姑娘什么话都跟我说,她说:'阿娘,您只管放心,不管怎么样,我都决不答应。'别看她是姑娘家,可是个心性刚强的女子。我也就仗着这一点,'志保,别怕,阿爹他也不是一个不明事理的人,只要你我尽到了心,他肯定会回心转意。阿爹能否重新变好,那就看咱娘俩的诚意如何啦。'我们说着,抱头痛哭一场。您说,我这是恨他吗?我只是巴望他能清醒过来啊。就为这,我打定主意和他一刀两断。"

八

丑松听罢师母讲的心里话,按照她的愿望一句句斟酌着,替她写好了信。师母嘴里不住念佛,看来在为将来的命运担忧。

"您休息吧。"

师母说着走了出去。丑松躺在桌子一侧思考起来,不知不觉睡着了。最近丑松有个毛病,总也睡不够,一躺下就像死人一样。不仅如此,他的睡眠如同掉进深坑,醒来后头脑总是沉重得很。今晚也一样,他从假寐中睁开眼,一时茫然,很晚才清醒过来。屋外的雪似乎已经堆得很厚,不时扑打着窗户。除了吧嗒吧嗒物体掉落的声音之外,一片宁静。这是一个使人感到寂寥而迷惘的夜晚。当然,这时人们都在睡眠,楼下的人似乎也都睡下了。突然一种年轻人的抽泣声微微传进了耳朵,辨不清是哪个方向,似乎是楼梯下面,又像是走廊旁边。是谁在那里啜泣呢?再仔细一听,北边廊下的挡雨窗已经打开,好像有人向外面张望,是志保姑娘!是志保在哭啊!他一想到这里,一种无言的恐惧和哀怜之情袭上全身。不过,这些都是半睡半醒中听见的。他折身爬起来,开始在屋内转悠着,这时已经听不见那种声音了。他觉得很奇怪,忽儿跷起脚跟听,忽儿把耳朵贴在墙上。最后他又怀疑自己是在做梦,那声音是实是虚,根本弄不清楚。于是丑松抱着双臂,凝望着即将燃尽的灯火,茫然站了一会儿。夜已深了,精神已经很疲倦。当他从壁橱内取出卧具来,已经不知道自己在干什么,强烈的睡意袭来,他迷迷糊糊换上睡衣,立即陷入一个没有知觉的梦境里了。

第十八章

一

　　每年都要下这样一场大雪,街上的人家和道路都埋没在一片白茫茫的积雪之中。昨夜的雪下了四尺多厚,饭山镇蓦然呈现一派北国冬天的风光。

　　这时,雪已经没有空地放置了,只得高高堆在街道中央,成了一座雪山。两侧的雪切削得很整齐,再拍打结实,站在远处一看,宛如一道长长的白色城墙。一层一层堆上去,用脚踩实后,再向上堆,几乎和屋檐一样高。对面的人家只能看到屋脊和山墙,这时的饭山,其光景好比一座从雪中挖掘出的城镇。

　　高柳利三郎和一个镇议员在中心街上不期而遇。这时,男男女女拿着雪耙子,东一堆儿西一团儿正在扫雪。"这场雪真大啊!"他俩例行公事地互相打了招呼,正要告别,镇议员喊住了高柳。

　　"您听说过没有?那位濑川教员的事。"
　　"没有,"高柳加重了语气,"我什么也没听到。"
　　"那位教员听说是秽多。"

"秽多?"高柳故意吃惊地问。

"这事,没想到吧?"镇议员紧缩着脸皮,"这是经众人的嘴传出来的,不知道是谁开的头。不过有人下过保证,绝对没错。"

"是谁下的保证?"

"这个嘛,还是不说出来的好。人家有言在先,说要是抬出姓名来,就难办啦。"

说到这里,镇议员带着一副泄露人家秘密的表情,仔细嘱咐道:"因为是您,我才说的,您可要保密啊,否则我就难办啦。"高柳撇着嘴,意味深长地冷笑着。这位爱播弄是非的镇议员,目送着匆匆而去的高柳,向反方向走了不到一百米远,又遇到一位青年。他越觉得是秘密,就越想泄露出去。

"那个姓濑川的教员,知道吗? 是这个呀。"他伸出四个指头,可对方不明白他的意思。

"我这一比划,还不明白吗?"镇议员摆着手笑了。

"我还是不清楚。"那青年一副怪讶的神色。

"真是死脑筋! 看,不是把秽多称作四只脚吗? 哈哈哈哈! 不过,这是秘密对谁都不能说。"镇议员叮嘱一句就分别了。

这时,见习教员正路过这里到学校上班,那青年看到他,立即跑过去说起下雪的事,不知何时就扯到有关丑松的谣传上来了。

"这可是极为秘密的事啊,因为是您我才讲的。"青年压低嗓门,"你们学校的濑川教员听说是个秽多。"

"这个,我也在什么地方听到过,还是有点半信半疑。"见习教员盯着对方的脸,"这么看来,越来越是事实啦。"

"刚才我碰到个人,他对我伸出四个指头,说那位教员不就是这个吗?我一时摸不着头脑,不知他什么意思,一打听,才知道是四条腿。"

"四条腿?秽多就叫四条腿吧?"

"说的是,说'四条腿'不明白,叫'四只蹄儿'不就懂了吗?"

"唔,'四只蹄儿'?"

"可真叫人吃惊,竟然有这样狡猾的人,一直隐瞒到今天。你们学校居然请这种肮脏的东西当教员,真是太不像话啦。"

"嘘。"

见习教员立即制止他,连忙回头看了看。这时,丑松看来也去学校上班,他用外套裹着身子,梦游一般从对面雪地上经过。看他那副消沉的样子,就知道他一边走一边在考虑什么。不一会儿,丑松站住了,向这边的两个人望了望,又加快脚步,直奔学校而去。

二

为大雪所阻,来上学的学生很少,等了好长时间都上不成课。教职员有的到阅报栏前边看报,有的进入校工值班室,还有的围在音乐教室里的风琴旁边。他们为这样的雪天祝福,是上天给了他们休息的机会,大家各自聚在一起闲聊。

教员室一隅,四五个教员围着大火盆,那位见习教员也挤了进来。这时大家不由又谈起了丑松,不时腾起阵阵笑声,惹得有些人跑来看究竟。最后,银之助和文平也来了,和大家一起聊起来。

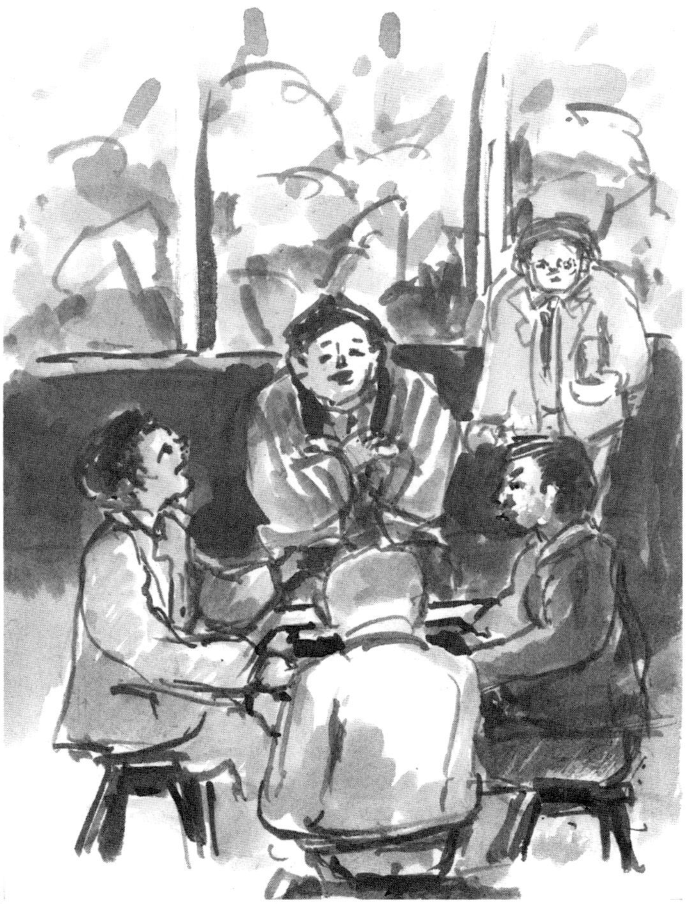

"怎么样？土屋兄！"见习教员望着银之助，"我们对濑川兄的看法分成两派，你是濑川兄的同窗，好吧，谈谈你的意见吧。"

"什么两派？"银之助关切地问。

"不是别的，是对濑川兄的看法，一种意见认为他肯定就是社会上风传的那号人；另一种意见认为纯属一派胡言。"

"请等等，"一个胡子稀疏的初小四年级教员沉静地说，"你说分两派，这有点不妥当吧。不是还有许多人既不肯定，也不否定，没妄下断言吗？"

"我敢肯定，决不会有这样的事。"体育教员很有把握地说。

"喏，土屋兄，是这么回事。"见习教员环顾一下围在火炉旁边的人，"为什么会有这样的流言呢？这里存在种种争论。总之，起初发觉濑川兄的态度有些怪，一提到我们中有新平民，谁都感到愤慨，这是理所当然的。你开始不也是一样吗？社会上流行这种谣言，已经是对我们教职员的侮辱了，所以濑川兄若心里没有愧的话，理应同我们一起感到震怒。应当表一表态呀，可他什么也不说。看他一言不发，一直沉默下去，只能说明他有什么事瞒着大家。有的人就是这么说的。此外还有人说……"他话到嘴边似乎有所顾忌，"算了，不说啦。"

"这算什么，哪有说了一半停下来的。"初小一年级高个子教员横插一句。

"应该说下去，应该说下去。"带着这种冷笑语气说话的是文平，他站在见习教员背后，抽着香烟听着。

"这可不是开玩笑。"银之助的眼睛闪着光亮，"我们从师范学校就是朋友，我非常了解他。说濑川兄是新平民，要是这样,那还了得?不知是谁先说出去的,要是社会上有这种传闻,我要同他彻底辩论一番。大家想想,这是一个严肃的问题,同吃饭喝茶等细小事不一样。"

"那当然。"见习教员应道,"所以叫我们很头疼,喏,你听我说,还有人这么说呢,只要同濑川兄提到秽多,他必然转移话题。不,不光是转移,奇怪的是脸色都变了。说到脸色,那真是又困窘,又惊慌,简直是无法形容。这不是很奇怪的事吗?我们大伙聚在一起,如有人突然提到秽多崽子,谁也不会感到不自在的。"

"这么说来,你认为濑川丑松此人有些地方像秽多喽?这一点我倒要请教请教。"

银之助耸一耸肩膀说。

"不过,最近他显得很消沉,这倒是事实。"初小四年级教员挠了挠络腮胡子说。

"消沉?"银之助追问,"沉默寡言这是他的性格,单凭这一点不能断定他就是秽多。这世界上沉郁的人有的是,但他们都不是新平民。"

"听说秽多有一种特别的臭味,闻一闻就知道啦。"初小一年级教员凑热闹地笑着说。

"别瞎说了,"银之助笑了,"我也见过许多新平民,从肤色上看同一般人不一样,通过容貌可以区分谁是新平民谁不是新平民。再加上他们遭受社会的贱视,性格很孤僻。总之,新平民中不会产生男子汉式的刚毅的青年。他们在学问方面无法崭露头角。照此推断下去,濑川兄是什么人还不清楚吗?"

"土屋兄,照你这么说,猪子莲太郎先生是什么人呢?"文平嘲讽道。

"什么？猪子莲太郎？"银之助停了一下，"那位先生倒是例外。"

"瞧，看来濑川兄不也是例外吗？哈哈哈哈。"

见习教员拍着手大笑，在一旁听他们争辩的教员们也忍不住一起笑了。

此时，这座教员室的门打开了，进来的是丑松。大家连忙闭了嘴，人们的视线一起集中到丑松身上。

"濑川兄，怎么样？你的病……"

文平意味深长地问，语调里带着讥刺。见习教员和初小一年级教员对看了一下，互相笑了笑。

"谢谢。"丑松毫不在意，"已经完全好啦。"

"是感冒吗？"初小四年级教员沉着地问。

"嗯，没什么，不碍事的。"丑松回答道，他换了一副口气说，"胜野兄，学生来的不多，怎么办？看样子土屋兄的欢送会也开不成了，好容易筹备起来的，已经来的学生也都懒洋洋的。"

"都是因为这场雪嘛。"文平微笑着，"没办法，只好延期吧。"

他们正在谈话时，校工进来了，银之助只顾注视丑松，没有听到校工说些什么。体育教员见此情景，拍拍银之助的肩膀：

"土屋兄，土屋兄！校长先生叫你呢。"

"叫我？"银之助这才回过神来。

三

校长和郡督学两人坐在会客室里,银之助敲门进来时,两人正坐在椅子上,聚精会神地密谈。

"哦,土屋君,"校长欠了欠身子,示意让银之助坐在旁边的椅子上,"找你来不为别事,近来社会上有个奇怪的谣传,这个你也许早已听说了。对于镇上人的各种议论,我们不能置若罔闻。第一,这事在外头一经传扬,真不知会有何种结果。对于这一点,在座的郡督学先生也非常担忧,冒着大雪特来询问这件事。不管怎样,你同濑川君从师范学校那时起就在一块儿,平时来往也很亲密,所以我们认为向你了解这件事,最容易弄得清楚。"

"不,我也不知道是怎么回事。"银之助笑着回答,"不管人家说什么,不予理睬不好吗?对于社会上流传的事,都一一放在心上,那就永远没个完。"

"可这件事不一般啊。"校长看看郡督学,又转向银之助,"你们还年轻,不懂得人情世故。这个社会切不可小觑和忽视啊!"

"这么说,这种毫无根据的事,因为镇子上流传开了,我们就必须加以重视吗?"

"你看,同你们真是难以讲话,当然我们也不相信,但是你想想,无火不冒烟,总有些疑点吧。土屋君,你看呢?"

"反正我不那么想。"

"你这么说就不好办啦,总是有些想法吧?"校长更加压低了声音,"近来,濑川君特别显得心事重重,是何等原因使他那样满怀忧郁的呢？以前他常来我家,这阵子他根本不来了。如果能同我们大伙儿在一起说说笑笑,也能互相增强了解,可他老是这样一个人闷着,不知内情的人还以为真的有什么见不得人的事呢。本来没有什么,也会引起别人的怀疑。"

"不,"银之助打断校长的话,"那是另外有更加深刻的原因。"

"另外?"

"濑川兄他那种性格,是不肯轻易说出口的。"

"哦,你怎么知道他不会说呢?"

"从语言上听不出来,但看行动就能知道。我长期和他相处,多少知道些濑川兄种种变化的过程,他为什么思虑重重,又为什么忧心忡忡,只要看他的所作所为,自然就能感觉得到。"

银之助一番话,很能引起对方的注意。校长和郡督学两人一边抽烟,一边静静等待着,看银之助还会说些什么。

照银之助说来,丑松满怀忧郁,和社会上的谣传完全没有关系。其实,青年时代,谁都常常受到内心痛苦的折磨。很明显,他的意中人是敬之进的女儿。但由于丑松是那种性格的男子,不但没有向朋友提起过,更没有向女方表白过。他一直默默忍受着,只是为敬之进和省吾这两位女方的亲人,一个是父亲,一个是弟弟尽心尽力。也许他想默默地尽些力量,至少可以获得些自我安慰。可以想象,他心中一定怀有别人无法知道的悲哀。当然,银之助说他自己也是偶然感到丑松内心的秘密的。而且这也是最近的事。

"因此,"银之助用手捂着额头,"注意到这些,濑川兄所做的一切就迎刃而解了。我当初也是弄不明白,因为不合情理的事太多了。"

"你说的有道理,说不定会有这种事。"

校长和郡督学互相对望了一下。

四

不久,银之助离开会客室,回到原来的教员室。这时丑松和文平两个,被其他教员围住,在大火盆旁边一个劲儿争议着什么,大家都在聚精会神地听。有的袖着手站在那儿;有的靠着桌子,手支着下巴;有的在室内走来走去,人人都在热心地听他们辩论。有的用探寻的目光瞅着丑松的脸色;有的显现出半信半疑的样子。听到两个人说话的语气,银之助知道双方都很激动。

"你们在议论什么?"

银之助笑着问道。这时,见习教员坐在人们背后,打开笔记本,为丑松和文平两人画肖像。

"刚才,"见习教员转向银之助,"他们为猪子先生吵得不可开交哩。"说着,他舐了一下铅笔尖,笑了笑,又继续画着。

"我们哪里是吵?"文平纠正说,"我只是问问濑川兄,为何要研究那位先生写的书罢了。"

"不过,我不明白胜野兄说的是什么意思。"丑松的目光里余怒未消。

"我是说你总有些什么缘由吧。"文平始终带着讥刺。

"什么缘由?"丑松耸动着肩膀。

"好,这么说吧。"文平认真起来,"比如……还是给你打个比方吧。这里假若有这么一个人,这个人是疯子,一般人对待他是不会有什么深切的同情的,不是吗?不可能去怜悯这种人的。"

"唔,有意思。"银之助看看文平,又看看丑松。

"假如这里有一个人,他有着满心的痛苦,他看到这个疯子那种可怜的样子,看到他那因绝望而瘦削的身体和神色,还会联想到这疯子会悄然死去而不为人所知。这是自然的,他之所以同情疯子,是因为他有这样的痛苦,这就是问题的症结。濑川总考虑人生问题,他特别注意猪子先生那种痛苦的光景,也是因为濑川兄本人也有深深的伤痛啊!"

"那当然,"银之助接过话头,"要不是这样,即使读了也不理解。不是吗?我以前就对濑川兄说过,濑川兄不说,我也完全知道。"

"那么为什么不说呢?"文平意味深长地问。

"这就是他的天性。"银之助若有所思,"濑川兄他这人一直都是这样。我们这种人一切都暴露无遗,毫无隐瞒之处。濑川兄不说,并不是想隐瞒什么,而是天生不爱说。哈哈哈哈,这实在叫人感到同情……没办法,生下来就是苦命。"

银之助说罢,听的人都无意地大笑起来。见习教员暂时停住手里的笔看着。普通一年级教员又转到丑松背后,眯缝眼睛,悄悄嗅了嗅,看有什么气味。

"其实,"文平弹掉烟灰,"我也从某个地方借来猪子先生写的书看了,这位先生究竟属于何种人呢?"

"你说什么?何种人?"银之助戏弄他。

"他不是哲学家,也不是教育家,更不是宗教家。如此看来,也不能算普通文学家。"

"先生是新思想家。"银之助这样回答。

"思想家？"文平嘲讽地说，"嘿嘿，依我说，他是空想家、幻想家，干脆说，是一个疯子！"

他那种语调显得很特别，教师之间又爆发一阵狂笑。此时，丑松怒不可遏，全身热血奔涌，仿佛一下子冲向脑门，惨白的双颊猝然灼热起来，眼圈和耳轮都红了。

五

"嗯，胜野兄说得很好。"丑松说，"那位猪子先生，正如你所言，是个疯子。你看，不是吗？今天这个社会，哪个不是自卖自夸，阿谀逢迎，并把自己的事迹写成自传，向社会大肆吹嘘？若不是疯子，谁会写那种叫人淌冷汗的什么《忏悔录》之类的书呢？夺取那位先生职业，并使他备尝痛苦的就是这个社会。他为着这个社会悲伤流泪，为写作倾注了满腔热情，发表演讲，以至于殚精竭虑，笔秃舌烂。这样的大傻瓜在今天的社会上哪里去找？哈哈哈哈！先生的一生实际上是忏悔的一生，空想家也好，幻想家也好，他就是遭受此种嘲弄的忏悔的一生。'任何痛苦和悲伤，都不能悲诉乞求。置社会上一切冷嘲热讽于不顾，默默然做一个像狼一般的英雄而死'。这就是那位先生的主张。你看，这种主张不是一个十足的疯子吗？哈哈哈哈！"

"你不能那样激动。"银之助安慰丑松。

"不，我没有激动。"丑松答道。

"不过，"文平冷笑着，"猪子莲太郎是什么人，顶多不就是个秽多吗？"

"就算是，又怎么样？"丑松追问。

"那种下等人种,能产生什么好样的来?"

"下等人种?"

"本性卑劣,又牢骚满腹,不是下等人种又是什么?还妄想在社会上抛头露面,这种想法本身就是一大错误。还是摆弄摆弄兽皮,夹起尾巴做人,对这位先生最为合适。"

"哈哈哈哈!这么说来,胜野兄是已经开化的高等人,猪子先生是野蛮的下等人种喽?哈哈哈哈,我过去还以为你和那位先生都是同一种人哩!"

"算啦,算啦!"银之助不耐烦起来,"这种争论实在没意思。"

"不,不是没意思。"丑松听不进去,"我是很认真的,好,你听我说,刚才胜野兄说猪子先生是野蛮的下等人,他说得很对,看来是我错了。是的,正像胜野兄说的,那位先生最好还是去摆弄摆弄兽皮,夹起尾巴做人。只要这样沉默不响,就不会得那样的病。他何必奋不顾身,天天不停地同社会战斗?这不就是疯子吗?啊,一个开化的高尚的人,早就打算为了在胸前挂上一块金字招牌,而从事教育事业了。而野蛮的下等人种的悲剧,就在于像猪子先生那样,连做梦都没有想到要获得这样的成功,从一开始就把生命化为原野的一颗露珠了。死,也要死在人生的战场上。这种昂扬的气概,哈哈哈哈,不是很悲壮很勇敢吗?"

丑松张开大嘴,露出上齿,颤抖着身子,又像在笑,又像在哭。郁勃的精神溢出体外。他的额头发亮,双颊震颤,愤怒和痛苦使得满脸涨得通红。这时,那种粗犷而沉毅的表情,看上去比平素更加显得凛然难犯。银之助奇怪地盯着朋友的脸,他已经很久没有看到这种充满青春活力的表情了。他仿佛切实感知到丑松那种刚烈的生命本源。

对方沉默不语,丑松就此结束了这场争论。文平似乎一直没有平静下昂扬的情绪,他本来想把丑松骂倒,骂臭,结果反而被对方压倒而败下阵来,因而更加表现一种轻蔑憎恶的神色。

"等着吧,你这个秽多!"文平的眼里依然怒气未消。过一会儿,他叫上那位普通一年级教员,走到窗户旁边。

"怎么样?你看,濑川君今天的谈话不就等于已经坦白了自己的秘密吗?"

这时,见习教员已经画完了铅笔速写,大家又都围拢了过来。

第十九章

一

丑松在学校里听说市村律师和莲太郎两人，冒着大雪到饭山来了，高柳一伙人知道消息后非常惊慌，进一步加强提防，频繁活动起来，又是访问当权者，又是分发推荐书，又是进行秘密拉拢。据说一群打手，为了给高柳一伙竞选助威，已经住到镇上来了。选举斗争渐渐临近了。

这天，丑松和银之助两个留在学校值班，银之助推说有事出去了，天黑还没有回来，日志和钥匙都留在丑松这里。丑松心情很是不安，一闲下来就躺在值班室的榻榻米上，独自冥思苦索。冬季的一天就是在这种痛苦的情绪中度过的。莲华寺向晚的钟声震动着值班室的玻璃窗，丑松听到钟声，更感到心情焦躁，不由记挂起志保姑娘。假如志保知道了师母的决心——说不定早已明白——作为养女，她能在一旁看着不管吗？但是她又怎么能够回到继母身边呢？

"唉，志保姑娘也许会寻死的。"

他一想到这里，一种难言的悲哀立即袭上全身。

等了又等，银之助还没有回来。丑松长时间靠着桌子，对着灯光又想起志保的事。他悄然望着那半明半暗的灯火,沉浸于各种想象之中,不知不觉疲倦了。他就那样靠着桌子昏昏然睡着了。

这时志保姑娘走了进来。

二

这里不是学校吗?志保姑娘怎么会到这个地方来呢?丑松不能不感到奇怪。不过,这个疑问很快就得到了解释。志保肯定有什么话要和他说,所以特地找到这里来了。他心中这么想。一看到那双梦幻般的温柔的眼睛,他就清楚地知道志保想要说些什么。为什么只对父亲和弟弟那样亲切,而对她是那么疏远呢?为什么同在一个屋檐下,彼此心气相通,却不肯说一句体己的话呢?为什么话到嘴边欲言又止,就那么闷在心里,甘愿忍受恐怖和痛苦的折磨呢?

这些话虽说都是他喜欢听的,然而好景不长,不知什么时候,文平进来了,似乎有什么急事,不断催促志保,最后,他搀起羞答答的志保的手,硬要把她拉走。

"胜野兄,请等一等,你不要太勉强好不好?"丑松制止了他。这当儿,文平回头看着丑松,两个人的目光碰在一起,似乎要迸出火花。

"志保姑娘,告诉你一个好消息。"

文平把嘴凑到她的耳畔,仿佛要说出那件被丑松隐瞒的可怕的秘密来。

"哎呀,他要是对她说了,该怎么办?"

丑松慌忙前去想制止他,蓦然间醒了过来。

239

原来是做梦！当他醒来时，痛苦也就没有了。可是，梦里的印象依然存在，虽然醒来，但恐怖的影子还没有退去。他环顾室内，既没有志保，也没有文平。正在这个时候，银之助抱着包袱打开门走进来。

"啊，我回来太迟啦，濑川兄，你还没睡？来，今晚我们躺着聊天儿。"

银之助说着，嘎嗒嘎嗒甩掉皮鞋，脱去西服上装挂在钉子上，将衬领放在桌面上，胡乱解开了裤带儿。

"我们就要分手啦。"银之助黯然地说。

这是个八铺席的房间，他们这对好朋友每逢值班时，总是并枕而卧，一直谈到天亮。如今，银之助有点儿恋恋不舍，他没有换睡衣，仍然穿着那身内衣和衬裤，笑着钻进了值班用的被窝。

"和你一起躺在这个房间里，也只有今天一个晚上啦。"银之助若有所思地叹息着，"对我来说，这是最后一次值班。"

"是吗？就要分手了吗？"丑松说着，也把头靠到枕头上。

"我总觉得今晚就像躺在师范学校的宿舍一样。我又回忆起往昔，想起和你一同上学的那个时代。不知道过去的老同学都怎么样了。"说着，银之助改换了口气，"不说这些了，濑川兄，我有一件事想问你。"

"问我？"

"是的，你老是那么闷闷不乐，这种性格可要吃亏的。我看你的样子，知道你心中很痛苦，但你只是独自思虑，独自烦闷。其实你不说我也明白，说实话，我也在为你担着心啊。你心中苦闷，稍微叙说叙说不好吗？作为朋友，我也可以助你一臂之力呀。"

三

"你为何要这样呢?"银之助深表同情,"我是学科学的,平素只顾埋头搞研究,抑或你以为对我说也没有用。可我也不是那种冷酷无情的人,对别人的苦难只知道旁观和嘲笑。"

"你不必这样说嘛,我也没有说你残酷啊。"丑松俯伏着身子回答。

"那就说给我听听吧。"

"叫我说什么呢?"

"我以为你完全没有必要瞒着。你越是不说,就越苦恼。我曾一度只顾搞研究,总是用解剖的眼光看待事物。最近我大有醒悟,你为何要搬到莲华寺?你为何一个人独自苦恼?这些我全都清楚。"

丑松没有回答,银之助继续往下说:

"照校长先生等人的说法,这种事毫无价值,为什么呢?他们以为这是青年人的通病。不过你想想,那位校长先生也有过青春时代啊。他们那时情调浪漫,却叫我们一本正经。哈哈哈哈,你说对吗?所以我把他们给顶了回去。今天校长和郡督学找我去,问我:'濑川君为何那般消沉?'我就说:'你们也该记得,谁都有过年轻的时候啊!'"

"哦,是吗?郡督学竟问起了这些事。"

"瞧,你那般消沉,可知道人家怎么说你?所以你被误解了啊!"

"误解?"

"可不,说你是新平民,竟然有人这样信口开河。"

"哈哈哈哈,你看,把我当做新平民也可以嘛。"

屋子里一阵长时间沉默,微弱的灯火射到天花板上,形成一圈儿朦胧的光晕。银之助凝望着,描摹出种种幻影来。丑松默然不动,银之助以为朋友早已入睡了。

"濑川兄,已经睡了吗?"

"没有,还没有。"

丑松屏住呼吸,在被窝里战栗着。

"今晚总也睡不着呢。"银之助将两手放在被子上,"来,我们再聊聊吧。每逢我想起青年时代的悲哀,总想为你哭泣。爱情和名誉,啊,它可以使一个有为的青年活下去,也可以要他的命。其实我很理解你的心情。从你的性格看,我认为理应如此。对于你所爱慕的人,我也暗暗寄予同情。所以我今晚上才对你说。依我看,你把问题想得太复杂了,这就是我对你的忠告。你说,不是吗?你大可不必那样独自苦恼,既然有我这个朋友,完全可以商量一下,总会找到出路的。只要你说出'土屋弟,你看这样办好吗?'我虽然能力不够,也会尽量帮你一把的。"

"啊,只有你跟我说出这些事。你的这份心愿十分难得。"丑松深深吐了口气,"跟你实说了吧,你的看法是对的,我确实有过,不过……"

"哦?"

"你还不很清楚,因此才这样劝我。其实那个人早已死啦。"

两人又是一阵沉默。过一会儿银之助又开腔了,其时已经没有一点儿回应了。

四

银之助的欢送会从第二天上午一直开到下午两点,中间夹一顿午饭,不是盒饭,而是寿司卷儿。教员学生轮番致欢送辞,还有几个文娱节目。许多天真无邪的少男少女悲喜交集,幼小的心灵里都把这天当做难忘的日子。其中惟有丑松一个人感到心中不是滋味,他一点儿记不清看了些什么,听了些什么,头脑里留下的只是教员和学生喧闹的笑声,以及每次节目开演时的鼓掌声,还有在那一片混杂之中有人有意无意偷偷看着他的眼睛。他一直感到被人盯梢,一种担心、屈辱和恐怖,使他对看什么和听什么一概失去兴趣和好奇。丑松甚至已经六神无主,诸事都已忘却,一心回忆着父亲的戒语。"看吧,土屋君一定会出人头地。"教员们互相议论。丑松听到这些,对比一下自己黯淡的前途,实在羡慕这位至少未生在秽多家庭的朋友的命运。

欢送会一结束,丑松立即离开学校,匆匆回到莲华寺。他站在厢房入口的庭院里,向里头的客厅一望,有一位身穿白衣的尼姑出出进进。丑松联想起前天晚上师母托他写信的事,推测那女子就是师母的妹妹。这时,女仆袈裟治从厨房跑出来,交给丑松一张名片,一看是猪子莲太郎。袈裟治还说,客人是今天一早来访的,旅馆是上街的扇屋,寒暄几句就走了,门外还站着一位穿西服的大胖子。"唔,那一定是市村先生。"丑松自言自语。

"我这就去见见他吧。"丑松接着想到,只要没有什么见不得人的事,当然是应该去见面的。他恨不得一下子飞到那里。"等等!"丑松自己制止住自己,人家要是以为那位前辈和自己有着什么特别深的关系,怎么办?连阅读他写的书不是也有人怀疑吗?何况冒冒失失前去访问他呢。莫非……啊,还是等等吧,等天黑以后再说。丑松经过仔细考虑,打算天一黑趁着人家不知道,去旅馆见面。

"这事就这么定了,不知志保姑娘怎么样了。"丑松记挂着志保,登上了二楼。刚搬来这座寺院时的情景立即浮现在心头。看上去一切依旧,古老的火盆,粗糙的挂轴,还有桌子、书箱都没有变。比起这些,人的境况越来越艰难了。丑松想起那位从鹰匠街被赶走的不幸的大日向。他记得,从这座莲华寺回去时,正好碰到灯光照着暗夜的道路,一乘轿子抬了出去。他想起那个跟在旁边的保镖来,老板娘在门口道了声"祝您愉快"。想起旅馆的人又是咒骂又是发牢骚,最后还有人骂了声"活该"。一想到这些,丑松就浑身打冷战,从脖颈顺着脊骨一直凉到脚底。如今,他谁也不怪,唉,这完全是自己命中注定。为什么新平民就该这样遭人贱视和污辱呢?为什么新平民就不能和普通人一视同仁呢?为什么新平民在这个社会没有生存权呢?人生真是残忍、冷酷。他在房间里来回踱步,反复在想。

这时,格子门一开,师母走了进来。

五

师母坐到了丑松面前,显得有些失魂落魄。"我一直担心会发生这样的事。"她先说了这么一句,然后就把昨夜的事情说给丑松听。一听才知道,志保说要去寄信,天黑时出了门,一直没有回来。她给师母留下一封信,放在柜子上了。这封信写的完全是心里话,好多地方被泪水濡湿了,文字难以辨认。信里说,为了她一个人,给大家添了不少麻烦,实在对不起情深义厚的养父养母。听说阿娘决心离婚,可千万别这样。十三年来所受的恩惠,一生难忘。自己很想永远待在阿娘身边,母女两个呼娘唤女地过日子。万事皆由天定,望阿娘想得开些,原谅志保吧。末尾写着:"母亲大人,志保。"

"不过,"师母用袖子擦了擦眼角,"年轻人难免一时想不开。昨晚我一整夜都没合眼,今儿一大早派人去找,唉,听说是回到她父亲那里去了。"师母说到这里,换了一副口气,"长野的妹妹很快就来了,她看到这番情景,您不知该有多么惊讶啊!"师母悲切地哭着,她可怜那个不幸的姑娘。

真可怜,舍弃了住惯了的地方,舍弃了深明义理的人们,当她踏雪而逃的时候,那是一番怎样的心情呢?丑松听了师母的话,对志保姑娘决心离开这座寺院时内心的痛苦和悲哀十分关切。

"唉,经过这一场,这位住持总该清醒过来了吧?"老脑筋的师母自言自语。

"南无阿弥陀佛。"师母口中念念有词地出去了。丑松靠在老墙上站了好一会儿,爱怜和同情把眼睛看不见的事实生动地像画一般描绘出来了。丑松在心中想象着志保的样子:她一边急急赶路,一边回头望着这座寺院。她的那位只知道钓鱼、午睡和喝酒,别的一概不闻不问的衰老的父亲,一群哭哭闹闹的孩子,还有那位继母,啊,她即便跑回家中,往后可怎么办呢?"唉,志保也许真的会死。"他猛然想起昨夜里的事,心中充满难以形容的悲哀。

245

丑松连忙离开墙壁，戴上帽子，走下楼梯，穿过厢房走廊，像有什么急事似的出了莲华寺的山门。

六

"我到底要上哪儿？"丑松走了两三百米远，这才自己问自己。他被绝望和恐怖所左右，心情恍惚，无目的地彷徨于雪路之上。镇上的人们都聚在街道上忙着收拾积雪，这些雪直到春天都不会消融。每当积雪从板葺的屋顶上扒下来散落于路面上的时候，就发出可怕的声响，丑松几次都对这种响声感到震惊。不仅如此，当他看到四五个人集合在一起谈着什么的时候，马上就觉得是在议论自己，变得疑神疑鬼起来。

在一条街的拐角处，他看到一家酱园店的旁边贴着广告，一大张白纸上写着黑字，并用红墨水画上了双圈儿。下面站着好多人在看。丑松不由站住，仔细一瞧，是市村律师表述政见演讲会。莲太郎的名字也同讲题并排写在上面了。会场是上街的法福寺，开会时间为这天下午六点。这么说来，演讲会要在家家户户吃完晚饭之后才开始。丑松看完广告，照旧向前走去。也许是疑心生暗鬼吧，如今，在这大白天里，他也体验了这种心情。各种可怖的面孔和嘲讽的声音，一切能表现人种差别的东西，都从四面八方一齐向丑松袭来。连那些可恶的乌鸦都发出轻蔑的可厌的鸣声，得意洋洋地叫着从头顶飞过。啊，连鸟儿都巴不得自己倒在雪堆里。他越想越悲观泄气，大步流星穿过看街的大道。

丑松不知不觉来到千曲川畔，那里是称作"下游的码头"，可以俯瞰涨水的河面。虽说是码头，实际上是一座浮桥,连接着下高井一块地方。雪地里踏出一条灰色的道路,成群的游人南来北往,载满货物的雪橇打路上通过。渺远的河面看上去似白茫茫的大海,芦苇、杨柳、都被深深遮掩了。高社、风原、中之泽以及其他连接越后境内的众多山岭自不必说,就连对岸的村落和林梢也埋在雪里,只能听见隐约的鸡鸣。千曲川从中间静静流过。

这种光景如今展现在丑松眼前,就连平素不太引起注意的东西,也都在眼里留下鲜明的印记。有时又觉得那些东西的轮廓模糊一片,一个个都在不停旋转。"我今后怎么办?到何处去?做些什么?自己究竟为何生在这个世上?"他一味胡思乱想,不得其解。丑松久久伫立,眺望着千曲川河水。

七

丑松有些心烦意乱,他一边思考自己的一生,一边向浮桥方向走去。丑松仿佛觉得身后有人追逼,当然这是不可能的,他明明知道,但仍然放不下心来。丑松几次回顾背后,这时突然感到一阵眩晕,摇摇晃晃就要倒在雪地上。"啊,你真混,真混!为什么就不能坚强些呢?"这话既是咒骂自己,又是鼓励自己。积雪在河滩的沙地上堆成一座座小山,他深一脚浅一脚踏过这些小山,不久就来到浮桥上面。放眼望去,两岸雪白的风景更加漫无边际,眼中所见,远远近近都是盘旋低飞着的饥饿的鸦群。船夫正忙着收拾河船,一群群农民打着灯笼返回自己的村庄。眼里的这一切都是令人感到凄苦的冬季的风景。混浊的河水呈现暗绿色,从上游滚滚而来,澎湃有声,仿佛要把人一口吞噬。

他越是深深思考,心情就越发黯然,要是被这个社会抛弃,那真是太残酷无情了!啊,放逐,这是一生的耻辱,果然如此,将来如何生存下去。吃什么?喝什么?自己还是青年,有希望,有理想,也有野心。啊,他不想被抛弃,不想遭到非人的待遇。他想永远和世上普通人一样地活着。他想起同族人所受到的种种悲哀和屈辱,这个世界不合理的习惯,想起秽多的历史,他们被当成最低劣的人种,一直遭受贱视和欺侮,甚至比不上那些打更守夜的杂役人和乞丐阶层。丑松回忆起自己所见所闻的种种事实,想起那些被驱逐和隐瞒自己出身的人们——父亲、叔父、前辈,以及下高井那位阔佬,想想他的心情,比比自己的处境。最后,他还想起众多美丽的秽多出身的姑娘,她们被秘密贩卖,沦为娼妓。

每到这时候,他就感到后悔,自己为何要做学问?为何要有羡慕正义和自由的思想呢?如果不知道自己也和普通人一样,不就可以甘心情愿忍受世人的轻侮吗?自己为何托生为人,而活在这个世界上呢?要是作为奔突于山野的兽类的一员,不就能够毫无痛苦地度过此生吗?

丑松心中回忆着过去的欢乐和悲苦,想起来饭山教书以来的情况,想起师范时代的生活,也想起待在故乡的那段日子。这些早已被忘却,长年未曾记忆的往事,却恍如昨夕,历历浮现于脑际。如今,丑松也顾影自怜起来。不久,这些对往昔的回忆,在脑中乱作一团,如轻烟一般消失之后,他集中考虑着将来必须选择的两种道路——放逐还是死去。丑松不愿被放逐而活着,他情愿选择后者。

短暂的冬季的一日很快就天黑了,丑松怀着此生不会再相遇的悲壮的心情,站在桥上向远方眺望。西南方的天空飘浮着一片冬云,使人仿佛看到了可怀恋的故乡的山丘。那片云彩呈焦黑色,只在边缘泛出黄色的光芒。上面悬浮着几条带状的水气。啊,太阳落山了,两岸萧条的风物全都包裹在这夕暮的霞光和空气之中。丑松一边走在摇晃着的浮桥桥板的边缘,一边想到"死"是如何可怖。

此时,莲华寺的钟声带着无限悲凉的音调,震动着丑松的耳鼓。接着,千曲川的河水变得暗淡了,飘浮于天空的冬云由焦褐色变成灰紫色。这时候,太阳已经远远沉没下去了,高悬的水蒸气,猝然映出薄红的光芒,又一下子被抹消,而变得灰暗了。

第二十章

一

丑松在浮桥上忽然想到,自己的事总得告诉那位前辈为好。

"啊,这可是最后的离别啊!"

他又自己可怜起自己来,不由叫了一声。

他拿定主意,转身向来时的方向走。这时,闰月初六的夕月已经升上黄昏的天空。然而,丑松没有径直走向莲太郎的旅馆,他知道,演讲会就要开始了,看来只能等结束之后再去了。

上游码头附近有一家面馆,平时一般人不大来这里。丑松刚一走过门前,晚餐的炊烟就从房檐下冒出来混合着饭菜的香味,飘溢到屋外来。一看,炉火熊熊,丑松不由站住脚,此时他早已饥肠辘辘,不想赶回莲华寺吃晚饭了,随即走了进去。炉边站着四五个船夫,还有一位正在用餐的拉雪橇的汉子。对于熬时间的丑松来说,即便不想饮酒,也必须要上一壶。于是,他点了一壶酒,一碗盖浇面。不一会儿,他点的面和酒热气腾腾地摆在了面前。丑松一阵激动,浑身战栗,他一面闻着盖浇面的香味,一面默默听别人闲谈。眼前面对的是一派凋零的景象,他深深感到,船夫和橇夫,还有那些下等工人,他们口中的话语和叹息,所蕴含着的真正的意味。实际上,丑松现在的心情,同那些过了今天不知有明天的混日子的人没有什么两样。炉火正旺,人们在吃喝谈笑,丑松也跟着一同苦笑起来。

等着等着,因时间太长,实在叫人难熬。然而时间又过得很慢,不一会儿,坐在那里的橇夫出去了,又换了一个人。无意中丑松听说高柳一伙人活动很厉害,光是雇佣打手花的钱就不是小数目。他们还租下某家旅馆当做办事处,开办流水宴,酒放开肚皮喝,人来人往,出出进进,乱作一团。尽管如此,丑松还是在想象着:今晚的演讲会吸引了全镇的人吧?眼下那位前辈雄壮的话音一定在震动着法福寺的墙壁吧?他估摸着演讲会快要结束的时候,除了酒钱之外,又丢下几个茶钱,走出那家面馆。

月亮当空照着,刚才待在昏黄的灯光下,突然走到屋外,一时感到有些不适应。微弱的月光照耀着家家户户的房顶,将庇檐的影子也映在地面上了。夜雾像烟一样笼罩了全镇,一切显得那么辽远、幽深和静寂。如果有"夜色凄迷"这一说法,也许指的就是这样的月夜光景吧?一种无可名状的恐怖,涌上丑松心头。

这时候,背后似乎有人跟来,你慢他也慢,你快他也快,紧追不舍。他本想转头望望,但是他不敢。想着想着,不由感到有人悄悄走到背后,突然向自己扑来。走到一个街角处,那脚步声忽然消失了,这时,丑松才回过神来,深深舒了一口气。

向前走,依然月色朦胧。啊,仿佛这光里可以看到一种幻影,背影处潜隐着一种颜色。丑松沐浴在烟一般的夜气里,当他看到对面走过来的人影时,紧紧缩着身子,以为就要大难临头了。谁知对方只是向他瞥了一眼就过去了。

这天晚上,气候有些缓和,但对于一个满腹狐疑的人来说,在这样的冬夜里完全是另一番心情。天色阴沉,飘浮于低空的云层稍显灰白,星星隐没了,只有一颗散射着光辉。道路两旁的家家户户都已经关门了,随处都有灯光从窗户里漏泄出来。丑松走过阒无人声的道路,稍有一点奇怪的响动,都会使他胆战心惊。

二

正好,演讲会结束了,一群群听众络绎不绝踏着雪走回去。丑松走近人群,听到他们都在议论纷纷,随便问问开会的情况,人人激昂慷慨,义愤填膺,没有一个不骂高柳的。有的说要把那家伙赶出饭山,有的呼吁投市村律师的票,有的则对当今许多政治家流露十分绝望的情绪。

也有的人站在月亮地里交谈,听那些人说,莲太郎的演讲虽然不怎么精彩,但很有吸引力,他的每一句话都感人肺腑。高柳一伙的六七个打手,试图捣乱会场,但最后都安静下来,未敢闹事。悲壮的热情和深刻的思想,构成莲太郎演说的显著特色。不过,有时听起来又有些病态。最后,莲太郎通过一些具体例子,阐明那些不老实的政治家们,那种欺骗社会、毁灭人道的行为,深深触及了高柳的痛处。他揭露了高柳的秘密——和六左卫门的关系,指出高柳的结婚真相完全是出于此种卑劣的动机。

丑松又听另外一群人说,莲太郎演说期间,不住咯血,最后走下讲台时,手里的帕子都染红了。

看来,莲太郎的演讲深深打动了镇上的人们,丑松被这位前辈勇敢而豪迈的行动打动了,不由产生一种不安的情绪。现在该是莲太郎回旅馆的时候,去见见他吧。丑松思忖着恍惚地向前走去。当他趑到扇屋旅馆外头时,把身子闪到街灯的灯影里,向屋内张望。里面好像发生了什么事,人们进进出出。一位五十岁光景的男子,看样子是老板,他趿拉着草鞋,慌里慌张打着灯笼正向外走。

丑松叫住他,打听莲太郎的事,这时他从老板嘴里听到关于莲太郎的意外消息:在法福寺门前,这位前辈遭人袭击了。是真?是假?如果是事实,那肯定是高柳的报复行为。啊,丑松半信半疑,他已经无暇考虑了,只是胸中七上八下,跟着老板向法福寺方向急急走去。

啊,丑松跑到那里已经迟了。不光是丑松,连律师也没有及时赶到。听说事情是这样的:莲太郎说要先走一步,他穿上外套来到外面,律师留下来收拾东西。谁知他被石头砸成了重伤,本来就是个病弱的身子,再加上疲劳,看来是没有力气抵抗了,于是鲜血流到了雪地上。

三

据说一定要进行尸检。莲太郎的身子裹着外套躺着,没有人动一动。丑松不由跪下,将嘴凑到前辈耳畔,仿佛这样就能听到他说些什么。

"先生,我,我是濑川。"

不管他怎么呼唤，都没有反应了。

青白的月光照在地上，更增添一层死的凄凉。人们站在清冷的月光和严寒的夜气里，等待警察和法医的光临。有的人像影子一样蹲踞着，有的人并排着边走边说。律师怅然地垂着头，袖着手呆立着，不说一句话。

过一会儿，镇公所的人来了，警察来了，法医来了，不久就开始检查尸体。灯光照着前辈的遗容，看上去全变了，颧骨隆起，鼻尖突显，嘴唇紧闭，毫无血色。一副英雄汉的容貌里，暗含一种痛苦的暗影，可以想象他牺牲时的惨烈的光景，看到的人无不为之伤心动情。万事都由见义勇为的扇屋旅馆的老板做主，尸检结束后，镇公所的那伙人回去了，决定先把遗体运回旅馆。为了抬上门板，律师抬着脚，丑松绕到头部，将两手深深插入前辈的两肋，啊，这时他才发觉莲太郎的身子早已变得冰凉。丑松这时多么悲伤啊！他把自己的面颊贴在前辈的面颊上，"先生先生"地呼喊着。这时，老板走过来，将莲太郎耷拉在两侧的双手交叉于胸前。就这样抬上门板，再盖上外套，朝扇屋旅馆走去。这时候，月亮就要落下去了，人们打着灯笼，照着路面，丑松也在雪地上走着，发出咯吱咯吱的声响。他想起前辈的一生，此种结局也不是全然没有料到。回忆起在根津村旅馆共进晚餐时，前辈不住谴责高柳的卑鄙用心，他愤然指出："怎么能这样侮辱新平民？"他想起去上田车站的路上，过桥时莲太郎说的话："就算我们卑贱无识，也不可如此任人践踏。"他还想起前辈所说的："高柳的言论，不听则罢，既然听到了，知道了，就这样默然回去，也显得我们新平民太没出息了。"后来他的夫人劝他一同回东京时，前辈又骂又哄，干脆把她打发回去了。凡此种种，加起来一想，便知这位前辈是怀着不为别人所知的决心而到饭山来的。

早知如此,干脆早些说出自己也是新平民不好吗?要是这样,自己的心情也许能得到前辈深深的理解呢。

后悔已经无济于事了,丑松又羞愧又悲哀。啊,几小时前莲太郎还同律师一块儿说着话儿走出扇屋旅馆,如今却被放在门板上抬进了同一座大门。总得先给东京的夫人打个电报去,丑松接受了这项任务,到邮局去拍电报,夜已深了,道路上没有一个人影。但电报一定要拍,邮局的人即使睡了也要叫起来。然而,考虑到收到电报时夫人的心情,应当如何措辞才好呢?他一时没了主意。丑松来到黑暗幽寂的十字路口,这时,远方传来阵阵狗吠。他实在不能控制自己了,悲伤的泪水夺眶而出。丑松一边走一边放声恸哭。

四

眼泪反而润泽了丑松枯竭的内心。打完电报回来的路上,丑松想到莲太郎的精神,又对比自己,前辈的一生确实是豪迈的一生,是真正的平民的一生。他不管走到哪里都坦率说出自己原来的出身,反而获得人们的包容和谅解,"我不以秽多为耻。"多么豪壮的思想啊,相比之下,自己如今的一生……

事到如今,丑松这才想到,自己隐瞒又隐瞒,只能消磨自己本来的天性,事实上一刻也没有忘掉自己。想想过去的生涯,是虚伪的生涯,自己在欺骗自己。啊,何必顾虑?何必烦恼?勇敢地向社会宣传"我是一个秽多",又有什么不好?莲太郎的死是如此教育了丑松。

丑松带着一副哭得红肿的脸回到扇屋旅馆,看到许多人集合在客厅里商量以后的事。莲太郎的遗体停放在客厅里的壁龛附近,头朝北,盖着旅行用的褐色毛毯,脸上覆着白手帕。看来是老板的主意,灵前摆着小桌,上面放着新制的陶器,线香的烟雾在室内的夜气里交织、弥漫,烛影摇曳,这一切都显得十分悲凉。

去警察署的律师回来了,他对丑松讲了莲太郎的事。原来自从上田车站分别以来,莲太郎到小诸、岩村田、老贺、野泽、向田以及其他地方,发表了关于详细进行社会考察的演讲,接着来到长野的饭山。在这之前,他一直兴致勃勃。

"连我都感到意外,"律师回忆着,"我俩一同离开这里到法福寺去,这当儿我做梦也没想到他要发表那般激烈的演说。平时每次演说之前,他都要和我商讨一下演说的内容,看这样说好,还是那样说好。他经常一边吃饭一边讲给我听。谁知,惟独今晚却什么也没说啊!"他叹息着,"啊,也许你们认为我是个无情的人,大家这样想,我也没办法,我确实是个无情的人。如果我硬要叫猪子先生和夫人一起回东京也就没事了。正如你所知道的,猪子先生身体那样虚弱,当初他要和我来信州时,我是极力劝阻的,当时他说:'我有我的主意,你千万不要阻止我。就算我是给你跑腿的,别人看来我是得了你的好处。总之,你干你的我干我的。'他既然这么说了,对于他的一腔热情,我也不好泼冷水,也不想辜负他的一番厚意,就这么一起来了。唉,今后我再也没有脸见那位夫人了。还说什么'夫人你不要担心,猪子先生就交给我啦'之类的话,我真不知如何谢罪才好啊!"

这位身体肥胖的律师,依然穿着那身西服,说着说着,奉拉下脑袋来。这时扇屋旅馆的客人早已就寝了,没有一点活气的冬夜更加显得一片死寂。就连那些平素一提到新平民就皱眉的人,对于莲太郎的死也很痛惜,尤其对他的悲惨的结局抱着深深的同情。"警察不会不管的,等着瞧吧,说不定正对高柳下手呢。"人们互相议论。

丑松越是看着,越是听着,就越觉得被死去的前辈拉着手走向一个新的世界。告白,在同是新平民的前辈面前都踌躇不定,何况面对社会上的人公开暴露自己的身份呢?这在过去简直是不可想象的。如今丑松猛然获得了新的勇气。不管怎么说,过去的自己权且死去,舍弃爱情,抛却名誉——啊,多少青年废寝忘食、梦寐以求的现世的欢乐,对于一个秽多出身的人又有什么用呢?

作为一个新平民,也和前辈一样,自己所承受的屈辱已经够多的了。他想到这里,热泪顺着青春的面颊滚滚流淌。实际上这是自己在可怜自己,是打内心流出的生命的汗水!

想来想去,明天就去学校公开告白,在教员同事和学生之间谈清楚。对,应考虑好如何做才能不给后世留下笑柄,要尽量不给别人添麻烦。他下定决心之后,就开始考虑如何跟学生说,怎样写辞职报告,以及其他种种事项。他一边琢磨,一边和大家一起为莲太郎守灵,整整过了一夜。说着说着,鸡叫了。丑松知道新的一天临近了。

第二十一章

一

为了准备到学校去,丑松一大早就赶回莲华寺,庄傻子还有小和尚都来了,大家正在谈论莲太郎的死和高柳被拘留的消息。当他们听说死的正是昨天早晨丑松不在时来访的那个人,不由惊呆了。丑松从师母那里得知,妹妹回长野了,住持也向她低头认罪,至于夫妻离婚的事也就暂时不提了。

"南无阿弥陀佛。"

师母手捻佛珠念叨。

正是十二月初一,寺里照旧要早些开早饭,袈裟治把饭盘端到丑松房子里来了。丑松很久没有这么早同寺里人一起用餐了。平时,他总是吃不太热的饭,喝煮过了头的酱汤,然而这天,饭是刚出锅的,冒着热气,刚刚煮好的红酱汤,香气扑鼻。小碟里还盛着他爱吃的黏丝豆豉。

此时,丑松一边用饭一边想,不管怎样,能活到今天总是很难得的事。啊,当他想到今天决心表白自己是卑贱的秽多时,吃着吃着,不由流下了眼泪。

早饭后,丑松坐在桌前写辞职报告,这时他想起了一生的戒规,想起父亲那番话:"不管碰到什么事,不管遇见什么人,千万不可吐露真情,要知道,一旦因愤怒或悲哀而忘掉这条戒规,那就会立即被社会抛弃。"父亲这样教导自己。"要隐瞒!"为了守住这条戒规,他过去花费过多少苦心啊!"切莫忘记!"每当想到这一点,他遭到多少猜疑,受到多少恐吓啊!如果父亲还活在世上,看到自己疯子一般地改变了想法,该是多么气愤和悲伤啊!可是如今不管谁说些什么,他决心破戒!

"爸爸,请饶恕我吧。"他反复向父亲请罪。

冬天的阳光照射进来,丑松离开书桌走到窗边,拉开挡雨板向外眺望,透过银杏树干枯的枝头,看到整个饭山镇包裹在大雪之中。板葺的屋顶、庇檐,眼里的一切都一片银白,一座座房舍冒出了早炊的青烟,袅袅升起。小学的校舍也是一片阳光。丑松恋恋不舍地呼吸着早晨清凉怡人的空气,心中蓦然想起莲太郎的《忏悔录》开篇第一章首句的"我是一个秽多",他对这句话有了更加深刻的体会。

"我是一个秽多!"

他又重复了一遍,似乎面对镇上的人表白自己的身份,然后准备到学校去。

二

破戒!这是何等悲壮的思想啊!丑松一边思考,一边走出莲华寺的山门。走到街头的拐弯处,看到有四五个人被警察牵着从对面走来,每人腰里捆着绳索,面色苍白,生怕人看到似的悄然走过。其中一人,穿着印有家徽的黑色外衣,白布袜子,脸部虽然隐蔽起来,但一看那副时髦的绅士派头,就立即知道是高柳利三郎。再一观察,那些被一道牵着走的怪模怪样的家伙,似乎都是高柳身边的打手,其中有的总顾及着身后,时时停下来向后张望,因而受到警察的斥责。

"哦,抓起来啦!"站在丑松身边的一个人望着说。

"自作自受!"另一个接着说。

眼见高柳一行跟着警察拐过街角,不久就消失在雪山的背后了。

男女少年正在急急向小学校走去。家在郊区的儿童,头上裹着绒布,搭着披肩,喊叫着在雪地上飞跑。镇上的儿童,各人约上自己的小伙伴儿,亦前亦后,成群结队地走着。和这些天真烂漫的学生,一同走在这条熟悉的道路上,也许只限于今日了。丑松想着,眼前的一切风物都使他触目神伤。平素,女孩子们令人心烦的吵嚷,今朝听起来也是那般亲切动人。甚至看到那褪了色的红裙子,都会产生一种惜别之情。

学校操场上积雪堆成了小山,木马和单杠都深埋于雪中了。室外活动受到了限制,学生们只得在院子里玩耍。校门口、走廊上和广阔的体操馆里都充满了欢乐的叫喊。上课之前,丑松打算做好最后一次指导,各处来回地走着,每到一处,学生都缠着他,"濑川老师,濑川老师",不停地叫着,甚是可爱。想到同他们即将离别,这又跑又跳、吵吵嚷嚷的场景多么叫人留恋难舍!走廊上站着两三个女教师,都盯着这边望,互相传递着眼色,咯咯地笑着。丑松不再留意这些了。这天早上,三年级的仙太很早悄悄来到体操馆一角,带着一副羡慕的眼光,呆呆望着其他同学玩耍。似乎照旧没有一个人陪他玩,丑松走到仙太背后,紧紧抱住他,完全不顾别人的讪笑,自然流露出深深的哀怜之情。他想起和这位少年一同打网球而失败的情景,那是天长节的下午,欢送敬之进的茶话会结束之后的事。忽然,走廊对面传来了充满稚气的歌声,那是普通一年级女生在一起唱歌:

> 桃子里长出个桃太郎,
> 心地善良又刚强……

丑松听到这首歌,不由得泪水顺着面颊涌流下来。

不一会儿,响起了铃声,学生们脚穿草鞋发出阵阵响声,争先恐后向体操馆跑去,一路上尘土飞扬。此后,男女班主任各把自己那一班学生集合起来,等哨子一响,教师也按顺序走动起来。高小四年级学生在丑松带领下,脚步整齐地通过了长廊。

三

校长和郡督学相向坐在会客室里,等待镇议员的到来。他们相约共同商量一下丑松的事,郡督学是提前来找校长的。

听校长说,他并不是心怀恶意想排除异己,论说自己是个守旧的教育工作者,和丑松、银之助等人所处的时代不一样。虽然也想把今天当成自己那个时代,但实际上在不知不觉之中发生了变化。要说可怕,没有比新时代更加可怕的了。啊,自己真不愿意老朽下去,总想永远保持同样的地位和名节,不甘心向后生小子们举手投降。因此,校长对于那些富于进取的青年教师,保持一种疏离的态度。

不光如此,丑松和银之助不像那个文平,处处迎合己意,每次召开教员会,意见总是发生冲突,带来麻烦。这些黄口小儿竟然比自己这个校长更受到学生们的敬慕,首先使他感到不快。尽管不是有意排挤,但为了学校的统一,这是万不得已的事。校长在考虑如何保护自己。

"镇议员早该来到了。"郡督学掏出怀表看了看,"看来,濑川君越来越是个角儿啦。"

这个"角儿"引得校长笑了起来。

"不过,"郡督学继续说,"这话由我嘴里说出没多大意思,要是叫镇上提出来,那才有意思呢。"

"对,我也这样想。"校长满脸热情地应道。

"你看,濑川君走了,土屋君也走了,这里就是我们的天下。濑川君的位子可以叫我的侄儿来顶替一下,一旦有空缺,我一定给寻找合适的人选。喏,这不是一切都牢牢掌握在我们一伙人的手里了吗?这样一来,你的位子可以长久不变,我也算没有白白操心啊。哈哈哈哈!"

他们正谈着话,校工推门进来,接着出现了三名镇议员。

"来,这边请。"校长离开椅子,郑重打着招呼。

"不客气,我们来晚了,很抱歉。"一位戴着金丝眼镜的议员爽快地说,"说起来,高柳君因为出了那样的事,选举也一下子变样啦。"

四

这天,长野师范学校的二十多个学生说是来参观,在校内的走廊上来来往往。他们也进入了丑松那个班级的教室。正好是高小四年级上完品德课,正在上第二节的数学课,学生们认真思考老师出的题目。参观的人群打开门走进来时,一时受到脚步声的干扰,不久又恢复了宁静。教室内鸦雀无声,只有石笔在石板上滑动的声音。丑松在课桌间走动着,带着惜别的心情指导着全班学生。他时时留意来参观的人,这些人一律制服,并排站在墙边,俨然一副评判员的神色。学生时代的种种快乐的往事闪现在丑松眼前。他想起自己也和本班同学一起,在师范学校老师带领下,到各处参观的情景。想起自己那种严酷而无恶意的批评给予各处学校的老师造成的难堪局面。丑松和这些参观的人一样,也有过穿制服的时代啊。

"明白了吗?想好了的同学请举手。"

听到丑松的声音,从后排级长开始到没有确实把握的学生,一个个抢先举起了手。连数学成绩不太好的省吾,竟也勇敢地举起手来。

"风间同学!"

丑松喊名字了,省吾立即站起来,大大咧咧走到黑板前边。

冬日的阳光透过玻璃窗射进来,静静照耀着这间熟悉的教室。高高的天花板、四面的白粉墙,所有这些平素不大留意的地方,如今在丑松眼里都显得十分新鲜。省吾站在正前方的黑板前,用粉笔解答算术题,那背影看上去多么可爱!他正值精力旺盛的少年时代,穿着肩头翻转的窄袖外褂,微微倾着脑袋,耷拉着左肩。每向高处写字,总要伸一伸腰,高高抬起右手。省吾是很用功的学生,图画、习字和作文都很好,但理科和算术不行,一直处于十五六名之间。奇怪的是今天却表现得很好。

"得出同样答案的人请举手!"

后排的学生一同举起手来。省吾稍许涨红了脸,回到了自己的座位。参观的人互相对望着,会心地微笑了。

老师不断出着题目,讲解着,反复多次之后,一堂算术课总算上完了。这天,学生显得特别安静,自没有参观者的第一堂课开始,未曾出现一个调皮的学生。平时那些一上课就打盹,或者在课桌底下偷偷摸摸发电报的"技师"们,如今也都规规矩矩地正襟危坐,啊,今天是最后一次站在这里,要好好看看学生的表情,看看这间教室,想到这里丑松心里一阵激动,脸上也洋溢着一股热情。

<h2 style="text-align:center">五</h2>

　　"当然是市村先生当选啰!"会客室里一个白胡子镇议员带着一种看透世俗的语调说,"人缘这个东西了不得啊,高柳君落到那种地步,不会有人站在他那边的,连他手底下那些人,也都倒向市村先生了。"

　　"这件事嘛,全都因为猪子这个人的死,市村先生应当好好感谢他哩。"戴金丝眼镜的议员郑重地说。

　　"看起来,新平民也不容小觑啊!"郡督学挺起胸脯笑着。

　　"是不可小觑啊。"白胡子议员也笑了,"能下那么大决心很不容易,不过猪子这号人很特别。"

　　"说的是,那个是那个,这个是这个。"脸上有几颗白麻子的商人出身的议员说。这时,在场的人都笑了。"那个是那个,这个是这个。"他只说了这么一句,大家都全然明白了。

　　"哈哈哈哈,我就来谈谈刚才所说的'这个'吧。"金丝眼镜的议员一边抽着烟一边说,"请郡督学关照一下,趁着镇上还没有怎么闹起来,是不是把他调走还是免他的职?这件事请务必给予考虑。"

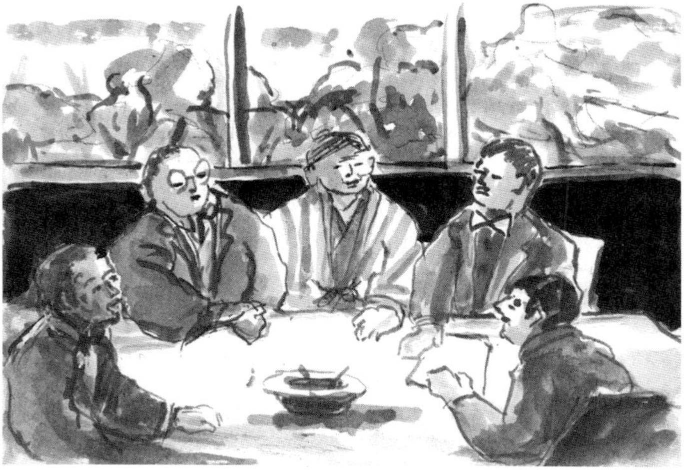

"是的。"郡督学用手拍了一下脑门。

"其实,我很同情濑川老师,这也是不得已的事。"白胡子议员叹息着,"众所周知,这地方特别忌讳这个,一旦学生的家长们知道那位老师的底细,那你看吧,他们不会叫孩子们去上学的。这是明摆着的事。目前在镇议员之中,已经有人大诉其苦了,抓住我们一个劲儿唠叨,说什么校务委员实在没有用。"

"是啊,就是我们听到了,心里也不好受啊。"白麻子议员笑着,他在添油加醋。

"不过,这对学校来说,未免太残酷了。"校长改换了口气,"濑川君干得很出色,这一点想必大家也听说了。我也把他当做了一只臂膀,有才学,人也实在,而且深得学生的欢迎,是个很难得的青年教育工作者。只因出身卑贱就这样被抛弃,还从来没听说过。希望大家多多帮忙,尽可能给以挽留。"

"不,"金丝眼镜议员打断校长的话,"诚然,听了刚才校长先生的发言,想到我们今天正是商量这件事,甚感惭愧。是的,在学问上不应有等级的差别。话虽这么说,但这个地方的人都很迷信,持有此种美好思想的人实在太少了。"

"人们还没有开明到这一步嘛。"白麻子议员说。

"哪里,如果能有猪子先生那般超拔的毅力,人们也会原谅的。"白胡子议员接过话头,"其根据是:他可以堂堂正正住在旅馆里,也可以租借寺院的本堂,发表演说人们也都去听。那位先生什么都不隐瞒的好,他采取一开始就全部亮出来的策略,反而获得人们的同情。人情世故就是如此。然而,像濑川老师和高柳君的夫人那样,想一味隐瞒下去,反倒惹起了社会上的强烈反应。"

"这话大体不错。"郡督学表示同意。

"怎么样？干脆把他调走吧。"金丝眼镜议员注视着每个人的脸。

"调走？"郡督学斟酌起来，"不过有条件的调离不好办理。再说，既然社会上都知道了，不管到哪所学校都会遭嫌弃的。还是先停职吧。"

"不论怎样，就按您的意见办吧。"白胡子议员搓着手说，"镇议员之中甚至有人骂道：'混账，快给我赶出去！'在这种情况下，如何处理那就全仗您啦。"

六

不管如何，要好好上完当天的课，丑松抑制着涌上心头的思绪，教完了第三节的习字课。他转到练字的学生背后，手把手教他们汉字的写法。这时，笔尖一个劲儿抖动，周围的学生伸过头来瞧着，张着满是墨汁的大嘴笑了。

校工摇响了第三节课的下课铃，这时候，郡督学和镇议员早已回去了，师范学校的学生还留下听下午的课。午饭后，丑松把指导学生的工作托付给别的老师，自己留在教员室里收拾东西。他想，该还的还，该查的查，不能叫人事后说闲话。他越是这么想，心里就越慌乱。几个闲着的教师聚在屋子一角，谈论着法福寺门前发生的事。他们就莲太郎舍身的动机做出种种臆测，有的说这是受了过分的名誉心的驱使，有的说是为生活所迫，也有的认为精神上出现了异常。唉，各有各的看法，无非都是诽谤。也有人难得地表扬一下莲太郎的精神，但又说这是因为他患上肺病的缘故。丑松本不想听他们说些什么,但一听就悟出了这样的道理:当今社会不可能不遭受误解。"默默地像狼一般勇敢地赴死。"他想起那位前辈的话,不由悲从中来。

下午的课是地理和国语,上第五节课时,除了国语教科书之外,丑松还把预先交上来的习字誊清本、作文本等一起带来,走进了教室。好奇的孩子看到了,个个睁大眼睛,有的说:"嗬,作文已经改好了。"有的说:"图画也改完了。"丑松把这些作业放在讲台上,拿起那本教科书来。他讲了平时内容的一半就合上了书本说:"今天就讲到这里,下面有些别的话要说。"说罢环顾一下全体学生的脸。性急的学生马上问道:"是讲故事吗?"

"讲故事,讲故事!"教室各个角落都传来了这样的请求声。

丑松的眼睛里闪着亮光,他止不住流下了泪水。此时,习字本、图画本和作文本都发给学生了,其中有加红点的,有打着"优"或"良"的,也有完全没有批改的。丑松首先对此表示道歉。他说,本来想全部改完,但已经没有时间了。即使同大家在一起做练习也只限于今天了。自己如今站在这里是跟大家告别来了。

"同学们都知道,"丑松极力克制自己,"住在山里的人要是区分一下,大体有五类,这就是旧士族、镇上的商人、农民、僧侣,此外再加上秽多这个阶级。你们知道吗?这些秽多如今成伙地住在镇子外边,制作大家穿的麻草鞋、皮鞋、大鼓和三弦琴什么的。也有的靠种地过活。知道吗?这些秽多每年总有那么一次,挟着一捆稻草,到你们的父亲或祖父跟前作揖行礼,知道吗?这些秽多来到你们家里,只能跪在门口的泥地上,用专门的饭碗,讨一些饭食。决不会跨进门槛到屋内来。你们家里有事要到秽多村子里去,抽烟要自己点火柴,他们有茶也不献过来,这都是往昔传下来的规矩。所以说,这些秽多属于卑贱的阶级。假如有一个秽多,跑到这座教室教你们国语和地理,这时你们会怎么想呢?你们的父亲或母亲又会怎么想呢?事实上,我就是这样一个卑贱的秽多。"

丑松说着,手和脚剧烈地发抖,似乎站也站不住了,只得将身子靠在讲台上。谁知,学生们似惊非惊、个个扬着脸,张着嘴,热切地凝望着他。

"同学们都十五六岁了,已经不是什么都不懂的年龄了,请记住我说的话吧。"丑松依依不舍地继续说下去,"将来再过五年、十年,偶尔想想小学时代,啊,在那间高小四年级教室里,曾经有个濑川老师教过我们。那个秽多出身的教员坦白了自己的出身,临别时讲了话。他说过年时,他一样和我们饮屠苏酒,天长节同样唱国歌《君之代》。他暗暗祝愿我们幸福,希望我们有出息。请你们回忆一番吧。我今天坦露自己是个秽多,想必会使你们觉得肮脏吧?啊,即使我出身卑贱,至少我每天也在用心教你们,希望大家具有一种高尚的思想。为着这份辛苦,请你们饶恕我的过去吧。"

他说着,将双手拄在学生的课桌上,深深低头道歉。

"大家回到家里,请把我的事告诉你们的父亲母亲,就说我一直隐瞒身份,实在对不起。就说我当着大家的面低头坦白了。我确实是秽多,是个下贱的人,不干净的人。"

他又添了这段话。

丑松觉得这样做还不算谢罪,便退后两三步,跪到地板上说:"请饶恕我吧。"后排的学生不知他要干什么,立即站了起来。一个,两个,都伸长脖子望着。最后,教室内的学生全都站起来了,有的跐着凳子,有的离开座位,有的跑到走廊上边,喊着,跳着。这时,下课铃响了,所有教室的门都敞开来,其他班的学生和教师也都潮水一般蜂拥过来了。

*　　*　　*

　　进入十二月后,银之助已成了学校的客人,那天下午一时半光景,他有事到学校里来,正在教员室闲聊的当儿,偶尔知道了丑松的事。他一下子冲出门去,穿过大门,通过长廊,看到披肩上包着紫头巾正准备回去的女学生,这里一堆儿,那里一团儿,都在谈论丑松的事,竟然忘记了回家。男学生聚在体操馆里,也在谈论着丑松。他分开左右来来往往的一群孩子,来到高小四年级教室一看,校长和五六位教师站在走廊上,其中也有文平,还有其他高级班的学生,都围在丑松身旁。前来参观的师范学校的学生也都呆呆地站在那里望着。一看,丑松有些精神失常似的跪在同事们面前,羞愧地将额头埋在地板的尘埃中。看到这番可怜的光景,深切的痛惜之情涌上银之助的心头。他走上前去,扶起丑松,为他掸掉衣服上的灰尘。这时,丑松迷迷糊糊连连说道:"土屋兄,请原谅我。"悔恨的泪水在他的脸上滚滚流淌。

　　"我知道,我知道,我完全明白你的心情。"银之助说,"哎,你不是写了辞职报告吗?往后的事交给我了,你就马上回去吧。嗯?就这么办吧。"

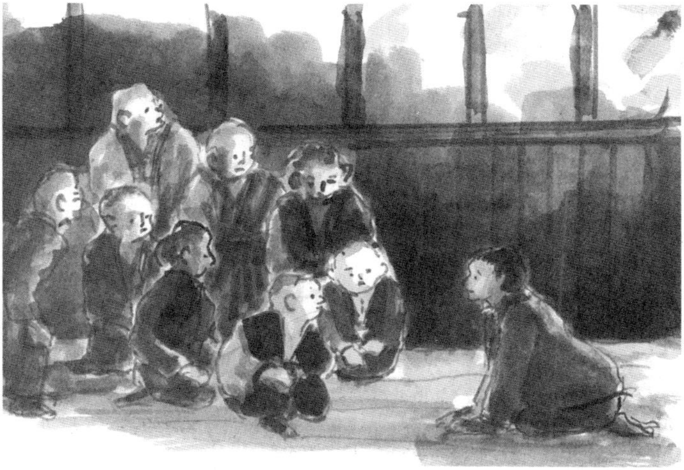

七

高小四年级学生留在教室里,为平素这位敬爱的老师商量一些事情。这些孩子虽说十分幼稚,对复杂的社会全然无知,任凭少年一副纯正的心灵和敏锐的神经,感知了丑松的心情,考虑着有什么办法将老师挽留下来。刚到十六岁的班长提议:"我们不能坐视不管,大家一起到校长那里请愿去!"全体学生一致赞成。

"好,走啊!"

一个农民出身的孩子喊道。

大家商量妥了,除了留下值日生打扫教室外这群孩子一同走出教室,其中也有省吾。校长正靠在办公室的椅子上和文平谈话,他看到高小四年级学生全都来了,一下子明白了他们要说些什么。

"你们有什么事?"

校长装着一副不经意的样子问道。

班长走到桌子旁边,校长和文平都一起敏锐地注视着这个学生的脸。比起省吾等人,这位少年聪明伶俐,口齿清楚。

"我们是有事来求您的。"他先声明一句,接着班长说明了全班同学共同的心情,"务必留住这位老师,哪怕就是秽多,我们也不嫌弃他。现在学生中也有新平民的子弟,作为教师,新平民有何不可呢?这是全班一致的请求,拜托啦。"说着,班长低下头来。

"校长先生,求求您啦!"大家异口同声地说道,人人都低下了头。

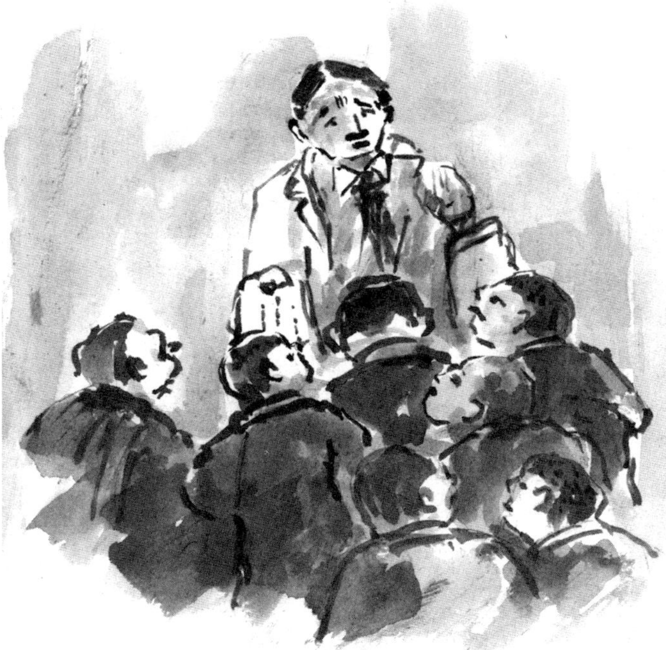

这时校长从椅子上站起来，看了看学生的脸："大家的意思我都明白，既然你们都热情挽留，我这个校长也应竭尽全力。不过，凡事都有个规矩，你们既然来请愿，总得有个相应的手续，选个代表，交一份请愿书什么的，照章办事才合乎礼仪。你们这样全都一拥而上，不用说挽留，行动上也不合章法啊！"

听这么一说，班长本想辩解一番，但已经默默流下了眼泪。

"好吧，你们听着，"校长打开桌面上的文件给大家看，"这就是濑川老师的辞职报告。这个还要转给郡督学，镇学务委员也要过目。即使我有心挽救濑川老师，光是一个人着急没有用，还得听镇上的意见，他们要是不同意，那也没办法。"他缓和一下口气说，"不过，光靠我一个人的力量是无法办理的，这一点请你们好好想想。失去这样一位好老师，不光是你们，我也感到遗憾。大家说的话，我全都明白。今天先回去，不要误了学业，这些事不用你们插嘴，学校方面会认真对待的。同学们，最重要的是搞好学习。"

文平抱着胳膊听着，他看着无精打采走回去的学生的背影，冷笑了一声。校长随即把门关上了。

第二十二章

一

"请问,濑川兄到这里来过没有?"

银之助来访敬之进,他在门口喊道。一向重友情的银之助放不下心,他跟着丑松身后,找到这里来了。

"濑川老师吗?"志保跑出来,"啊,他刚才回去啦。"

"刚才?"银之助盯着志保的脸,"你知道他上哪儿去了吗?"

"我没仔细问,"志保有些不好意思,"啊,听说猪子先生的夫人从东京来,也许到她那里去了。对啦,也有可能到市村先生的旅馆去了。听他的口气好像是这样。"

"去市村先生那儿?太好啦。"银之助深深吐了口气,"我实在不放心他,跑到莲华寺去打听,寺里说濑川兄在学校里还没回来。我又到市村先生的旅馆去,他也不在那儿,一想也许会在你们家里,于是就找来了。"他说着想了想,"唔,是这样,他到你们这里来了啊……"

"也许走岔了路吧。"志保微微红着脸说,"快请进来吧,我们家实在太乱啦。"志保说着,把银之助让到火炉旁边来。

志保姑娘哭肿了的脸上还留着泪痕。从志保的那副神情上,凭想象大致能够猜出,丑松是说了些什么话向她告别的。在小学走廊上跪在众人面前,原原本本坦露自己的出身,从这种举动就能推测出来,这位朋友是下了大决心的。那种心情是很令人怜悯的。银之助考虑到这里,很想告诉志保姑娘,他打算帮助这位朋友。银之助首先从志保本人的事说起。

身处苦境的志保姑娘,看出了银之助的真情实意,而且她清楚知道丑松和眼前这位是最要好的朋友。只有这个人才真正理解自己的心情,认真倾听自己的话,因而觉得特别亲切。当被问到她是如何回到父亲身边的时候,真是有一肚子话要说。她想把逃离莲华寺之前种种伤心之事,一五一十都说出来,然而不知从何说起。姑娘家容易动情,她看到被煤烟熏黑的土墙内的光景,也觉得实在难为情。她一边向火炉里添着柴火,一边拉紧和服的前襟诉说起来。听志保姑娘说,当她决心离开那座寺院的时候,真是连眼泪都要哭干了啊。父亲曾经严厉地跟她说:"即使对方干出不像一个养父做的事情来,总有过一段养育之恩,一旦当了莲华寺的养女,不管怎么苦都决不能回家来。"志保趁着黄昏跑出来,真不知要回到何处去。她漫无目的、恍恍惚惚地走着走着,突然遇到一个倒在雪地里的人,一看,正是喝醉了的父亲。当时志保想,父亲莫非冻死了?她叫住正巧打这里路过的音作,一起将他扶起来,好容易搀回家里,要是再迟一步,说不定连命都没有了。敬之进就那么横躺在地上,医生说他身体已经十分衰弱,看样子恐怕没救了。

真是祸不单行,在这同一屋檐下,不幸正等待着志保姑娘。她回家一看,继母和异母弟妹都不在了,原来头天晚上,夫妻大闹了一场,继母哭着说,志保回了家,父亲又整天喝酒,将来的日子可怎么过?于是趁父亲不在,领着三个孩子奔下高井的娘家去了。这位继母亲生的孩子中,只留下老三阿末,把阿进、阿作还有留吉都带走了。她留下老实巴交的阿末,身边带着顽皮的阿作,看样子是给自己留下一条退路。听邻近的主妇说,继母驮着最小的孩子,牵着阿作的手,阿进由一位陌生的汉子领着,一步一回头地走远了。

在这期间,全仗着音作的帮助,他们夫妇每天都来,送东西,安慰东家,把阿末领回自己家里照料。贫穷使得敬之进家妻离子散,志保姑娘把这些情况跟银之助都说了。

"这么说,如今家里只有父亲,你,还有省吾三个人啦?"银之助关切地问。

"是的。"志保姑娘含着泪应道,她随时撩起垂下来的鬓发。

二

不久,他们谈到了丑松,志保看到笃于友谊的银之助的神情,很想把所有的事都告诉他。她谈了丑松来这里见面的情景,他面色苍白,眼里充满哀愁,似乎心里有话又不便全部说出来。他因一时情急,惜别的话语也说得结结巴巴。当时他对着志保垂手低头、堂堂正正地坦露了自己的出身。他说,要是还念及昔日的情分,就把他看成社会的罪人好了。

"真是太可怜啦!"志保加了一句,"我本想再问他一些事,濑川老师已经戴上帽子,急匆匆走了。后来,我大哭一场。"

"是吗?"银之助叹了口气,"啊,不出我所料啊。当时听到濑川兄的出身,想必你也大为惊奇吧?"

"不,"志保强调说。

"哦?"银之助圆睁着眼睛。

"今天也不是第一次了。胜野老师早就在哪里听说过,他把这事也对我讲了。"

志保说的"不是第一次"这句话,使银之助甚感惊讶,他很想问清楚,文平为何把这种事传到志保耳朵里。

"这个多嘴多舌的家伙,真拿他没办法。"银之助自言自语,不久像想起什么似的问,"你是说胜野君常到那座寺院去吗?"

"嗯,莲华寺的阿娘喜欢聊天儿,她说男人们都很坦白,所以胜野老师也常到那里去玩。"

"他为何又要把那件事给你讲呢?"银之助试探地问。

"嗳,他总是谈些奇奇怪怪的事情。"志保不好直言。

"奇奇怪怪?"

"他说亲戚们都一个个很了不起,现在自己也想出人头地。"

"出人头地?"银之助像是嘲笑这个不在场的人,"哎,他竟然有这种打算。"

"还有,那个……"志保带着深思的目光,"濑川老师的事,他说了好多坏话,我打那会儿就知道了。"

"啊,是这样啊,所以打那时你就听说了那件事吗?"银之助热切地注视着志保的脸,他突然改变了语调,"呸,那家伙到处胡言乱语。"

"那时我还不认为他是那号人,不过他说得非常难听。

那可不是一般的坏话,我感到非常生气,非常生气。"

"看起来,你也同情濑川老师的遭遇啦?"

"可不是吗?不管新平民还是什么,总是正派的人比那种净耍贫嘴的人要好得多。"

志保姑娘坦然地说,不一会儿,她羞赧地低下头来,瞧着那双女孩儿们特有的红润饱满的手。

"唉,"银之助叹息着,"社会怎么是这样子呢?我一想起濑川兄的事就想哭,喏,你想想,他就因为出身不同,不得不丢掉职业,舍弃名誉,这不是太残酷了吗?"

"不过,"志保清亮的眸子闪着光辉,"不管父母亲有什么血统,这和濑川老师又有什么关系呢?"

"对,确实如此,和他毫不相干。有你这句话,我也就更有信心啦。我实际上在担心,你要是知道了他的出身,恐怕会改变以往对濑川老师的看法啊。"

"为什么?"

"这也可以理解嘛。"

"也许别人是这样,可我不这么想。"

"真的?你真的不会这样想吗?"

"这叫我说什么好呢?我这可是真心话啊!"

"所以我才想问个明白啊。"

"是指什么呢?"

志保反问道,她打量着对方,揣摸他的心理,青春的红潮涌上了姑娘的双颊。

三

里间屋子传来咳嗽声,显得有气无力。志保立即担心起来,她侧耳静听了一会儿,就走进里间照应去了。银之助独自留在火炉旁,望着熊熊燃烧的火焰,想到志保处在这种艰难的环境中,仍然保持青春的热情,坚强不屈地生活下去,十分感慨。生息于恶劣气候之中的北信州的女人,个个勤奋能干,坚强而又乐观,可以说有着一副吃苦耐劳的天性。志保姑娘也继承了这样的传统,优柔而又刚毅。银之助还在猜度他们是如何提起朋友的那件事的,不一会儿志保打里间走出来了。

"你父亲怎么样啦?"银之助满含同情地问。

"没有什么大的变化,不过……"志保有些忧虑地说,"他说今天不想吃东西,只喝了点稀饭,从早晨就一直躺着,这样睡下去怕是不妙。"

"这真叫人担心啊!"

"或许没有多少日子啦。"志保叹了口气,"濑川老师也多方照料,可连医生都说没有多大希望了。"

志保说着,习惯地撩了撩垂下的鬓发。

"人的一生真是大不一样啊!"银之助想起志保的境遇,十分同情。"有的人生长在温暖的家庭,不知生活的艰难,也有像你这样从小受苦受难、经受风雨磨炼,自然养成了自己的个性。啊,你才是一个真正在艰难之中不断奋斗而成长起来的女性。我觉得你们就是这样一种人,既有他人所不知道的悲伤的生活,也有他人不知道的欢乐的日子。"

"欢乐的日子?"志保苦笑了,"我们这些人有这样的日子吗?"

"当然有啊。"银之助说得很肯定。

"嘀嘀嘀嘀,回想过去,这样的日子是没有的。如果我不寄养在莲华寺,那里的阿娘也不会起那种念头。我在撇下阿娘出走之前,心中真是……"

"这是当然的,我很理解。"

"不,我实际上和死了的人一样,只是靠着人世间的情义才活到今天。"

"唉,濑川兄处境艰难,你也处境艰难,正因为你有这样痛苦的遭遇,所以才会为濑川兄伤心流泪。我之所以说这些话,是想叫你帮助一下这位朋友。"

"是叫我帮助他吗?"志保的眼睛忽然发亮了,"只要我力所能及,不管什么事我都能去做。"

"当然是你能做到的了。"

"我吗?"

两人沉默不语。

"干脆都直说了吧,"银之助显得很热心,"那天晚上在学校里值班,我探问了濑川兄的心上人,当时我说:'你何必这么一个人折磨自己,把心胸敞开些不好吗?也许你认为我会泼冷水,说了也没有用,其实我不是那样冷酷的人。依我说,你把事情想得太复杂了,只要有我这个朋友在,就能助你一臂之力。'于是濑川兄这才提到了你。'喂,你说对了,确实有一个,不过你还是权当她早已经死了吧。'啊,濑川兄考虑到自己的出身,把这种根本无法实现的幻想彻底抛弃了。他如今已经不再想会见那个心上人了吗?这是多么令人悲伤的爱情啊!所以,濑川兄才到你这里来,把过去一直隐瞒的身份向你坦露。所以说,假如你能理解他的真情,就下定决心救他一把吧,好吗?"

"我不知道该怎么说才好。"志保的脸一直红到耳根,"我早有这个打算了。"

"是指终身大事吗?"银之助盯着志保的脸问。

"是的。"

志保的回答打动了银之助的心,爱情、眼泪、决心,都包含在这句话里了。

四

总之,得把这件事对朋友说明,使他振作起来。银之助告诉志保,打算先去市村律师的旅馆看看,然后再考虑以后的事,说着离开了炉边。

"哎,拜托您一件事……"志保叫住银之助,"如果有《忏悔录》,请借给我看看好吗? 不过,像我们这些人也许看不懂吧。"

"《忏悔录》?"

"喏,就是猪子先生写的书啊。"

"唔,是那本书呀,你也知道那本书吗?"

"是的,就是濑川老师平常读的那本。"

"我知道了,或许濑川兄那里有,我去问问看。要是他没有,我一定设法买一本送你。"

说罢,银之助就直奔律师居住的旅馆去了。

这时,扇屋旅馆的人们,都聚集在莲太郎遗体周围,据说是听从好心的旅馆老板的主意,在送火葬场之前,先为死者吊慰亡魂。法福寺的老和尚前来念经。当天下午,莲太郎的夫人——如今已成了寡妇——还有律师和丑松等人都来了。也许旅行之中客死于途的人实在太可怜了吧,扇屋旅馆的人陆续前来吊唁,连那些毫无关系的房客听到消息,也都聚集在走廊上,静听那凄清的木鱼声。

烧罢香,念过头遍经,在丑松的介绍下,银之助才同夫人交谈起来。《长野新闻》的记者也来到嘈杂的人群中采访,把听到的消息记在笔记本上。

"你是夫人吗?"记者带着职业性的口吻问。

"是的。"夫人回答。

"夫人,这实在是件不幸的事,我们久闻猪子先生的大名,不胜仰慕之至。"

"谢谢。"

这样的寒暄话无不引起人们的伤感,大家的谈话都集中在莲太郎身上。想起那时夫人和丈夫一起来到信州,在分别头一天夜里,她做了一个不祥的梦,一下子担心起丈夫的安全来了。当说出是什么梦之后,挨了丈夫一顿斥骂。看来,丈夫当时似乎已经置生死于度外了。他说,信州小阳春天气真好,这次旅行非常高兴,一定多带些礼物回去,叫她先回去好好等着。谁知这些话竟成了诀别的遗言。她还说,出了这样的意外,给大家添麻烦,实在过意不去。作为女人,她强忍着满心的悲伤,但她平静的语调反而更引起人们深切的同情。

律师把银之助叫到屋子一隅,商量丑松的事。律师说,丑松如今恐怕很难继续待在饭山了,夫人孤独一人,这次回去总得有人照料,想请他护送莲太郎的骨灰一起回东京,看这样行不行。本来选举尚未迫在眉睫,当然自己应该跟着一同去,可是夫人坚决不同意,说在这个节骨眼上,还是尽力投入选举以慰丈夫的在天之灵。细想想,夫人的想法是有道理的。这件事还是麻烦丑松办吧,至于一切费用都由自己付,这一点请千万别客气。

"所以,我已经把这件事跟濑川君讲了。"律师望着银之助的表情,"学校方面你看会如何呢?"

"学校方面吗……"银之助接过话头,"实际上正在商量打算免除濑川兄的教职,当然不会有什么问题。校长说,郡督学也是这个意思。好吧,学校方面交给我了。我会相机行事的。我以为早些离开饭山,对丑松兄来说也许是上策。"

他们正在商谈的时候,灵柩已经抬进来了。又传来了念经的声音,人们都围在灵柩前作最后的告别,接着送向火葬场。这时,天色黑了下来,眼看着丈夫被抬到北方特有的木制雪橇上时,夫人倒在地上痛哭不已。

五

眼看着火化完了,从火葬场回来之后,丑松才和律师以及银之助一起坐在扇屋旅馆的客厅里,围着火盆闲聊。无情的命运面对丑松露出了微笑,出乎意外的是丑松从律师那里听到一线希望,原来那位先是从饭山医院被驱逐后来又被赶出鹰匠街旅馆的大日向,将放逐的屈辱变为奋发图强的力量,制定了一个计划,要到美国的得克萨斯开发农业。律师先前受大日向之托,说要请一位有教养的诚实可靠的青年给他帮忙。丑松正好和他出身相同,只要给他一说,他一定乐意接受。丑松要是愿意他就去商量,不知意下如何。问他想不想去得克萨斯。律师还说,只要自己有心,那边也能学到不少东西。对此,银之助非常赞成,他说:"有害人的鬼,就有救命的神。"

"说好了,后天大日向要到我们的旅馆里来,唔,正好,先见上一面再说。"

律师的话就像一股甘泉浇灌了丑松枯竭的心灵。看样子是想叫律师马上报告大日向,干一干试试看。

不光这些,丑松还从银之助那里听到了志保的事,唉,她那令人同情的决心和眼泪深深震动了丑松的心胸。敬之进的病,继母的出走,一件事接着一件事,更加促使丑松怜惜志保那受伤的心灵。啊,真没想到还有人为走投无路,因绝望连自己的身份都坦露出来的丑松悄悄流下了热泪。没想到有人听到了虽然羞愧但却是发自内心的真实忏悔之后,对这样卑贱的秽多之子,竟然甘心情愿寄托终身。

"你不知道她是一个多么坚强的姑娘啊!"

银之助加了一句。

第二天,银之助为着朋友的事先去学校,后去莲华寺,又到志保那里。他好容易把莲华寺丑松的东西收拾好,将随时需用的和寄存的分开来。银之助还把志保的事告诉了夫人和律师。女人总是更多地同情女人,尤其是志保的不幸境遇更加打动了夫人的心,总想把志保接到东京一块儿过日子。她还说,等丑松安顿好了,再让他跟自己的这个"妹妹"结婚。总之,善后的事,律师也会帮忙办理。于是,丑松决定把一切都交给律师和银之助,自己尽快离开饭山镇。

第二十三章

一

出发的日子来临了,这天清晨下起了小雨雪,使得扇屋旅馆的人们更加感到旅途的寂寥之情。

一台雪橇一大早就停在旅馆前边,下来的客人用厚厚的呢外套严严地包裹着身子,一副绅士派头。他在橇夫的引导下前来会见律师。

"哦,大日向来啦。"律师出来迎接。据说大日向为了如约到达,天不亮就离开了下高井。律师请他进屋,他不进屋,只是坐在门槛边,向律师请教有关法律方面的问题。谈话结束后,又吊慰了莲太郎,就急匆匆想离开。这时,律师提起了丑松的事。

"请进来谈吧,猪子先生的夫人也在,还有刚才提到的濑川君也在这里,请务必见见面。坐在这儿总不是地方,也不便于说话。"

虽然一再邀请,然而大日向只是苦笑,不管怎么劝说,坚决不肯进屋。说什么反正要到东京去,一定拜访猪子先生的家,届时再同丑松见面。既然是一位通情达理的人,双方都好办,到东京时再详谈。

"您今天有什么急事吗?"

"不,没有什么急事,不过……"

从大日向说话的表情上,律师一眼看出了倔强性情的背后掩盖着的痛苦。

"好吧,就这么办吧。"律师想了想说。他记得上游码头对岸有一家饭馆,大家约好在那里聚会,为一大早出发的人送行。说不定丑松的亲友也会去,请大日向先行一步,到那里等着,打算把丑松介绍给他。

"哎,那我就去等着吧。"说着,他就径直走了。

"大日向看来也想起从前的事来啦。"

律师自言自语似的,向正在忙于收拾行装的夫人和丑松笑着谈及了这件事来。

莲华寺的庄傻子也来了,他说是受师母所遣,特来送临别纪念品的。另外还有一双草鞋,一对防雪鞋套,都是庄傻子亲手制作的,说是表表心意,请务必收下。此时,丑松想起住在寺院的日子,对庄傻子有些依依难舍。想起过去这段时光,一起住在厢房里的人,每人的生活全都改变了,住持变了,师母变了,志保变了,自己也变了。惟一没有变的就是这个被人叫做"傻子傻子"的人。丑松一边想着,一边向这位永远像个孩子、既无亲友,也无妻儿的敲钟人做了永久的告别。

省吾也来了。他插嘴说,有什么东西可以交给他提着。不多久,一台雪橇准备好了,收纳骨灰的白木盒缠着白布,再裹上黑布,尽量不惹人注意。雪橇上除骨灰外,还有莲太郎各类遗物,以及丑松的行李等。为了避人耳目,夫人和丑松先步行到上游码头,在对岸的饭馆里另外雇佣两台雪橇,随之在人们"一路平安"的送别声里离开了扇屋旅馆。

雨雪潇潇而降,橇夫按照惯例戴着圆斗笠和厚布手套,穿着蓝色套裤,一人驾辕,一人在后面推,"嗨哟嗨哟"地喊着号子,协调前进。丑松同人们一起跟在前辈骨灰的后头,听着雪橇在雪地上滑动的声音,一边走一边静静考虑着自己的一生。猜疑,恐怖,啊,啊,那日夜难忘的痛苦从胸中稍稍消失了。如今像鸟儿一样可以飞翔了。丑松深深呼吸着十二月早晨清冷的空气,如释重负地重新获得了力量。犹如结束了海上的长途旅行回到陆地上的水手,多么怀恋脚下的泥土,真想俯身亲吻一下。丑松的心情正是如此。不,比这更加欢快,更加悲哀!他咯吱咯吱踏着雪地前进,听到这种声音,才确实感到,眼前的这个世界也是自己的世界。

二

在通往上游码头的街角里,大家遇到了志保姑娘。她请音作的妻子看家,自己带着音作在这里等着送行。丑松和志保两个人的欢会,即使在旁人看来,场面也十分令人激动。丑松一下子脱掉帽子,向志保默默行礼。而志保呢?她抬起充满泪水的清亮的眸子久久看着丑松的脸。即使嘴边有千言万语,眼下却不能互诉衷肠。如今之所以能活在世上,只能认为是奇妙的命运的安排。况且他们两个天各一方,各有各的境遇,要历尽人间苦楚,方能再度相逢,如今能在一起依依话别,实属难得。

在丑松的介绍之下,志保初识夫人和律师。两个女人立刻亲近起来,边走边谈。音作也加入了丑松和律师一伙的谈话,提到了敬之进的身体状况。老实朴素的音作,用一副农民的口气谈到老东家风间一家人。他说,万一病人有个好歹,他就全部承担下来,只求得能照顾好志保和省吾。自己没有孩子,主人又有言在先,所以想把阿末领过来,抚养他长大成人。

不一会儿,就跨过上游码头长长的浮桥,到达对岸的饭馆。银之助早已在那里等着了,那位下高井的阔佬也出来迎接。律师向丑松作了介绍,这位大日向看起来似乎没有什么身份,长着一副农村土郎中的面孔,要说他就是到美国得克萨斯州创业的人,谁都不会相信。然后,经过交谈,丑松逐渐感到此人的性格坚实、严谨,内心深不可测。大日向告诉丑松,在得克萨斯州有个日本村,谈到远涉重洋到日本村来的北佐久这个地方的人。他还提到有一位富裕家庭出身、从东京麻布中学毕业的青年,也加入了移民的行列。

"哦,是这样。"大日向提到鹰匠街的寓所不由笑了,"你也在那里住过吗?唉,那阵子真是吃尽了苦头。我就是因为遭到那般屈辱,才决心干一番事业的。别看现在说起来谈笑风生,可那时候真叫人遗憾啊。"

在场的人听了都大笑起来。这时,大日向觉得自己说得太多了,于是苦笑一声,和丑松一起坐了下来。

"老板娘,请把刚才准备的东西拿出来吧。"

银之助吩咐道。在这江边的饭馆里,摆一桌酒席,大家喝上一杯饯行酒,不论送行的还是远行的,双方都会永不相忘。银之助这天做东,一大早就来到这里张罗,他那一切都不在乎的书生意气,隐含着一股热烈的情怀。

"多谢你关照。"丑松不胜感慨地说。

"彼此彼此,"银之助笑了,"连我都没有想到会这样为你送行。我这个早就开过欢送会的人反而落后了,哈哈哈哈。人生一世,真是变幻莫测啊!"

"到东京再见面吧。"丑松热情地望着朋友的脸。

"哎,不久我也会走的,没有什么送你,来,干上一杯吧。"银之助说着,回过头来,"志保姑娘,劳驾了,请给我们斟上酒。"

志保捧着酒瓶斟酒,她内心悲喜交集,一双细白柔嫩的小手不住颤抖。

"你也干一杯吧。"银之助从羞赧的志保姑娘手中夺过酒瓶,递过酒杯来。"来,我给你斟酒。"

"不,我不会喝。"志保捂住酒杯说。

"这不行,"大日向笑着走过来,"这个时候就得喝,哪怕抿一下意思意思,也要接受这一杯。"

"是啊,表表心意嘛。"律师也在帮腔。

"好吧,那就喝一点吧。"

志保学着喝了一点,脸蛋儿立即红了。

三

高小四年级学生也都陆续来了,他们幼小的心灵满怀对老师的敬爱,听说老师今天要走,特地跑来送行。丑松在这些面色红润的少年中间来回走着,向他们一一道别。有时候停下来,说说今后的打算。不久,他又冒着雨雪站在河岸的枯柳下,望着打浮桥走过来的一群学生。

莲华寺响起第一次钟声。第二次钟声划破冬日的寂静,在千曲川河面上回响,不久,像波浪一样次第扩展开来,传向

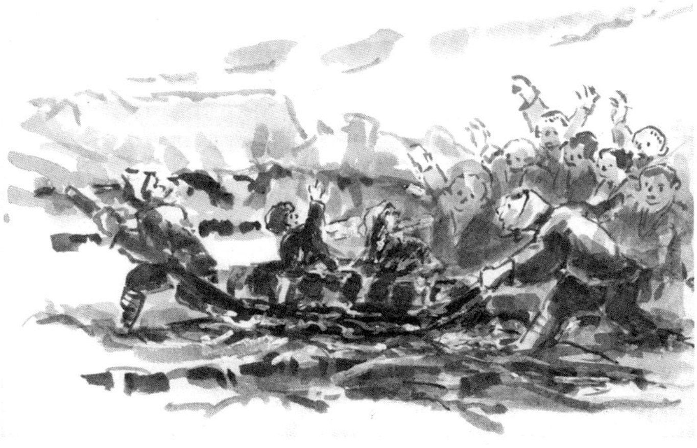

远方,最后消失在雨雪霏霏的天空。紧接着又响起第三次钟声,还有第四次,第五次……啊,庄傻子如今正在钟楼上撞钟呢。听起来,这钟声仿佛在向丑松道以长别,向他报告黎明已经到来,他正迎来人生的曙光。这深沉而庄严的音响,一声声震动着他的心胸,丑松不由垂下头来。

第六次,第七次。

这无言的钟声,在人人心中震响。送行的人和远行的人都默默以对,相互祝福。

不久,雪橇准备好了,丑松把根津村叔父婶母的事向银之助说了:两位老人想必很惦念,要是这事传到姬子泽,老两口也许会招来麻烦,说不定在村子里住不下去,这样如何是好呢?

"到时再说吧。"银之助想了想,"诸事都托付给大日向好了,如果阿叔在根津待不下去,那就搬到下高井去。事到如今,担心也没有用。别急,到时候总会有办法的。"

"那么,就请你跟他们说一声吧。"

"好的。"

丑松把这事交代给了银之助,至于《忏悔录》,他说好到东京以后买一本新的寄到志保那里去。丑松说罢,就和夫人一起,告别送行的人们。律师、大日向、音作、银之助,还有一群学生,大家都会聚到三台雪橇周围。志保姑娘面色惨白,扶在省吾的肩膀上注视着。

"来,推吧,推吧。"一个学生扬着手说。

"老师,我送您到那边吧。"一个学生握住雪橇后部的木杠。

正要出发的当儿,见习教员冒着雨雪跑来,说有事要给学生们讲。什么事呢？夫人和丑松回头看看。装载莲太郎骨灰的雪橇领头，三台雪橇的橇夫正在使劲儿，这下子又放松下来，无精打采地呆立着。

四

"这点儿事，不能高抬贵手吗？"银之助站在见习教员面前说。"你想想，学生敬慕自己的师长，跑来这里为老师送行，孩子们的心情不是很可贵吗？应该给予表扬才是，学校为何要加以阻止呢？首先你就错了。不该承担这样的差使。"

"你这么说，我就难办了。"见习教员挠着头，"我也没有说不行啊。"

"那么学校为什么说不行呢？"银之助耸耸肩膀。

"校长说，没有请假就不来上课，这是违反校规的。如果不来上课也得事先请假，经批准以后再去送行。"

"事后再请假不行吗？"

"事后？事后怎么好再请假，校长先生非常生气。胜野兄也有看法，他说，你那个班的学生十分狡猾，这样下去会损害学校的威望。作为学生，不遵守学校规章，那就勒令他退学。"

"考虑问题怎能这样机械呢？校长先生和胜野君动辄纪律纪律的，让他们休假半天又有什么关系？本应主动答应他们或主动劝说他们前来才好。大家一起共事多年，总该有些感情，自己应该领着学生来送行才是。可是自己不但不来，也不许学生来，还要处罚那些未经同意前来送行的学生。哪有这样不讲道理的？"

银之助哪里知道,昨天校长把学生召集到讲堂,讲了丑松免职的理由。当时,他批评了丑松的为人,对平素丑松的行为大力攻击,还说什么这次改革(校长故意使用"改革"这个词儿),对于学校的未来十分有利。所有这一切,都是银之助所不知道的。啊,教育工作者忌恨教育工作者,同僚嫉妒同僚,一类人蔑视另一类人,在丑松上路之际,一场燎原大火正向他猛扑过来。

看到银之助十分愤激,丑松暂时下了雪橇。

"行啦,土屋兄,算了吧,他也是奉命而来,不要太难为他啦。"丑松宽宥地说。

"这也太不通情达理啦。"银之助根本听不进去,"看看我那时候,既然花半天时间为我召开欢送会,为我而停课,那么为了濑川兄更应该停课。"他说罢,面对学生喊道,"走啊,走!一切包在我身上,要是有什么不好,事后我去讲道理!"

"走啊,走啊!"一个学生挥着手大喊。

"你这样太使我为难啦。"丑松劝止银之助,"你们来送,这份情我领了,可我不忍心因此而给学生添麻烦。大家为我做得够多了。就送我到这里吧。我已经心满意足啦。老兄,就叫同学们回去吧。"

丑松面对依依惜别的学生,说了同样意味的话,然后登上雪橇。

"多加珍重!"

这是丑松最后望着志保姑娘说的话。

穿过河岸上柳树稀疏的枯枝,饭山镇在右侧一览无余。对岸人家的屋顶鳞次栉比,各处耸峙着的寺院建筑,还有只剩下丘陵的古城遗址,所有这些都包裹在雨雪之中,一派迷茫。

晴天时所能见到的小学校的粉墙以及莲华寺的钟楼,如今都隐没于纷纷而降的雪空里了。丑松两次三番回首遥望,他深深吐了一口气,不由得热泪滚滚而下。雪橇在雪地上开始滑动了。

(明治三十九年)

"外国文学名著丛书"书目

第 一 辑

书 名	作 者	译 者
伊索寓言	〔古希腊〕伊索	周作人
源氏物语	〔日〕紫式部	丰子恺
堂吉诃德	〔西班牙〕塞万提斯	杨绛
泰戈尔诗选	〔印度〕泰戈尔	冰心 石真
坎特伯雷故事	〔英〕杰弗雷·乔叟	方重
失乐园	〔英〕约翰·弥尔顿	朱维之
格列佛游记	〔英〕斯威夫特	张健
傲慢与偏见	〔英〕简·奥斯丁	王科一
雪莱抒情诗选	〔英〕雪莱	查良铮
瓦尔登湖	〔美〕亨利·戴维·梭罗	徐迟
欧·亨利短篇小说选	〔美〕欧·亨利	王永年
特利斯当与伊瑟	〔法〕贝迪耶	罗新璋
巨人传	〔法〕拉伯雷	鲍文蔚
忏悔录	〔法〕卢梭	范希衡 等
欧也妮·葛朗台 高老头	〔法〕巴尔扎克	傅雷
雨果诗选	〔法〕雨果	程曾厚
巴黎圣母院	〔法〕雨果	陈敬容
包法利夫人	〔法〕福楼拜	李健吾
叶甫盖尼·奥涅金	〔俄〕普希金	智量
死魂灵	〔俄〕果戈理	满涛 许庆道

书　名	作　者	译　者
当代英雄	〔俄〕莱蒙托夫	草　婴
猎人笔记	〔俄〕屠格涅夫	丰子恺
白痴	〔俄〕陀思妥耶夫斯基	南　江
列夫·托尔斯泰中短篇小说选	〔俄〕列夫·托尔斯泰	草　婴
怎么办？	〔俄〕车尔尼雪夫斯基	蒋　路
高尔基短篇小说选	〔苏联〕高尔基	巴　金等
浮士德	〔德〕歌德	绿　原
易卜生戏剧四种	〔挪〕易卜生	潘家洵
鲵鱼之乱	〔捷〕卡·恰佩克	贝　京
金人	〔匈〕约卡伊·莫尔	柯　青

第　二　辑

荷马史诗·伊利亚特	〔古希腊〕荷马	罗念生　王焕生
荷马史诗·奥德赛	〔古希腊〕荷马	王焕生
十日谈	〔意大利〕薄伽丘	王永年
莎士比亚悲剧五种	〔英〕威廉·莎士比亚	朱生豪
多情客游记	〔英〕劳伦斯·斯特恩	石永礼
唐璜	〔英〕拜伦	查良铮
大卫·科波菲尔	〔英〕查尔斯·狄更斯	庄绎传
简·爱	〔英〕夏洛蒂·勃朗特	吴钧燮
呼啸山庄	〔英〕爱米丽·勃朗特	张　玲　张　扬
德伯家的苔丝	〔英〕托马斯·哈代	张谷若
海浪　达洛维太太	〔英〕弗吉尼亚·吴尔夫	吴钧燮　谷启楠
哈克贝利·费恩历险记	〔美〕马克·吐温	张友松
一位女士的画像	〔美〕亨利·詹姆斯	项星耀
喧哗与骚动	〔美〕威廉·福克纳	李文俊
永别了武器	〔美〕欧内斯特·海明威	于晓红

2

书 名	作 者	译 者
波斯人信札	〔法〕孟德斯鸠	罗大冈
伏尔泰小说选	〔法〕伏尔泰	傅 雷
红与黑	〔法〕司汤达	张冠尧
幻灭	〔法〕巴尔扎克	傅 雷
莫泊桑中短篇小说选	〔法〕莫泊桑	张英伦
文字生涯	〔法〕让-保尔·萨特	沈志明
局外人 鼠疫	〔法〕加缪	徐和瑾
契诃夫小说选	〔俄〕契诃夫	汝 龙
布宁中短篇小说选	〔俄〕布宁	陈 馥
一个人的遭遇	〔苏联〕肖洛霍夫	草 婴
少年维特的烦恼	〔德〕歌德	杨武能
德国,一个冬天的童话	〔德〕海涅	冯 至
绿衣亨利	〔瑞士〕戈特弗里德·凯勒	田德望
斯特林堡小说戏剧选	〔瑞典〕斯特林堡	李之义
城堡	〔奥地利〕卡夫卡	高年生

第 三 辑

埃斯库罗斯悲剧二种	〔古希腊〕埃斯库罗斯	罗念生
索福克勒斯悲剧二种	〔古希腊〕索福克勒斯	罗念生
欧里庇得斯悲剧二种	〔古希腊〕欧里庇得斯	罗念生
神曲	〔意大利〕但丁	田德望
西班牙流浪汉小说选	〔西班牙〕克维多 等	杨 绛 等
阿拉伯古代诗选	〔阿拉伯〕乌姆鲁勒·盖斯 等	仲跻昆
列王纪选	〔波斯〕菲尔多西	张鸿年
蕾莉与马杰农	〔波斯〕内扎米	卢 永
莎士比亚喜剧五种	〔英〕威廉·莎士比亚	方 平
鲁滨孙飘流记	〔英〕笛福	徐霞村

书　名	作　者	译　者
彭斯诗选	〔英〕彭斯	王佐良
艾凡赫	〔英〕沃尔特·司各特	项星耀
名利场	〔英〕萨克雷	杨　必
人性的枷锁	〔英〕威廉·萨默塞特·毛姆	叶　尊
儿子与情人	〔英〕D.H.劳伦斯	陈良廷　刘文澜
杰克·伦敦小说选	〔美〕杰克·伦敦	万　紫　等
了不起的盖茨比	〔美〕菲茨杰拉德	姚乃强
木工小史	〔法〕乔治·桑	齐　香
恶之花　巴黎的忧郁	〔法〕波德莱尔	钱春绮
萌芽	〔法〕左拉	黎　柯
前夜　父与子	〔俄〕屠格涅夫	丽　尼　巴　金
卡拉马佐夫兄弟	〔俄〕陀思妥耶夫斯基	耿济之
安娜·卡列宁娜	〔俄〕列夫·托尔斯泰	周　扬　谢素台
茨维塔耶娃诗选	〔俄〕茨维塔耶娃	刘文飞
德国诗选	〔德〕歌德　等	钱春绮
安徒生童话选	〔丹麦〕安徒生	叶君健
外祖母	〔捷〕鲍·聂姆佐娃	吴　琦
好兵帅克历险记	〔捷〕雅·哈谢克	星　灿
我是猫	〔日〕夏目漱石	阎小妹
罗生门	〔日〕芥川龙之介	文洁若

第 四 辑

一千零一夜		纳　训
培根随笔集	〔英〕培根	曹明伦
拜伦诗选	〔英〕拜伦	查良铮
黑暗的心　吉姆爷	〔英〕约瑟夫·康拉德	黄雨石　熊　蕾
福尔赛世家	〔英〕高尔斯华绥	周煦良

书　名	作　者	译　者
月亮与六便士	〔英〕威廉·萨默塞特·毛姆	谷启楠
萧伯纳戏剧三种	〔爱尔兰〕萧伯纳	潘家洵　等
红字　七个尖角顶的宅第	〔美〕纳撒尼尔·霍桑	胡允桓
汤姆叔叔的小屋	〔美〕斯陀夫人	王家湘
白鲸	〔美〕赫尔曼·梅尔维尔	成　时
马克·吐温中短篇小说选	〔美〕马克·吐温	叶冬心
老人与海	〔美〕欧内斯特·海明威	陈良廷　等
愤怒的葡萄	〔美〕斯坦贝克	胡仲持
蒙田随笔集	〔法〕蒙田	梁宗岱　黄建华
悲惨世界	〔法〕雨果	李　丹　方　于
九三年	〔法〕雨果	郑永慧
梅里美中短篇小说选	〔法〕梅里美	张冠尧
情感教育	〔法〕福楼拜	王文融
茶花女	〔法〕小仲马	王振孙
都德小说选	〔法〕都德	刘　方　陆秉慧
一生	〔法〕莫泊桑	盛澄华
普希金诗选	〔俄〕普希金	高　莽　等
莱蒙托夫诗选	〔俄〕莱蒙托夫	余　振　顾蕴璞
罗亭　贵族之家	〔俄〕屠格涅夫	陆　蠡　丽　尼
日瓦戈医生	〔苏联〕帕斯捷尔纳克	张秉衡
大师和玛格丽特	〔苏联〕布尔加科夫	钱　诚
茨威格中短篇小说选	〔奥地利〕斯·茨威格	张玉书　等
玩偶	〔波兰〕普鲁斯	张振辉
万叶集精选	〔日〕大伴家持	钱稻孙
人间失格	〔日〕太宰治	魏大海

第 五 辑

书　名	作　者	译　者
泪与笑　先知	〔黎巴嫩〕纪伯伦	冰　心　等
华兹华斯 柯尔律治 诗选	〔英〕华兹华斯 柯尔律治	杨德豫
济慈诗选	〔英〕约翰·济慈	屠　岸
汤姆·索亚历险记	〔美〕马克·吐温	张友松
大街	〔美〕辛克莱·路易斯	潘庆舲
田园三部曲	〔法〕乔治·桑	罗　旭　等
金钱	〔法〕左拉	金满成
果戈理小说戏剧选	〔俄〕果戈理	满　涛
奥勃洛莫夫	〔俄〕冈察洛夫	陈　馥
谁在俄罗斯能过好日子	〔俄〕涅克拉索夫	飞　白
亚·奥斯特洛夫斯基戏剧六种	〔俄〕亚·奥斯特洛夫斯基	姜椿芳　等
复活	〔俄〕列夫·托尔斯泰	草　婴
静静的顿河	〔苏联〕肖洛霍夫	金　人
谢甫琴科诗选	〔乌克兰〕谢甫琴科	戈宝权　任溶溶
维廉·麦斯特的学习时代	〔德〕歌德	冯　至　姚可崑
叔本华随笔集	〔德〕叔本华	绿　原
艾菲·布里斯特	〔德〕台奥多尔·冯塔纳	韩世钟
豪普特曼戏剧三种	〔德〕豪普特曼	章鹏高　等
铁皮鼓	〔德〕君特·格拉斯	胡其鼎
加西亚·洛尔卡诗选	〔西班牙〕加西亚·洛尔卡	赵振江
你往何处去	〔波兰〕亨利克·显克维奇	张振辉
显克维奇中短篇小说选	〔波兰〕亨利克·显克维奇	林洪亮
裴多菲诗选	〔匈〕裴多菲	孙　用
轭下	〔保〕伐佐夫	施蛰存

书 名	作 者	译 者
卡勒瓦拉（上下）	〔芬兰〕埃利亚斯·隆洛德	孙 用
破戒	〔日〕岛崎藤村	陈德文
戈拉	〔印度〕泰戈尔	刘寿康